L'ANCRE DES RÊVES

Née à Paris en 1973, Gaëlle Nohant vit aujourd'hui à Lyon. *La Part des flammes* (prix du livre France bleu / Page des libraires 2015, Prix des lecteurs du Livre de Poche 2016) est son deuxième roman après *L'Ancre des rêves* (Robert Laffont, 2007), récompensé par le prix Encre Marine. Elle est également l'auteur d'un document sur le rugby et d'un recueil de nouvelles, *L'Homme dérouté*.

Paru au Livre de Poche :

La Part des flammes

GAËLLE NOHANT

L'Ancre des rêves

ROBERT LAFFONT

ISBN 978-2-253-07078-8 – 1re publication LGF

À Fabrice et Ninnog,
et à l'ami sans qui ce livre
n'aurait pu prendre son envol

PREMIÈRE PARTIE

Des cauchemars et des enfants

« … Dans notre partie de la Bretagne – la Cornouaille, l'Armorique – persiste la vieille croyance celte selon laquelle la mort est simplement un pas – un passage – entre deux stades de l'existence humaine. Qu'il y a de nombreux stades, que cette vie en est un, et que de nombreux mondes existent simultanément, concentriquement, et s'interpénètrent peut-être ici ou là. De sorte qu'il y a des espaces incertains – la nuit noire, le rideau d'écume au point de rencontre de la terre ferme et de l'océan mouvant, lequel est toujours le seuil de la mort pour les hommes qui le traversent en tous sens – des messagers pourraient bien rôder entre ces zones. »

A. S. BYATT, *Possession*.

1

Cette nuit-là

Comme tous les soirs, Benoît Guérindel avait reculé par mille stratagèmes l'heure de monter se coucher. Mais l'heure redoutée du sommeil venait toujours, comme la mort, que rarement on invite.

Ce soir-là, comme toujours, il épia le pas de sa mère dans le couloir, sentit son hésitation devant la porte close de la chambre qu'il partageait avec son frère cadet qui dormait déjà. Elle n'entrait plus leur souhaiter bonne nuit depuis longtemps. Ils avaient obtenu ça d'un commun accord, son frère cadet et lui. Ils étaient arrivés à la même conclusion : il fallait la tenir à l'écart.

C'était une bonne mère, ils n'en doutaient pas, au fond.

Elle ne leur avait imposé que deux diktats. Et l'un comme l'autre lui étaient restés en travers de la gorge, parce qu'ils n'avaient aucun sens à ses yeux, à la différence des autres interdits.

Quand il était enfant, elle l'avertissait : « Non, ne t'approche pas du feu, ça brûle ! » Avec son petit cerveau en construction, il comprenait sur quelle arche s'appuyait le non. Il approchait sa main, se ravisait. Plus que pour la braver : pour se braver lui-même. Il redescendait les marches de l'escalier quand elle se fâchait. Elle leur signalait des dangers. Ils s'en agaçaient parce qu'ils auraient voulu tendre la main et traverser les flammes sans avoir mal. Elle leur rappelait sans cesse qu'ils étaient trop petits pour leurs ambitions. Eux dont l'appétit de vivre ne connaissait pas de bornes. Eux qui avaient voulu courir avant de savoir marcher. Même Samson, le dernier de ses trois frères, était un concentré d'énergie pure, et il n'avait pas deux ans.

Mais, pensa Benoît avec ironie, cette mère si aimante avait négligé le plus précieux des avertissements : « Ne dormez pas, mes agneaux. Ne fermez jamais l'œil. Jamais. Vous m'entendez ? »

Se brûler la main n'était rien à côté de ce qu'il endurait, une fois endormi.

Souvent, il la haïssait pour tout cela. Et puis il croisait son regard, et sa haine le brûlait de remords. Elle ignorait tant de choses. Elle avait l'air si solide, mais le fond d'elle était trouble.

Est-ce que les autres s'en doutaient, ou était-ce son privilège d'aîné, cette perspicacité empoisonnée ?

Tard dans la nuit, quand son rêve l'eut rejeté comme une marionnette après la farce, Benoît resta groggy, cherchant dans le noir la forme de son frère endormi. Cette vision, même en ombre chinoise, le rassurait toujours. Il avait presque deux ans de plus que Lunaire. Il ne pouvait pas lui dire qu'il se raccrochait à lui pour trouver l'apaisement. S'il commençait à évoquer ces choses-là, il se désagrégerait. Et abandonnerait la place à l'être sans courage et sans force qu'il était dans son rêve.

Petite, où es-tu ? Pourquoi ton corps n'est pas couché sous les eaux ?

Benoît revit les mèches blondes disparaissant sous la surface glauque.

À cet instant, dans le silence de la chambre, il perçut des pleurs d'enfant. Un instant, il pensa mourir de peur.

Puis il reconnut les sanglots rauques de son petit frère Samson.

La chambre de Samson se trouvait au fond du couloir. Leur mère était plus loin, à l'étage en dessous. C'était à lui de se lever, sûrement. Samson pouvait être malade. Ou bien il avait perdu son ours en peluche à l'autre bout du lit. Il suffirait de le lui rendre et le petit bonhomme se rendormirait aussi sec.

Benoît n'arrivait pas à bouger. Encore hanté par son rêve, il ne s'en sentait pas le courage.

Il entendit du bruit à l'étage du bas. Sa mère se levait. Il frémit de honte. Il n'était bon à rien, et il le savait : ce privilège, il le devait à son cauchemar.

Ce fut une nuit singulière. À trois heures du matin, Enogat fut réveillée par les cris mêlés de sanglots de son plus jeune enfant. Dressée dans le noir de la chambre, elle resta quelques secondes interdite. Puis elle se rassura : tous les enfants avaient parfois des angoisses nocturnes, ça ne signifiait pas que la malédiction qui frappait ses frères avait rattrapé Samson par les chevilles. Elle se précipita vers le lit-cage du bébé, tendant les bras vers le corps chaud et transpirant, embrassant le petit visage où roulaient des larmes de crocodile, caressant les cheveux roux gominés par la sueur.

— Là, c'est rien mon bébé, Maman est là, c'est fini, tu entends, c'est fini…

Le bébé hoquetait contre sa poitrine. Elle sentit qu'il se calmait un peu à son contact. Il bredouilla des sons malhabiles, la fixant avec des yeux écarquillés.

— Qu'est-ce qu'il y a, Samson ?

— Tanson a vu un meseu…, parvint-il à dire.

— Tu as vu un méchant monsieur ? C'est ça ? Mais c'était un rêve, mon trésor. Un vilain rêve. C'est fini.

— Le meseu… poursuivit l'enfant avec obstination, le meseu il était dans l'eau.

Enogat sentit les poils se hérisser sur ses bras.

— Le monsieur il était dans l'eau ? dans la mer ?

Le bébé hocha la tête.

— Ouais. Dans l'eau. Il fait peuwe à Tanson, le meseu.

Samson ne disait jamais « oui » mais « ouais » et elle passait son temps à le reprendre. Le petit garçon avait vu en rêve un homme hurlant à travers les vagues. Un noyé, hargneux comme tous ceux dont la mer étouffe les dernières paroles. Enfin ça ressemblait à ça. Enogat espérait de tout son cœur qu'elle avait mal compris.

Elle réconforta le bébé, resta près de lui, une main sur son ventre à travers le tissu éponge du pyjama, jusqu'à ce qu'il se rendormît. Quand elle retourna se coucher, elle ne réussit à trouver le sommeil que lorsque que les premières lueurs de l'aube se prirent dans les rideaux de la chambre à coucher, libérant ses enfants de l'emprise de la nuit.

Le jour balayait les cauchemars, les réduisait en fragments de poussière qu'ils emportaient avec eux sans y prendre garde, accrochés à leurs cheveux, à leurs pensées.

Les trois garçons s'étaient échappés vers leur bus après avoir avalé un nombre invraisemblable de tartines trempées, sans égard, dans le chocolat chaud. Ewan, son homme, qu'elle aimait d'un amour si tendre, tissé de tout ce qu'elle ne lui avait pas dit et qu'il ne lui avait pas demandé, était parti travailler tôt, bien avant le réveil des garçons. Le chantier de la nouvelle église de Saint-Pierre-de-Plesguen n'attendait pas. Samson avait oublié sa mésaventure nocturne et s'appliquait à effondrer les tours de cubes qu'elle lui bâtissait patiemment.

Ewan lui répétait qu'ils étaient une famille comme les autres. Peut-être que Benoît était en colère parce qu'il avait quinze ans, et seulement pour cela. Mais quand elle regardait son fils à la dérobée, comme ce matin, la tension lasse de ses yeux charbonneux attisait ses inquiétudes. Dans ce regard, elle sentait la gravité des enfants dont la vie comporte des aspérités. Il parlait peu, comme les autres.

Le moins possible, pensa-t-elle amèrement. *Comme si j'étais le kapo du dortoir, et qu'ils devaient toujours surveiller leurs paroles…*

Les mots de Benoît, pleins d'ironie flegmatique, étaient une façade derrière laquelle la rage attendait en embuscade. Elle aurait aimé savoir lui parler. À quinze ans, il avait la beauté miraculeuse et transitoire de ces adolescents qui hantent les fresques italiennes. Il était le plus beau de ses fils, mais aussi le plus inaccessible. Ewan expliquait à son épouse qu'il avait surtout besoin qu'on le laisse grandir. Benoît ne resterait pas avec eux, elle le pressentait. Pourquoi voulait-il tant s'en aller ? L'avait-elle mal aimé ? Enogat ne devait pas penser à ça, à une maison sans Benoît qui lui paraîtrait vide.

Elle pensa à ce qu'elle allait leur cuisiner ce soir, quand ils rentreraient du lycée, du collège, ou du chantier de la charpente de la nouvelle église. C'était facile de remplir le vide d'une fringale avec quelque chose de chaud et de tendre. Plus que de résoudre des problèmes métaphysiques, de se demander pourquoi ses fils ne faisaient jamais de ces rêves qui accomplissent les souhaits : manger autant de gâteaux qu'on veut sans que l'abdomen explose, être sacré roi du collège, faire des vols planés dans le ciel bleu entre les cumulo-nimbus, goûter la chair des nuages et la trouver supérieure à la barbe à papa, épouser la princesse du château après s'être battu dans l'euphorie, trouver un trésor enfoui dans la terre du jardin au-dessous de l'ancien clapier où moururent tour à tour onze lapins myxomateux, devenir pirate… non, ne pas devenir pirate, ou alors un pirate de terre détroussant les égarés. Dans le monde des rêves-souhaits, une chose était sûre : la mer n'existait pas, ou bien comme une donnée abstraite, une absence bleue.

Enogat détestait la mer comme on peut détester quelque chose qui vous a laissée pour la vie entière avec des trous dans le ventre. Jusqu'à son odeur qui la rendait malade. L'odeur du large. Elle habitait dans les terres, la longère qu'Ewan et elle avaient choisie seize ans plus tôt était protégée par des arbres, des champs, un rempart de campagne contre la voracité de la Manche. Et pourtant elle n'était pas loin, la mer. À vingt minutes à pied s'étalait la baie de Saint-Jacut-de-la-Mer. Le soir, on pouvait y regarder clignoter à l'horizon les feux de Saint-Malo, auxquels répondaient ceux de Dinard la nonchalante, de Saint-Cast-le-Guildo.

Ils auraient pu aller habiter plus loin. Ils auraient pu gagner l'abri des forêts, ou les villes. Ils ne l'avaient pas fait. Ewan aimait la mer, il aimait la regarder chaque jour, longer la côte en allant travailler.

Elle avait pris des mesures pour protéger ses enfants. Ses fils ne savaient pas nager, ils n'avaient jamais fait de pique-nique devant les vagues, sur les rochers qui font le gros dos. Au début, ça n'avait pas été facile : son mari refusait de leur transmettre une hantise de l'eau alors que c'était un pays de mer, ce n'était pas naturel. Enogat s'était battue avec Ewan, et ensuite elle avait dû affronter l'école, qui proposait sans cesse des sorties de plage, des stages de voile, des « journées découverte en milieu marin ».

« Écoutez, une fois pour toutes, mes enfants resteront à l'école. Ils ne nagent pas, ils n'iront pas en sortie voile. Je connais le milieu marin, comme vous dites. Même bien encadrés, je n'ai pas confiance. Emmenez-les en forêt, à la montagne, en journée verte à la ferme, mais la mer c'est non. Ça sera toujours non. »

Elle sentait que ces gens la jugeaient, la trouvaient déraisonnable. Il eût été tentant de s'expliquer sur ses motifs. Mais elle n'avait pas parlé de ses morts. Elle ne voulait pas qu'on fît de la peine à ses fils avec ces vieilles histoires. Elle tenait les fantômes à distance de sa maison, de son jardin. Quant à ses quatre fils, ils formaient une fratrie joyeuse et tumultueuse, comme elle l'avait souhaité.

Mais ils ne dormaient pas bien la nuit.

Plusieurs fois, les garçons avaient été tentés de désobéir. C'était dur de résister aux copains qui voulaient naviguer vers les îles, jouer aux corsaires, nager entre le barrage sur la Rance et les petites plages bourgeoises de Dinard, ou encore pêcher la langouste, la crevette rose. La pêche devenait miraculeuse si on rapportait un homard de taille à être mangé.

D'une interdiction qui les tenait à l'écart des autres, ils avaient tiré une réputation de mystère. L'imagination galopait, les rumeurs couraient, non démenties. Des petites filles romantiques racontaient qu'Enogat avait un passé de sirène, et que si les garçons touchaient la mer ils retrouveraient leurs nageoires et leur peau translucide et disparaîtraient dans les flots, rejoignant le peuple sombre qui s'agitait en bas. D'autres disaient que les parents Guérindel avaient passé un marché avec la mer : ils auraient quatre garçons, mais devraient lui en donner un quand il serait venu au monde. Seulement ils aimaient trop leurs fils pour en sacrifier un seul, et fuyaient la mer de peur qu'elle vienne réclamer son dû. Cette histoire-là était la préférée des cours d'école, parce qu'on sentait bien que la Manche ruminait des vengeances, qu'elle attendait son heure.

Bien sûr les frères désiraient en secret s'approcher du roulis, sentir la langue brûlante des vagues à leurs chevilles, perdre leur regard dans l'immensité turquoise, émeraude, marbrée d'algues tentaculaires. L'interdit maternel leur avait rendu la mer mythique des théogonies primitives, celle qui s'était ouverte sur le passage des Hébreux pour se refermer sur les Égyptiens, noyant hommes et chevaux dans un bouillonnement. La mer ne régnait pas seulement sur leurs nuits, elle était à la barre de leurs fantasmes adolescents.

Mais ce matin du 21 mars, tandis qu'un soleil timide tentait de forcer le barrage des nuages, aucun danger ne semblait suspendu au-dessus d'eux. Les choses ont toujours l'air si paisibles, à la lumière du jour.

2

Lunaire

Ce jour était aussi gris que les précédents, mais aujourd'hui Lunaire, le cadet des garçons Guérindel, avait quatorze ans. Il ne s'était pas réveillé différent. Juste aussi hagard et soulagé que les autres matins. À peine avait-il noté que sa mère semblait tracassée, avant de s'échapper avec les autres dans le jour pâle et glacé pour attraper le bus pour le lycée. Il avait vécu une journée ordinaire, jusqu'à ce que sonne l'heure de rentrer chez lui où l'attendait un gâteau à deux étages et un nombre respectable de cadeaux. Son petit frère Guinoux cacha mal sa jalousie en le voyant déballer une superbe boussole en cuivre dans son étui de cuir noir, pourtant c'était lui qui avait soufflé cette idée à leurs parents. Lesquels ignoraient que Lunaire, ce garçon secret, passait le plus clair de son temps à arpenter le cœur des forêts, en espérant s'y perdre.

Tout le monde était réuni autour de lui ce soir, et même s'il affichait de l'indifférence pour ces enfantillages d'anniversaire en famille, Lunaire était heureux.

À sa grande surprise, Benoît s'était donné le mal d'arriver à l'heure.

Il venait de souffler ses bougies quand, levant son verre de cidre à la joie de quitter le rivage de ses treize ans, il fut saisi d'une angoisse. S'il ignorait tout de son avenir, une chose était sûre : chaque nuit jusqu'à son dernier souffle, il s'endormirait pour se retrouver sur les eaux noires où tanguait le long corps fantomatique du *Bateau*.

Il faisait ce rêve depuis si longtemps qu'il ne pouvait se rappeler le temps d'avant. Sa mère lui disait qu'il avait commencé à cauchemarder à l'âge de Samson. Mais comment pouvait-elle en être sûre ? Peut-être que le cauchemar était déjà là, dans un coin de sa tête, pendant qu'il dépliait ses bras et ses poumons dans le ventre maternel.

Depuis l'enfance sa vie était scindée entre la peur et la lumière, la solitude choisie et celle qui fait hurler à l'intérieur. Ces deux vies n'étaient pas étanches l'une à l'autre. Il fallait beaucoup de patience aux matins pour disperser l'odeur du trois-mâts, qui imprégnait son pyjama quand il ouvrait les yeux. Un mélange de bois pourri, d'iode, de puanteurs corporelles et de relents de poisson décomposé. Un fumet à déboucher le nez d'un enrhumé. Il pensait que cette odeur était imaginaire jusqu'à ce que Benoît lui demande un matin en se pinçant le nez :

— Dis donc, la nuit tu te relèves pour pêcher des sardines, ou quoi ? Tu pues, mon vieux !

Cette phrase lui avait fait honte et peur. Elle était la preuve d'une perméabilité entre le réel et le rêvé. Il découvrait que l'irrationnel transpirait dans le tangible, que personne n'avait songé à colmater les murs au commencement du monde. Où étaient les cerbères, les chiens policiers ?

On pouvait se réveiller avec sur ses vêtements une odeur de mer et de mort sans avoir quitté son lit, sans même être allé aux toilettes au bout du couloir.

C'est ainsi qu'un peu plus tard, dans le parfum de quatorze bougies soufflées d'un coup, du cidre fermier, du gâteau chocolat grand-marnier, Lunaire résolut de chercher la brèche qui existait forcément, quelque part, dans la trame de son rêve.

Dès cette minute, il se sentit mieux. Il lui avait suffi de se défaire d'un préjugé. De considérer l'univers de son cauchemar comme un espace où l'on pouvait agir sur les choses et les êtres. Un territoire dont il devait apprendre la géographie et l'histoire pour disposer d'un champ d'action. À sa manière, Lunaire se sentait l'héritier d'Ulysse. Manœuvrier, patient, il était prêt à livrer bataille contre l'illogique.

Il ne savait dans quelle aventure il s'engageait, peut-être n'irait-il nulle part. Mais nulle part est parfois un bon point de départ.

En se couchant cette nuit-là, il se dit qu'il partait en reportage. Il ne savait quels outils fonctionneraient dans l'autre monde, de sa mémoire photographique ou des injonctions de son cerveau. Les hommes allaient sur la Lune ou sur Mars, mais le monde des rêves était encore plus dangereux et stimulant à explorer. Quand il reviendrait, Lunaire écrirait des livres sur ses expéditions sur cette terre qui était à la fois sienne et étrangère. Il deviendrait célèbre, on se l'arracherait, il décrocherait le prix Nobel, enrichirait l'humanité.

Énervé, il mit du temps à s'endormir. Puis le film se mit en marche.

Le démarrage était lent. Une mer d'encre, à perte d'horizon. On voyait à peine la séparation entre l'eau et le ciel, la nuit enveloppait toute chose, comme le néant biblique avant que Dieu n'accroche les étoiles.

D'abord Lunaire ne voyait que ces infinis moirés du ciel et de la mer. Puis il découvrait ses pieds, le bas de son anatomie. Il notait qu'il portait un bon vieux jean, des chaussettes épaisses, les baskets montantes qu'il mettait l'hiver. Le scénariste avait pensé à la fraîcheur des nuits en mer. À cette seconde il frissonnait toujours, assailli par l'odeur du large et par la terreur qui montait d'un coup quand il se réalisait perdu au milieu de nulle part. La barque se balançait imperceptiblement sur l'eau lisse et brillante. Son bois grinçait de petites plaintes.

Le calme de l'eau ne le rassurait pas. Protégé de ses pulsations sourdes par une coquille de noix, quelques planches clouées ensemble, Lunaire retrouvait la peur des monstres assoupis entre les habits d'une penderie entrebâillée, que réveille le bruit feutré d'une pantoufle.

Il ne voyait jamais arriver le bateau. Mais soudain il était là, immense à côté de la barque, ses trois mâts perçant le ciel comme des baïonnettes, ses lourdes voiles dépliées dans l'air que n'agitait nul souffle. Comme un défi royal aux lois de la navigation, il semblait créer son mouvement à sa convenance, carcasse animée par la vie puissante de son bois centenaire, retourné à l'état sauvage après des décennies de loyaux services.

Il se dressait immobile sur les eaux étales, assez loin de la barque pour ne pas la heurter.

Comme chaque fois, Lunaire fut soulagé de n'être plus seul. C'était sans doute un réflexe inné, l'espérance du bateau surgi à point nommé.

Après quelques minutes, le trois-mâts glissa lentement sur l'eau pour se rapprocher de la barque, dans un mouvement d'une grâce hypnotisante, et Lunaire déchiffra sur la proue quelques lettres peintes rongées par l'eau de mer : *La Marie-Louise*. Jusqu'ici, il n'avait jamais vu ces lettres, ou bien ne les avait-il pas cherchées. Mais ce soir un premier événement venait de se produire. Une idée avait traversé le sommeil pour le rejoindre, à l'état de pensée flottante et embrumée, détail qui cogne à la porte, dont on doit se souvenir, mais quelle difficulté quand tout est engourdi, pourtant il faut faire un effort, parce que c'était important. *Je dois chercher des choses.* Oui, c'est ça, je dois chercher, noter.

Le bateau était maintenant si proche qu'un clapot raisonnable eût envoyé la barque choquer son bois. Mais il n'y avait pas de houle, à peine un bercement de l'eau.

Une longue échelle de corde descendit le long de la coque et les premiers barreaux tombèrent avec fracas dans la barque. Lunaire leva les yeux, mais le bateau était trop haut pour qu'il pût distinguer quelqu'un à son bord.

Mais il y a quelqu'un. Ils t'attendent.

Il hésita. Une angoisse lui serrait l'estomac. Un avertissement. Qu'y avait-il là-haut ?

— Ohé, gamin ! Grimpe, et qu'on en finisse ! On va pas y passer la nuit !

Une voix déchirait la densité du silence. Une voix d'homme, assez menaçante pour que Lunaire saisisse l'échelle flottante à deux mains et commence à grimper. À peine avait-il entamé l'ascension que l'écart avec la barque se creusa, et dès lors il évita de regarder en bas, pour ne pas succomber au vertige. Retenu comme un trapéziste à la longue échelle qui oscillait, ses mains s'agrippaient à la corde, profondément brûlées par le chanvre. Vingt barreaux déjà. Il en restait une dizaine. La brûlure lui fit monter les larmes aux yeux.

— Bon alors, ça vient ? Qu'est-ce que c'est qu'cette mauviette ? Active ou j'lâche tout ! T'aimerais pas partir à la baille, hein, gamin…

Oubliant la douleur cuisante, Lunaire se hissa sur les derniers mètres avec vigueur, puis sauta sur le pont du bateau au moment même où un homme à taille de géant précipitait l'échelle de corde dans les ténèbres. Horrifié, le garçon la regarda tomber et disparaître, touchant l'eau dans un bruit ténu et lointain.

— Tu vois ce qui aurait pu t'arriver ? demanda l'homme avec un sourire dur. J'ai pas d'patience. C'est l'problème avec moi.

Le garçon regarda autour de lui. Le géant le toisait, goguenard. Derrière lui, un peuple d'hommes se tenait à distance. Ils étaient une trentaine. Une communauté. Leur immobilité et leur silence n'étaient pas naturels. Ils l'observaient.

Dans son malaise, il se souvint. *Je dois chercher des choses.* Je dois faire attention.

Une lumière blafarde émanait du pont. Elle se diffusait entre eux comme un brouillard artificiel.

— La nuit est fraîche…, dit le géant. L'eau est trop calme, tu trouves pas, gamin ?

Il hocha la tête et se força à le regarder. Son pull à col roulé à maille épaisse dépassait d'une vareuse grossière, moulant un torse de titan. Son pantalon taillé dans de la toile à voile se prolongeait par des bottes en cuir. Un menton carré, une bouche sensuelle que fermait une moustache en pointe. Un nez cassé et mal remis traçait une arête dure et inégale. Pour finir, le garçon croisa deux yeux d'acier sous d'épais sourcils roux, brûlants d'intelligence et de cruauté. Ces yeux le fusillèrent.

— Dis donc, gamin, on t'a pas appris qu'c'était pas poli de zieuter comme ça ? J'aime pas les malins. Fais bien attention à toi. Les morts marchent, ce soir.

Fais bien attention à toi.

Un long frisson le parcourut, comme une bourrasque giflant un corps trempé.

Les morts marchent, ce soir.

Une comptine dont il avait perdu le souvenir lui traversa la tête.

« Faut boire à la santé des gars
Qui sont coulés, au fond, en tas. »

— Bien sûr qu'ils sont en tas, gamin…, dit le géant. Tu veux les voir ? C'est pas beau, tu peux m'croire. Ils sont bien arrangés. C'est comme une pâte, là au fond. T'y r'connaîtrais pas ton frère.

Il lit dans mes pensées, réalisa-t-il avec angoisse, pressentant que rien ne lui serait épargné, qu'il verrait *tout* ce qu'il plairait au maître de céans de lui montrer.

Le géant se tourna vers le peuple immobile qui attendait derrière eux, ces hommes dont l'étrange concentration évoquait une horde de loups faméliques espérant un repas qui viendrait cuit, sans qu'on l'ait traqué.

— Tiens, montre-lui, Morvan, c'que ça t'a fait, à toi.

Il y eut une seconde suspendue où rien ne bougea parmi les silencieux.

— Morvan !

Le cri avait jailli avec la force d'un coup de fouet.

Un homme émergea lentement de la foule.

Les morts marchent, ce soir, petit.

Paralysé, l'adolescent luttait contre sa peur. Des mots venaient à sa rescousse par un trajet oublié, envahi de ronces :

« demain dès l'aube je partirai »
Petit… t'entends ?
« L'Aube exaltée ainsi qu'un peuple de colombes. »
T'entends ? Ça frotte le plancher…
« Les mystiques élans se cassent quelquefois
Mon unique culotte avait un large trou
C'est un trou de verdure où chante une rivière… »
Les morts, gamin, ça fait un boucan…
« Il a deux trous rouges au côté droit. »
Oui, petit, deux jolis trous bien nets… c'est après que ça s'gâte.

Le dénommé Morvan avait avancé assez près pour qu'il puisse le toucher en tendant les doigts. Il ne devait pas tendre la main, toucher.

T'as raison. C'est contagieux.

— Allez Morvan, montre-lui. Joue pas les timides.

L'homme se détourna. Son profil gauche avança sous la lumière au risque d'y être brûlé. C'était un amas de chairs rouges et brunes, à vif, où l'œil menaçait de glisser à son tour. Lunaire se figea, hypnotisé par cet œil surnageant dans la débâcle, à demi fermé par l'effort.

— Morvan, c'était un prix d'beauté, avant, dit le géant avec un rire bref. Un vrai coq. Les filles du coin s'battaient pour lui. Plus maintenant. Pas vrai, Morvan ?

Morvan ne bougeait pas. Un homme en cours de pétrification, lente et inéluctable. Ou alors c'était autre chose… un ressentiment sourd, une colère à ce point retenue qu'elle paralysait le corps, les muscles du visage.

Oui, c'est ça, songea Lunaire, excité par cette découverte. *La colère.* La colère raidissait Morvan comme une *rigor mortis*, épaississait son sang.

Le géant flairait-il cette menace ? Peut-être. Narquois, il préférait en jouer.

Le garçon tenta d'aller plus loin dans ses déductions, mais c'était trop difficile. Il restait captif de ses impressions, sans distance.

Des cris montèrent du plancher. Lunaire sentit sa peau se hérisser. Il *sut*, à cet instant, sans l'avoir appris, que seul un homme dont les dernières défenses avaient lâché pouvait crier avec une voix aussi aiguë. Un canard au cou coupé qui court encore, désarticulé.

— Tiens, dit le géant en adressant un clin d'œil à Morvan, Abel est réveillé.

Il frappa plusieurs fois le plancher de ses bottes de sept lieues.

— Ta gueule ! On t'entend trop !

Il éclata de rire.

— Y supporte pas de dormir à fond d'cale. C'est un sensible.

Les cris persistaient, indifférents, lancinants. Lunaire aurait voulu se boucher les oreilles.

Je ne peux pas. Je ne peux pas écouter ça.

— Gauthier, Lambesc ! La trappe ! rugit le géant.

Encore un instant suspendu. Deux hommes s'arrachèrent au groupe au ralenti, comme si les ordres les atteignaient avec le décalage qui sépare l'éclair de son crépitement.

Les deux gaillards le firent reculer d'un pas. La trappe se trouvait à l'endroit précis où il se tenait une minute plus tôt. Il en éprouva un malaise. Comme si s'être trouvé là le désignait comme la prochaine victime. La trappe était large et pesante, les muscles se tendirent sur les bras des hommes tandis qu'ils la soulevaient, les traits crispés, dans un même souffle.

Morvan, qui observait la scène, ressemblait à une statue vandalisée dans un parc après la fermeture des grilles.

Le grincement affreux du mécanisme rouillé se mêla aux cris que le bois ne filtrait plus.

Lunaire sentit l'étau d'une main puissante se refermer sur sa nuque, elle aurait pu lui briser le cou sans effort. Le géant le souleva de terre et le tint en équilibre au-dessus du trou dans le bois.

« Mon unique culotte avait un large trou. »

Regarde, petit.

Il regarda. Seuls ses yeux le raccrochaient au monde.

Ce qu'il restait d'un homme s'agitait en bas, sur une paillasse humide. Il n'avait plus de jambes. Il ne lui restait plus qu'une partie de son bras droit, jusqu'au coude. À son ventre et sa poitrine, il manquait des morceaux. Le bras gauche avait disparu jusqu'à l'épaule. Certaines parties avaient été déchirées plus proprement que d'autres. L'homme-tronc était parcouru de tremblements, chacun de ses nerfs tendus tressautait, musique expérimentale d'un corps disloqué. Les pièces de ce puzzle qui avait été un corps souffraient, se révoltaient.

— Abel, tu veux de la compagnie ? demanda le géant, baladant le garçon au-dessus du vide tel un lapereau tremblant.

Dans un vertige, Lunaire eut l'impression que les cris du supplicié avaient redoublé, sans qu'il sache si c'était un oui ou un non. Était-ce même une réponse ?

— Désolé, gamin, les désirs d'Abel sont des ordres, dit la voix suave, feignant de regretter l'impulsion qui desserrait déjà l'étreinte autour de son cou qui retenait ce corps qui se déplia avec la grâce d'une danseuse chinoise quand la main lâcha le cou.

Lunaire se réveilla dans la nuit de sa chambre, trempé de peur, sans avoir crié. Le cri ne se dépliait pas avec le corps, mais c'était bien lui qui le réveillait avant qu'il tombe, si bien qu'il ne savait pas ce qui se passait ensuite, s'il se fracassait sur le corps d'Abel ou si des anges de lumière le rattrapaient de leurs ailes in extremis.

Il resta là, le cœur oppressé, se refusant à faire la seule chose qui l'aurait rassuré : allumer sa lampe de chevet, et risquer de réveiller son frère.

C'est fini, c'est rien, se dit-il, retrouvant les paroles de sa mère quand il était petit. Regarde, c'est ton lit, le poids de la couette sur tes jambes, le bois lisse de la table de nuit, et là-bas, le haut de l'armoire et le lit de Benoît. Lunaire concentra ses pupilles vers l'autre lit, cherchant la forme de son frère sous le drap. Au même moment ce dernier s'éveilla dans un gémissement.

Benoît se dressa comme s'il ne reconnaissait pas les lieux.

— Où elle est ? Où elle est, la petite ? demanda-t-il, hagard.

Les réveils de Benoît étaient impressionnants. Il parlait de choses irrationnelles et si Lunaire allumait la lumière, il le fixait avec des yeux absents, comme s'il se trouvait en présence d'une personne qui ne lui était pas totalement étrangère, mais dont il ne se souvenait pas si elle lui voulait du bien.

— C'est moi, Benoît, dit-il à mi-voix.

— Tu l'as vue ?

— Qui ?

— Mais la gosse ! tu l'as vue ?

— Non, j'ai rien vu.

— Mais alors… T'aurais pu faire attention ! Comment je vais faire, moi, maintenant ? Comment je vais faire ? J'vais jamais pouvoir…

À cet instant il s'interrompit, réalisant tout à coup qu'il se trouvait dans sa chambre auprès de son frère. Il resta silencieux quelques secondes.

— Je t'ai parlé, là ? demanda-t-il à Lunaire avec une voix redevenue normale, bourrue, une voix d'aîné s'adressant à son cadet.

— Non, t'as rien dit.

— Bon, murmura-t-il, rassuré, alors à demain.

— Oui.

Le silence se redéposa sur la chambre. Lunaire sentit que sa conversation décousue avec Benoît avait desserré l'étau de sa poitrine. Il était maintenant prêt à revisiter les images, les impressions de son cauchemar. Il savait que cette phase de clarté ne durerait pas, elle s'estompait déjà. Le temps était compté. Il fit glisser doucement le tiroir de sa table de nuit, dénicha à tâtons un carnet dont les ressorts retenaient un crayon à papier, une lampe de poche. Il les avait rangés là en prévision de cette nuit. Remontant la couette sur son visage, il plongea dans la tanière ainsi créée, et le faisceau de la lampe de poche éclaira le blanc du drap, tel un phare de vieille voiture déglinguée.

Il s'agissait de jeter sur le papier le plus grand nombre de détails, avant que la veille les ait effacés.

« Nuit du 14 au 15 février de l'année… premières notes sur le rêve.

Sois précis.

Le bateau : trois-mâts. Vieux voilier. Bateau pirate ?

En haut il y a l'affreux bonhomme. Il a l'air de m'en vouloir *personnellement*. Pourquoi ?

Grand. Très menaçant. Surtout le sourire.

Un ciré. Des trucs de marin. Des bottes.

Les hommes derrière lui. Un qui a le visage bouffé d'un côté. Morgan. Non, Morvan. MORVAN.

Le type sous la trappe : son nom ? Il est mutilé. Croupit sous le pont.

J'ai peur de toucher Morvan, ou qu'il me touche. Comme s'il avait une maladie.

Quand je tombe, je me réveille. Au début du rêve je grimpe juste assez vite pour ne pas être balancé par-dessus bord avec l'échelle. Si je tombe à l'eau dès le début, est-ce que je me réveillerai plus tôt ? »

C'était tout pour cette nuit. Rien d'autre ne lui venait. Ce n'était pas si mal, mais qu'en faire ? Les seuls indices exploitables étaient un nom, en espérant que ce soit un nom de famille.

Et si tout ça n'existait pas, simple création de son imaginaire ? On invente bien des choses tordues.

Oui mais… l'odeur du bateau ?

Il pouvait la fabriquer aussi. Sous le coup de la peur, peut-être. À ce moment de la nuit, son doute méthodique eût mis le monde en pièces. Il valait mieux se rendormir, demain il verrait.

Il lut à la lampe de poche quelques pages de *La Dame du lac* de Raymond Chandler, reprenant le livre où il l'avait laissé la veille :

« C'était une idée qui me venait comme ça, dis-je.

— S'il en vient encore de pareilles, laissez-les passer carrément, me dit-il. »

Lunaire sourit et sentit ses paupières s'alourdir.

3

Benoît

Alors que Benoît Guérindel était âgé de neuf ans, le maître d'école avait fait lire à sa classe le conte de *Hansel et Gretel*, et ils avaient dû répondre à la question : « Et moi, qu'est-ce qui me fait peur ? Les choses que je vois ou celles que j'imagine ? »

Il avait répondu d'une petite écriture maladroite, avec des boucles de *l* et des *e* disproportionnés : « Une dame qui devient folle. »

Intrigué, l'instituteur avait demandé à voir ses parents. Il s'était longuement entretenu avec son père : Benoît avait-il été confronté à la folie féminine dans son entourage familial ? Avait-il côtoyé une grand-tante cinglée ? Une arrière-grand-mère sénile qui effrayait les enfants en se relevant la nuit pour errer dans les couloirs ? Ewan avait ri, amusé. Non, sa femme était orpheline. Et sa famille ne comptait aucun cinglé homologué.

— À moins que… attendez, en y réfléchissant, quand ma femme s'énerve contre les gosses, certains jours elle a une lueur de démence dans les yeux…

Non, *je plaisante*, avait-il ajouté en éclatant de rire, mettant fin à l'entretien.

Ewan avait gardé cette anecdote pour lui, présumant que sa femme ne l'aurait pas trouvée aussi amusante. Il trouvait qu'on ne fichait pas assez la paix aux enfants. Ils avaient besoin d'un espace à eux, où refaire le monde et inventer des femmes folles si ça leur chantait. Ewan détestait cette manie des adultes d'être aux aguets de leur progéniture, cherchant sans cesse à décrypter, interpréter les secrets de l'enfance.

De retour chez lui, Benoît n'avait pu chasser la question du maître.

Ce qui me fait peur, c'est la femme qui marche sur la plage avec les poches pleines de cailloux. Mais je ne la vois que la nuit, et je ne sais pas si elle existe.

À présent, il savait que la dame de la grève n'existait que sur la toile du cauchemar, mais il avait toujours la même appréhension au moment de s'endormir. Comme dans ce film où des adolescents buvaient des litres de café pour rester réveillés, il savait que c'était peine perdue, le sommeil gagnait toujours. Impensable, le temps qu'on perdait à dormir, on y gaspillait la moitié de sa vie, que faisaient les chercheurs ? Comment n'avaient-ils pas encore inventé un moyen de réduire le sommeil à la portion congrue ?

Chaque soir, Benoît dressait une forêt d'images entre le rêve et lui, des milliers de planches de bandes dessinées, de séquences de cinéma, mais quel que soit le mal qu'il se donnait pour distraire son esprit, son rêve commençait immuablement par cette femme qui regardait jouer sa petite fille dans un salon terne.

C'était un de ces matins gris où la brume poissait le paysage. Les feuilles roussies d'un hêtre, dans la cour de la petite maison, situaient la scène au bord de l'automne, et la jupe longue de l'inconnue la reculait dans une époque ancienne. Elle souriait à la fillette. Elle se mit à frapper dans ses mains et l'enfant éclata de rire, cognant à son tour ses mains l'une contre l'autre pour l'imiter. Benoît aimait bien ce prologue, le jeu de l'enfant et de la mère, juste avant le coup de sonnette. La mère scandait les paroles d'une chanson en breton, la petite écoutait et riait en agitant les mains, répétant certains mots en écho.

La sonnette retentit. La femme sursauta, et se leva pour aller ouvrir, cueillant au passage la petite fille qui lui tendait les bras.

Benoît était frappé de voir son expression joyeuse se figer à l'instant où elle découvrait le visiteur. La soudaineté de cette métamorphose l'avait longtemps laissé perplexe, avant qu'il comprenne que si son visage se ternissait si vite, c'est qu'elle savait, elle avait toujours su. Pendant qu'elle jouait avec l'enfant, l'angoisse était tapie en dessous.

Le visiteur était gauche et emprunté, sa casquette à la main, une vareuse fatiguée soulignant sa carrure. Son imposante barbe noire ne dissimulait pas qu'il aurait préféré ne pas se trouver là.

— Bonjour, Rozenn, dit-il de la voix cassée d'un homme habitué à crier dans un pays de vent et de mer.

La femme ne répondit pas, mais un pâle sourire de politesse se dessina sur ses lèvres. La petite babillait dans ses bras, intriguée par la barbe drue et noire de l'homme, tendant ses doigts potelés pour la toucher. Sa mère arrêta les doigts en chemin.

— Non, laissez, dit l'homme. Elle est mignonne, cette gamine. C'est quoi son nom, déjà ? J'me souviens jamais.

— Katell.

— Ah oui, Katell... Ça pique, hein, cette grosse barbe ? J'me souviens, quand elle était venue à l'embarquement, toute fière sur les épaules de son père... Elle était haute comme ça, j'aurais pu la ranger dans une de mes bottes !

— Elle aura trois ans au printemps.

L'homme s'interrompit un moment pour sourire à la petite qui tirait hardiment sur sa barbe. Ça ne lui faisait pas mal, cette barbe en avait vu d'autres. Son regard se voila. Il détacha un à un les doigts potelés, avec cette douceur que savent les hommes dont la vie est brutale.

— Rozenn, c'est pas des bonnes nouvelles qui m'amènent...

— Non, le coupa la femme avec fermeté. Taisez-vous.

La petite fille tressaillit dans les bras de sa mère, touchée par l'onde de panique.

L'homme ne bougea pas. Sans doute était-il habitué à ces secousses épidermiques du chagrin.

— Le *Saint-Michel* a sombré y a trois semaines sur la route du retour, au large de Jersey. Il y a eu une tempête terrible, un vrai cyclone, et le bateau n'a pas tenu.

— Non, vous vous trompez. L'autre jour, un gars qui rentrait, un qui était à bord de la *Marie*, m'a dit qu'ils avaient croisé le *Saint-Michel* alors qu'ils avaient quitté les Bancs depuis dix jours et que tout allait bien à bord.

— Rozenn..., un morutier de Saint-Malo a recueilli par miracle deux survivants qui dérivaient dans un doris.

— Des survivants, vous voyez !

— Il n'y a pas d'autres survivants.

— Qu'est-ce que vous en savez ?

— N'espérez pas, dit l'homme avec fermeté. Ça sert à rien. C'est du poison dans le cœur.

La femme le fixait dans une posture de défi, lèvres serrées.

— Il n'y a pas d'autres survivants, martela-t-il.

— Allez-vous-en ! explosa-t-elle. Alors vous, le capitaine, vous avez le droit d'assassiner les gens ?

— Les nouvelles que je porte, c'est la sale besogne que personne veut faire, mais faut bien que quelqu'un s'en charge, pour que les vivants puissent pleurer leurs morts. Maintenant je vais partir, mais je dois vous dire d'aller la semaine prochaine à Dinan, à la Caisse de secours. Réclamez bien fort, on vous y donnera un peu d'argent. C'est peu d'chose, mais c'est mieux que rien. Faudra y aller, Rozenn, n'oubliez pas. Pour la p'tite, aussi.

— De l'argent ? Je m'en moque, de votre argent. Parce qu'y va revenir, mon Henri. Il nous laissera pas tomber !

Elle claqua la porte au visage du visiteur qui repartit dans la brume, lourd de la douleur qu'il avait semée derrière lui.

Benoît rêvait cette scène chaque nuit. Et jusqu'à cette porte claquée sur des pleurs d'enfant, ça allait à peu près. Ce n'était pas un rêve heureux, plutôt une farce du marchand de sable qui avait mal tourné, écoulant une contrebande de rêves sinistres, un sirop noir et vénéneux.

C'est après que ça se gâtait.

Le jour, il était Benoît Guérindel, un petit planqué comme les autres qui attendait la fin du cours, la fin du trimestre, la fin de l'année, le moment où il pourrait décoller bac en poche de ce bled paumé où les rues étaient vides à neuf heures du soir, et fuir là où les mailles du filet étaient plus larges, là où il pourrait respirer, brouiller les pistes… La liberté avait le goût des endroits où on n'était pas encore allé. Ici tout était étroit, fermé par la mer, des kilomètres de champs, de rase campagne. Certains de ses copains se débrouillaient avec ce confinement ; ils se fabriquaient une société secrète, une vie parallèle. Mais il y a longtemps que ça ne tentait plus Benoît. On n'échappait pas à sa cage en s'en construisant une plus étroite, non. Il fallait attendre. Benoît était fort à ça, tromper son ennui, son impatience.

La nuit se chargeait de démolir cette façade, lui rappelant qu'il empilait de grands mots, de grands rêves, mais que la chair tremblait en dessous.

Le rêve était le commencement de tout, le néant, un cri n'atteignant qu'un vide infini renvoyé par l'écho.

Où es-tuuuuuuu ?…

Petiiiiiiite !….

Chaque nuit, il la cherchait dans le marais nauséabond des algues, enfoncé jusqu'au cou dans cette soupe tournée, filandreuse.

Le long corps de la femme flottait près de lui, sur un banc d'algues épaisses, ses jambes lourdes raclant le sable, son visage enflé aux yeux blancs, son ventre distendu. Femelle hypertrophiée, enceinte de la mer.

Un seul corps. Où était l'autre ?

Il réprimait l'envie de vomir, de s'enfuir.

Où es-tu passée, bon sang ?

Tu ne peux pas me faire ça. Allez, sois gentille, remonte. Je t'en prie.

Les larmes coulaient sur ses joues. C'était trop dur. Trop douloureux.

Seul le silence lui répondait, déchiré par le cri des mouettes, leurs pupilles acérées de charognards. Tous ces efforts s'épuisaient dans la défaite et la vase. Dérivant machinalement, sa main rencontrait un bout d'étoffe, la chair flaccide d'un mollet.

Il hurlait. Les mouettes lui répondaient, narquoises.

Ça avait commencé avant. En sourdine. Avec la femme claquant la porte au nez du capitaine qui laissait la petite fille lui tirer la barbe. Avec la femme qui avait marché jusqu'à l'autre bout de la maison sans voir la blondinette en larmes, adossée à la porte d'entrée. Avec la femme qui avait ouvert le tiroir de la commode près de son lit, et plongé son visage dans une chemise d'homme, qu'elle avait gardée sans la laver et qui sentait encore un peu. Il fallait respirer profondément maintenant, mais l'odeur était là, dans le tissu. Elle tenait la chemise appuyée contre son nez et sa bouche, comme un oreiller. C'était là que

Benoît commençait à se sentir oppressé à son tour. À cause de l'oreiller-chemise. De sa puissance. Quand la femme avait fini par détacher son visage du tissu, ses yeux avaient changé.

La petite, elle pleure. Vous ne l'entendez pas ?

Peut-être qu'elle l'entendait. Assise sur son lit, elle regardait ses mains, observant ses phalanges, les dépliant soigneusement l'une après l'autre. Les repliant. Recommençant.

La petite fille hurlait dans le couloir, un gros chagrin. Elle s'était mise debout sur ses quilles, elle avançait à pas hésitants. Elle finit par atteindre la chambre, s'approcha du lit, cramoisie et étonnée.

— Ah te voilà, Katell… Viens me voir, dit la femme sur un ton enjoué. Viens, ma toute belle. Oh là là, dans quel état tu t'es mise…

Elle l'attira contre elle, écarta les boucles blondes collées par les larmes et la morve, tira un mouchoir de sous son oreiller pour essuyer le nez qui coulait. La petite se calma au bout de quelques hoquets. C'était une petite fille gaie, on voyait qu'elle guettait la première occasion de rire sur le visage maternel. La femme lui sourit, une rêverie dilatant ses prunelles.

— C'est fini, maintenant, le méchant homme est parti très loin. On est tranquilles.

Elle s'interrompit, soucieuse.

— Et tu sais, ces choses qu'il a dit sur Papa, c'est que des mensonges. Rien n'est vrai.

La fillette sourit. Un sourire ondoyant comme un petit soleil. Qu'avait-elle compris du drame qui venait de se jouer ? Chaque tressaillement, chaque émotion passant sur le visage de sa mère était un idéogramme aussitôt déchiffré.

— Regarde, dit la femme, montrant la fenêtre, où quelques rayons pâles se faufilaient par les ajours du rideau en dentelle blanche, il fait beau… Maman va emmener sa mignonnette en promenade. Tu veux ?

La petite hocha vigoureusement la tête.

À cet endroit du rêve, la femme coiffait soigneusement les boucles de l'enfant pour les rendre brillantes, et lui enfilait un petit châle tricoté au crochet, de couleur marron-prune, qui lui couvrait la tête et les épaules, laissant dépasser quelques bouclettes rétives qui dansaient sur ses yeux et lui chatouillaient les cils. Elle nouait une étole grossière sur ses épaules, et elles sortaient dans le soleil chancelant, clignant des yeux à mesure qu'il traversait les nuages et dispersait la brume. Elles étaient belles, la mère et l'enfant, surprises par la lumière.

Un air tiède descendit les caresser et les suivit le long du chemin des douaniers qui longeait la côte en serpentant. Des buissons de ronces aux mûres séchées leur cachaient la mer.

Elles marchaient depuis un certain temps quand la fillette se plaignit d'avoir mal dans ses sabots. Sans s'impatienter, la femme retourna la chercher et la hissa dans ses bras. Bientôt le sentier des douaniers déboucha sur des dunes de sable fuyant sous les pas, satinées, couleur crème.

— Regarde, Katell, murmura la femme en approchant sa joue contre celle de l'enfant, regarde comme c'est beau.

Le sable farine allongeait ses longues plages pour toucher l'eau comme on s'étire, cherchant la caresse des vagues qui montaient le lécher l'une après l'autre, d'un coup de langue gourmand, inlassable. Et jusqu'à l'horizon, entre les barrières rocheuses et les îles, dans l'eau miroitante aux reflets d'émeraude, chargée d'algues et de salive, des milliers de vagues clignaient de l'œil au même instant sous les feux du soleil. La mer montante étincelait, nourricière et majestueuse.

— Beau ! répéta la petite fille en battant des mains.

Elle voulut s'échapper des bras de sa mère pour bondir sur le sable, mais les mains retenaient solidement les jambes dodues, et de nouveau Benoît éprouva une contraction dans l'abdomen. À cause de l'oreiller-chemise, peut-être.

Il sentait le sable sous ses pieds nus, il était debout près d'elles mais elles semblaient ne pas le voir. Était-il devenu transparent ? Pour une part, Benoît était soulagé de n'avoir pas à lier conversation avec cette femme. Elle n'était pas dans son état normal. En regardant ses longues mains blanches serrer les mollets de la petite, il voyait de la glace. Une plaque de glace qui a commencé de se fendiller, où déjà se diffuse et se ramifie la fêlure, réseau de petites veines courant sous la surface, véloces et implacables.

Et pourtant, il n'aime pas cette invisibilité qu'il n'a pas choisie. Il n'aime pas cette situation, cette plage, le spectacle de la mère à l'enfant, pietà en robe longue, aux yeux rêveurs et aux mains si contractées que le sang s'en retire.

La petite fille veut s'échapper. Elle se débat, animal bondissant retenu contre son gré.

— Katell, calme-toi. Sage, mon oiseau, murmure la voix basse, un peu cassée.

Elle avance vers la mer.

Ses sabots laissent de profondes encoches dans le sable humide et durci de la grève, tel un cheval mythique et résolu. L'enfant s'accroche à son cou, curieuse de l'eau remuante qu'elle ne voit pas souvent d'aussi près. Parce que c'est salissant, c'est dangereux. Elle est trop petite, si petite qu'on pourrait la glisser dans une botte de marin, l'emmener avec soi au bout du monde, au pays des glaces et des bateaux perdus.

Elles sont tout près du bord, maintenant. Le visage de la femme a la sérénité d'une statue, ses yeux de pierre observent l'eau sans ciller, ses bras s'arrondissent autour de l'enfant, rondeur contre rondeur, la jupe de la petite remonte sur ses mollets, ses genoux : de la chair rose où planter ses dents.

Elle entre dans l'eau jusqu'à la taille, avec des mouvements amples ralentis par l'onde et le poids de sa jupe. Benoît a envie de crier. Il s'est approché. À partir de quand est-on fondé à se mêler de la vie de quelqu'un ? À quel signal peut-on y faire effraction?

Sa prudence le pousse à attendre. Encore un peu, un tout petit peu.

La petite se cramponne à sa mère avec des cris perçants, mi-crainte mi-joie. Les vagues lui éclaboussent les jambes. La femme détache une main de la cuisse rose, avec un sourire apaisant elle pose cette main sur la tête de l'enfant, une main à laquelle s'accroche un ruban d'algue pâle, caresse les cheveux et les mouille, et Benoît, pétrifié, pense à un baptême. Pas celui de Samson dans la chapelle de l'église Saint-Guilhelm, avec le prêtre traçant une croix sur la tête chauve du bébé, huilée de Saint-Chrême. Non, un baptême comme il en a vu dans certains films américains, debout dans un fleuve turbulent, au milieu des chants et des transes d'hommes et de femmes rendus fous par la proximité de Dieu. Un rituel primitif et sauvage, cherchant le ciel dans la fureur de l'eau, la naissance dans la mort.

L'eau salée, brûlante, coule dans les yeux de l'enfant, qui se met à hurler comme les petits baptisés. Bienvenue dans le peuple de Dieu, enfant rouge et hurlant, tu hurles aussi fort que lorsqu'on t'a arraché au ventre de ta mère, Dieu te regarde dans ta deuxième naissance et te trouve beau, les mystères du Très-Haut effleurent ton visage furieux et l'assemblée sourit et se réjouit de ta vigueur.

Mais ça ne va pas, ça ne va pas du tout. La tendresse de la mère irrigue ses mains d'acier, la gauche maintient le petit corps dans la gifle glacée des vagues, la droite en forme de coupe descend chercher l'eau et en asperge les boucles blondes, indifférente aux hurlements de la fillette, l'eau maintenant glisse jusqu'à la bouche ouverte, étrangle les sanglots, efface la trace des larmes. La mère répète :

— Ma douce, ma toute belle, ma précieuse.

Son sourire dédramatise les cris, la peur.

— C'est rien, c'est presque fini.

NON ! crie Benoît, arrêtez, ne faites pas ça !

Il veut avancer, descendre dans l'eau, mais ses jambes n'obéissent pas, elles pèsent une tonne. Les bras de la mère inclinent la petite en la berçant, la basculent pour l'immersion.

Non ! Arrêtez, attendez !

Elle ne l'entend pas, ne le voit pas. Elle sourit. Rien ne peut arrêter sa détermination, guidée par cette tendresse qui fendille la glace à la vitesse de la débâcle printanière, depuis la faille initiale, la porte claquée, le tiroir ouvert, la chemise dépliée comme un poumon secret, dangereux.

Arrêtez. Ne faites pas ça.

Benoît supplie, il essaie de marcher mais chaque pas lui coûte un effort épuisant, le sable se dérobe sous ses pieds, il est empêché, ralenti par une force mystérieuse.

La mère plonge son enfant dans les eaux agitées. Elle la tient fermement, patiemment, sous la surface brouillée, ondoyante, elle la tient pour la protéger du monde, pour la sauver de la douleur, de la glace fendue, elle la tient parce qu'elle sait ce qu'il en est. Elle ne faiblira pas. Ce n'est pas facile. Il faut de la force, il faut beaucoup d'amour.

Je vous en prie…

Benoît sanglote, de l'eau jusqu'aux genoux. Il n'est plus qu'à quelques mètres d'elles. Ses mouvements sont si laborieux, décomposés un millier de fois.

Des remous se forment à la surface de l'eau, au-dessus de l'enfant. On les distingue dans le calme qui précède l'éclatement des vagues. Ce tourbillon fragile retient la vie de la petite fille, puis il commence à céder, à diminuer, pour finalement se taire. La mère maintient sa pression, penchée en avant, la houle a détrempé de longues mèches de ses cheveux. Son sourire de pierre ne s'est pas effrité. À peine s'il laisse filtrer la fatigue de l'épreuve physique, émotionnelle.

Quand le corps ne résiste plus sous ses doigts, elle relâche son étreinte et regarde vers la plage, vers Benoît. Le voit-elle ?

Benoît la fixe, craintif, bouleversé.

L'air concentré, elle abandonne l'enfant à la mer et sort de l'eau, soulevant le bas de sa jupe trempée. Elle marche en direction de Benoît mais le dépasse sans le voir.

Le garçon regarde l'endroit où la petite fille a été immergée. De là où il est, la mer est presque transparente, il discerne un buisson d'algues cloquées, vérolées, d'un noir visqueux. Mais il ne voit pas de corps. Il n'y a rien. Pas de boucles blondes enroulées avec les algues.

Où est-elle ?

Son cœur serré se réveille et tambourine. Un espoir fou, indicible, bat dans ses tempes tandis qu'il se retourne, cherche la femme des yeux. Elle ramasse des galets. Avec l'application des cueilleurs de champignons, elle choisit les plus gros et les fourre dans ses poches. Avec son chignon défait et cet air flottant, on dirait une enfant perdue.

Benoît frissonne. Il se détourne d'elle pour scruter le fond sableux. Ses doigts de pied rencontrent des éclats de coquillages coupants, des nappes spongieuses et indistinctes font frissonner ses chevilles.

Il ne la perd pas de vue mais la regarde autrement, la Fantine décoiffée qui arpente la grève. C'est un animal dangereux, une meurtrière. Il sait qu'il devra la toucher, tout à l'heure, tenter de la sauver d'elle-même, mais éprouve de la répulsion à cette idée.

Elle poursuit sa cueillette de cailloux ; de là où il est, Benoît peut les entendre s'entrechoquer dans les poches de sa jupe. Quand elles sont pleines elle s'arrête, semble chercher à se rappeler quelque chose, puis se redresse et ses yeux débordent de grosses larmes étonnées, qui éclatent en noyant ses prunelles. Pendant un temps infini, elle pleure sans retenue. Benoît vient d'une famille où personne ne montre son chagrin. Pleurer, c'est l'intérieur de soi dénudé en public, c'est exposer ses blessures, c'est plus cru et plus intime qu'un ventre ouvert.

Et puis elle penche la tête et fait le geste de bercer. Elle berce le vide, l'air doux, l'odeur marine, le soleil, la couleur du sable, les pins saturés de résine, le ciel changeant et sans limites. Elle berce une absence et chante à mi-voix, pour quelqu'un qui dort déjà, qu'il ne faut pas risquer de réveiller.

Elle se reprend d'un coup et, frénétiquement, glisse d'autres galets dans le bas de sa jupe qu'elle a repliée. Benoît surprend ses jambes fines moulées dans des bas de coton blanc trempés, étrangement érotiques.

La jupe remplie de cailloux, elle retourne à l'eau, s'appliquant à ne pas faire tomber les pierres, le corps fouetté par les vagues. Elle avance avec peine, malmenée par le courant. Elle a de l'eau jusqu'à la poitrine et Benoît doit s'enfoncer plus avant dans les algues pour la rejoindre. Mais de nouveau le rêve s'amuse à le retenir, fait de chaque pas une quête séculaire. Il est sa marionnette désespérée.

Il n'est qu'à quelques mètres d'elle et va la regarder mourir. Il n'arrivera pas à changer le cours des choses, à faire les derniers pas, à allonger le bras, attraper un bout de vêtement, tirer sur les cheveux, relever la tête avant qu'elle ne devienne bleue et gonflée.

Il déchiffre sur son visage la panique de ceux qui croyaient n'avoir rien à perdre et se découvrent un dernier goût de vivre. Cherchant une issue, un sauveur, elle regarde à travers Benoît sans le voir.

Je suis là, pourquoi tu ne me vois pas, bordel, je suis là, regarde-moi, viens vers moi.

Mais Benoît devine aussi la glace brisée derrière ses pupilles, la débâcle qui ne veut rien épargner de cette femme, aucune douceur d'avant.

Ses épaules sont immergées maintenant, et les vagues qui éclatent comme autant de gifles lui font boire la tasse. Elle roule des yeux effrayés, tousse, s'étrangle. Elle tient ses bras haut devant elle, bouclier pathétique, et Benoît ne peut s'arracher à ce spectacle morbide.

Le drame survient brutalement, en reculant elle glisse et bascule, elle perd ses sabots et ses pieds battent dans le vide, sa tête disparaît dans le piège tourbillonnant d'une lame avant de remonter en surface, cherchant l'air qu'elle inspire à goulées maladroites, elle avale de l'eau, vacille, les pierres dans ses poches l'entraînent vers le fond, ses yeux ouverts dans le fer rouge de l'eau, cette fois elle n'a plus assez d'air dans les poumons, elle ne remontera pas, mais elle se débat tandis que la mer se referme sur elle, vient chercher sa fiancée.

Benoît hurle de rage et d'impuissance. Il a gagné quelques mètres. Il s'est arrêté, parce qu'il ne sait pas nager, parce qu'il a eu peur de finir comme elle. Il a perdu sa bataille. Quand le corps est remonté à la surface, ses yeux étaient vitreux, la peau morte, tuméfiée. Bientôt il coulera de nouveau. Ou bien la marée le poussera vers la plage, l'envoyant rejoindre les bois rongés, les cadavres d'oiseaux.

Il cherche la gamine, fouille le bouillon frémissant, écarte les chevelures des algues, tâtonne à sa recherche en espérant ne pas la trouver, espérant violemment qu'elle soit sauve quelque part, au sec, sur la terre ferme.

Alors il aperçoit les mouettes, leur survol appliqué, rasant la mer à la recherche de nourriture. Elles ne sont pas regardantes, les mouettes. De les voir au-dessus de lui, attirées par l'odeur de mort, Benoît perd confiance, leur ricanement le poursuit comme un mauvais augure.

Il appelle l'enfant doucement, pour ne pas attirer l'attention des oiseaux, puis plus fort, plus loin, en direction des rochers et des arbres. Pas de réponse. Si elle voit les mouettes, elle aura peur, c'est sûr.

En reculant, sa main rencontre le mollet glacé de la morte. Les mouettes répondent à son hurlement. Il hurle à nouveau, mais cette fois il se dresse dans la pénombre de sa chambre, désorienté. Où est-il ? Et où est l'enfant ? Elle n'est pas morte, ce serait trop moche.

C'est ainsi qu'il se réveille chaque matin, dans l'obscurité des premières heures, avec les stigmates de son cauchemar sur la rétine. Palpant son bas de pyjama, il s'étonne de le trouver sec, de ne pas découvrir d'algues accrochées à ses poignets comme un lierre visqueux d'outre-tombe.

Il ne sauve jamais personne.

Il n'a pas trop de toute la journée, ensuite, pour se recomposer une image, rassembler ses morceaux.

Il retourne se planquer au lycée. C'est un endroit sûr, hors d'atteinte. Un lieu où la dame folle de la grève ne le trouvera jamais.

À moins qu'il s'endorme sur sa chaise…

4
Ardélia

Le matin du 22 mars, Lunaire démarra son enquête. Il la mènerait seul. Rien n'était plus personnel et défendu que son rêve. Il ne s'en était jamais ouvert à Benoît, encore moins à Guinoux. Ce petit trouillard était trop fragile, il aurait craqué tôt ou tard et tout déballé à leur mère. Lunaire avait été quelquefois tenté de tout dire à leur père, pour déposer son angoisse entre ses mains solides. Mais il s'était retenu in extremis. Parce que son père et sa mère, c'était comme une seule personne. Et ce secret ravagerait sa mère. Et puis il sentait que c'était à lui de se débrouiller avec ça, comme un grand. Il pressentait que tout se jouait là. Ce qu'il deviendrait dans les années à venir, ce qui, en lui, évoluerait ou se pétrifierait pour longtemps. Enquêter sur un cauchemar : il imaginait le fou rire de Benoît s'il lui avait confié son idée loufoque.

Il ne savait trop par où commencer. Il se raconta qu'il était un étranger arrivé sans rien savoir des destins que relient la mer et les bateaux. Puis il réalisa qu'il était cet étranger. Que savait-il des océans, des hommes qui couraient toutes les mers du globe, de ces métiers où il fallait déchiffrer le mouvement des lames et les sautes d'humeur du vent, arpenter une nuit balisée de signaux, de fanals, sentinelles de lumière se répondant l'une à l'autre telle une portée de notes que seul l'initié pouvait déchiffrer ? Rien que les récits extravagants que son imagination avait brodés, depuis qu'il était en âge de se raconter ses propres histoires.

Il se rendit au Musée des Gens de Mer, bâtiment modeste qui jouxtait la mairie de Dinan.

Dès son entrée dans la grande salle en forme d'abside, il se demanda pourquoi il n'y était jamais entré. Les vitrines étaient garnies d'objets rouillés : ancres de bateau, gouvernails échappés d'histoires de flibustiers ou de barateries, mitaines en laine rugueuse, tabliers en cuir remontant jusque sous le menton du pêcheur pour le protéger des embruns et du froid, filets de toutes tailles et de toutes sortes, lignes, piques de fer … Benoît s'attarda à regarder des photos anciennes qui montraient des silhouettes emmitouflées à l'embarquement des bateaux, des visages juvéniles de mousses au travail, clope au bec sur le pont, le front disparaissant sous un bonnet. L'un d'eux, très brun et bouclé, qui fumait avec une fierté boudeuse, lui rappela Benoît.

Il alla d'un cliché à l'autre, happé par ces attitudes prises sur le vif, ces hommes les pieds dans les poissons, ces figures brutales où riaient les yeux, ces groupes de marins posant pour une photo de classe ensauvagée, la barbe en bataille et la bouteille de gnôle à proximité… c'était un monde d'avant, à l'âpreté aussi envoûtante que ces photos remontées de la mine avec leurs histoires d'hommes gris de suie, de pauvreté, d'horreur banale.

Changeant de salle, il tomba nez à nez avec un mannequin habillé en capitaine, de taille à effrayer les mouettes tentées de crever les vitrines à la recherche d'un trésor de guerre. Sur l'épouvantail à la peau découpée dans de la toile de jute, deux pierres noires et brillantes figuraient les yeux. Une casquette jetait une ombre sur son visage taciturne, sa silhouette enveloppée dans un long ciré, un pull à mailles grossières, un pantalon de toile épaisse qui s'évasait sur des bottes en cuir. Sa main gauche tenait une pipe en terre à hauteur de sa bouche manquante. Le résultat était d'un réalisme troublant. Lunaire se sentit dévisagé.

Le conservateur du musée, un barbu débonnaire, était assis à une table dans un coin de la salle déserte, le nez dans les paperasses.

— Excusez-moi, lui dit le garçon, hésitant. Le mannequin là-bas, c'est un marin ?

L'homme leva les yeux et l'observa en souriant. Lunaire se sentit ridicule : Avec ces vêtements usés aux coudes et aux genoux, il était difficile de le prendre au sérieux.

— Le mannequin ? C'est un capitaine de l'époque de la Grande Pêche, répondit le conservateur.

— C'est un pêcheur, alors ?

— Un marin-pêcheur, pour être exact. Tu connais un peu l'histoire de la Grande Pêche ?

— Pas vraiment. Je fais une recherche pour un exposé.

— Ton exposé, c'est plutôt sur les terre-neuvas ou sur les islandais ?

— J'sais pas trop…

— Tu sais pas trop, hein…, répéta l'homme, tout sourire, flairant le feignant qui espérait tenir vingt minutes à l'oral en ayant travaillé le moins possible.

Comme il était de bonne humeur, l'homme décida d'aider ce tire-au-flanc.

— En gros, il y a une tradition de pêche bretonne à Terre-Neuve depuis le XVIe siècle, et la pêche « à Islande », comme on dit, a commencé plus tard, au XVIIe. Au XIXe siècle, une grande vague de misère s'est abattue sur la Bretagne. Dans certains villages d'ici, la moitié de la population était réduite à la mendicité. C'est là qu'est née la Grande Pêche : des hommes qui n'arrivaient plus à vivre de leur travail agricole, dont certains n'avaient jamais été pêcheurs, ont commencé à s'embarquer pour des campagnes de pêche très dures, sur les Bancs de Terre-Neuve ou au large des côtes de l'Islande. Ces hommes partaient de février à l'automne, ne voyaient jamais le printemps, laissaient femme et enfants. Beaucoup ne sont pas revenus…

— Pourquoi ?

— Parce que là-bas, les mers sont très dangereuses, mon petit gars, et les conditions de pêche de l'époque n'arrangeaient rien. On n'a rien vu de plus périlleux que la pêche aux doris, celle qu'on pratiquait sur les Bancs avant que les chalutiers enterrent la marine en bois… Il y a eu trop de naufrages, et trop de morts. Tiens, là, sur ce panneau, t'as les noms de quelques bateaux qui ont sombré là-bas corps et biens : le *Saint-Michel*, le *Sainte-Anne*, la *Joséphine*…

Lunaire n'écoutait plus. Quelque chose remontait du puits de sa mémoire. Quels mots avaient réveillé ce qui dormait ? Trop de morts… des naufrages…

— On donnait des noms de saints aux bateaux ? interrogea-t-il.

— Souvent, oui. Par superstition, pour protéger le navire et l'équipage… Des noms de filles aussi, mais là c'était sentimental…

Lunaire se concentra. Non, rien ne lui revenait. Rien d'éclairant.

— Merci, dit-il, désappointé. Au fait, pourquoi vous dites « marins-pêcheurs » et pas juste pêcheurs ?

— Les hommes qui s'embarquaient pour une campagne de pêche devaient signer un contrat d'engagement à l'Inscription maritime, ce qui faisait d'eux des marins-pêcheurs. C'est-à-dire que jusqu'à leurs cinquante ans, l'État, en l'occurrence la marine, pouvait les mobiliser en cas de guerre. Ce système de conscription remonte à Colbert. Il permettait à la marine royale de mobiliser sur ses bâtiments tous les marins professionnels qui, en temps de paix, travaillaient sur des bateaux de commerce ou des bateaux de pêche.

— Mais alors on était obligé de s'engager dans la marine pour devenir terre-neuvas ?

— C'est ça.

— Mais si on ne voulait pas ?

— On n'avait pas le choix ! sourit le conservateur. Lorsque des pauvres types s'étaient engagés sans réfléchir et refusaient de s'embarquer le moment venu, c'est la maréchaussée qui venait les chercher. On les ramenait à bord entre deux gendarmes…

Lunaire demeura interdit. Lui qui tenait farouchement à sa liberté s'imagina se débattre pour échapper aux flics avant de bondir dans ces bois qu'il connaissait par cœur.

— Pour ton exposé, lui dit l'homme, va voir le mur des trépassés, dans les églises du coin.

En s'éloignant, Lunaire jeta un dernier coup d'œil à l'épouvantail qui attendait qu'on lui ouvre une bouche pour y porter sa pipe.

Ce jour-là, il fit le tour des églises. Il était pressé, tels les tueurs de vampires qui redoutent la tombée du jour. Son intuition lui soufflait que la piste était chaude, peut-être ce mannequin qui semblait garder l'orée d'un chemin privé. Dans la dernière église qu'il visita, le mur des « péris en mer » était dehors, on le trouvait après avoir traversé une cour dont un immense tilleul occupait le centre. Itinéraire discret pour ceux et celles qui venaient pleurer là des morts sans tombe, dont il ne restait que des noms peints sur des bouts de bois surmontés d'une croix. Il remarqua de petites boîtes en bois en forme de cercueils au pied des plaques funéraires. On eût dit des simulacres de tombeaux, fabriqués pour enterrer de méchantes poupées emportées par la maladie. Ces boîtes figuraient la détresse de pleurer un mort sans corps, glissé à l'état de fantôme en quittant la vie, échappé au baiser des vivants, à tout ce qui fait prise au chagrin et lui permet de se déposer jour après jour.

Il déchiffra les épitaphes : « En mémoire d'Yves-Marie Le Guenec, disparu en mer à bord du *Gilles de Rais* le 21 mars 1877, et de ses fils Jean-Pierre et Ronan. Priez pour eux. » « En mémoire de Paul et François Le Guiader, perdus en mer au large de Terre-Neuve le 8 septembre 1907 avec tout l'équipage de la *Pauline*. Sainte Marie, notre mère à tous, veillez sur eux. »

Une autre plaque attira son attention car elle mentionnait aussi le naufrage de la *Pauline*. Guillaume Lenoir et ses quatre fils avaient disparu ce même 8 septembre 1907. Quatre garçons et leur père engloutis dans l'éternité marine, qui ne franchiraient plus le seuil de la maison en ébrouant leurs membres engourdis, s'extrayant de leurs cirés vernis par les bourrasques et les paquets de mer. Ça devait faire un sacré trou, à table.

— Bonjour, mon garçon, dit une voix derrière lui. Je ne t'ai jamais vu ici. Tu cherches quelqu'un de particulier ? De la famille ?

Lunaire se retourna pour croiser le regard attentif d'un vieux curé dans une soutane noire.

— Je cherche un gars qui s'appelle Morvan. Un marin.

— Et tu le cherches parmi les morts, ton marin ?

Il ne répondit pas, gêné.

— Tu connais le nom de son bateau ?

— J'm'en souviens pas.

Tandis que le curé hochait la tête, Lunaire buta sur cette absurdité : se fier aux miettes d'un cauchemar dont les traces se délitaient à mesure que passaient les heures, s'accrocher à un nom comme à une bouée de sauvetage.

Le père Joseph Santenne en entendait de bien bonnes depuis qu'il était curé, mais voilà qui était nouveau. Il fixa ce garçon aux yeux bleu pâle, qui semblait avoir grandi trop vite pour ses vêtements.

— Morvan, tu dis ? interrogea-t-il. Écoute, ça m'dit rien, à moi, Morvan. T'as du papier? Tiens, je vais te donner le nom et le téléphone d'un vieil ami, qui travaillait dans l'temps à la Société des Œuvres de Mer. Depuis sa retraite il vit seul, pas loin d'ici, à Ploubalay. Dis-lui qu'tu viens de la part de Joseph Santenne. Il a encore toute sa mémoire, il saura t'aider.

Puis il disparut derrière la porte de la chapelle, se demandant ce qui lui avait pris d'envoyer ce gamin étrange à son plus vieux copain. Une intuition, une farce du Saint-Esprit ou un coup de la sénilité, dont il redoutait l'approche sournoise, sachant bien qu'elle gagnerait à la fin.

Un peu plus tard, d'une cabine téléphonique, Lunaire appela le numéro inscrit en lettres noires et penchées. Coup de chance, le bonhomme était chez lui et le nom de Joseph Santenne lui disait quelque chose.

— Ah, Jo ! s'exclama-t-il. Comment il va, le père Jo ?

— Euh… bien, j'ai l'impression, avança Lunaire.

— Et vous voulez des renseignements sur quoi ? Je ne suis pas sûr d'avoir compris.

Le garçon lui expliqua qu'il cherchait un marin disparu. Le bonhomme parut intéressé, suffisamment pour l'inviter à le rejoindre pour déjeuner chez

Marcel, sur la place de la mairie à Ploubalay. Lunaire attrapa le premier bus.

Ploubalay était grand comme une boîte à chaussures ouverte sur le ciel gris. Il n'eut aucune peine à trouver le café, il y en avait deux en tout. Celui de Marcel était en retrait de l'église. Trempé par le vent chargé de bruine, Lunaire trouva l'endroit chaleureux avec ses lampes basses, ses boiseries vernies. Le troquet faisait aussi crêperie, une odeur de pommes rissolées au beurre flottait dans l'air, mêlée à des vapeurs parfumées d'Amsterdamer, et dans un coin de salle, près d'une fenêtre embuée, un type était attablé devant une galette œuf-fromage.

Il resta à l'entrée, gauche dans son anorak trempé, ses gants troués au pouce et à l'index, son jean trop petit, ses baskets sales.

Le type assis devant sa crêpe fumante se leva pour lui faire signe. Il était l'unique client du café, et Lunaire le seul gamin à la ronde.

— Bonjour, mon garçon. Viens t'asseoir. Alors comme ça, tu connais le père Jo ? Tu fais du caté, ou un truc de ce genre ? Au fait, c'est Lunaire comment ?

Il posa ce flot de questions en plissant ses yeux sagaces, pleins de sourires et d'ombres.

— Guérindel.

— Guérindel, Guérindel… Quelle branche ?

— Ewan Guérindel. C'est mon père.

— Ah oui, Ewan, je crois bien qu'c'est la branche de Lucas, ça. À moins que ça soit celle d'Émilienne?

— J'sais pas.

— Hummm. T'es pas très famille. T'as raison, va.

Lunaire ne jugea pas utile de préciser que son désintérêt pour la généalogie n'était pas un choix. Sa famille connue se limitait à ses parents et à ses frères.

— Vous vous appelez vraiment Eb ? interrogea-t-il, réalisant que sa question pouvait être mal interprétée, mais il était trop tard pour la rattraper.

Comme s'il avait eu un prénom facile à porter ! Longtemps Lunaire avait souffert de ne pas s'appeler Benoît, ou au moins Laurent, Thomas, à la rigueur Gaëtan, même s'il trouvait ça tarte. À l'école primaire, on l'appelait Pierrot-la-Lune. Il avait dû pratiquer le stoïcisme. Le jour où il avait explosé de colère, à l'âge de neuf ans, sa mère lui avait répondu avec toute la douceur qu'elle savait mettre dans sa voix : « Quand tu es né, tu ne pesais presque rien. On aurait dit que tu allais t'envoler. Que tu fermais les yeux pour ne pas qu'on te dérange, parce que tu discutais avec les étoiles, et que c'était bien plus intéressant que de faire notre connaissance. Quand tu as ouvert les yeux, ils étaient si bleus et si pâles que je les ai regardés longtemps, avec attention, et c'est là que ton prénom m'est venu. Alors je sais, tu ne l'aimes pas trop. Mais un jour, tu l'aimeras, parce qu'il n'est qu'à toi. »

Il en avait tiré la leçon qu'il valait mieux ne pas argumenter avec sa mère.

Et puis, un après-midi où il était monté avec son père sur le toit de leur maison, ce dernier lui avait appris que Lunaire était le saint que les marins priaient pour faire se lever la brume. Lunaire s'était appliqué à rester impassible, mais cette histoire l'avait un peu réconcilié avec son prénom.

Le rire du vieux l'arracha à son souvenir :

— Eb Gautreau. Drôle de nom pas vrai ? En fait, j'vais t'faire une confidence. Mon prénom c'est Ebenezer. Comme le vieux grippe-sous de Dickens qui revoit sa vie défiler la nuit de Noël. Ma mère raffolait de cette histoire. Alors elle m'a appelé comme le vieux schnoque. Drôle d'idée, entre nous.

— C'est sûr, dit Lunaire, qui était bien placé pour savoir que les mères ont parfois des idées saugrenues.

— Dis-moi, t'as une tête à manger la table si on ne te nourrit pas. Marcel, qu'est-ce que tu proposes à mon invité ?

Marcel, homme rubicond en tablier blanc, passa la tête par la porte battante qui menait aux cuisines.

— Qu'est-ce qui te ferait plaisir, mon gars ?

Lunaire regarda la galette de blé noir que le jaune d'œuf attendrissait comme un soleil voluptueux.

— Je voudrais la même chose.

— T'as raison, lui souffla Eb. Y a rien d'meilleur. À part peut-être une ou deux choses.

Il dégusta sa crêpe avant de parler de Morvan.

— Morvan, tu dis ? Il était marin à quelle époque, ton Morvan ?

— À l'époque de la Grande Pêche.

Eb éclata à nouveau de rire.

— C'est plutôt vague ! Tu connais le nom d'son bateau ?

— Non.

— Tu peux rien m'dire de plus sur lui ? s'étonna le vieux.

Et ses yeux s'étrécirent à la dimension de deux fentes, comme ceux des chats.

Il avait allumé sa pipe et tirait dessus pendant les silences.

Lunaire aurait pu parler du visage ravagé, mais comment être sûr qu'il ne s'agissait pas d'une « détérioration post mortem », comme on dit dans les romans policiers ?

— Il était beau, dit-il, traversé par une réminiscence. Toutes les filles lui couraient après. Un grand brun.

— Une légende, alors... et pourquoi tu l'cherches?

— C'est compliqué, s'excusa Lunaire.

— Bon, d'accord... Ce nom ne me dit rien. Il a dû mourir avant que j'sois en poste. S'il est clamsé il y a longtemps, on va pas trouver beaucoup de cœurs brisés dotés d'une mémoire, elles l'ont probablement rejoint dans l'Au-delà, ses fiancées !

Lunaire haussa les épaules.

Eb le fixait, de plus en plus décontenancé. Drôle de gamin. Il en avait vu défiler, des gosses, dans sa vie déjà longue, mais des qui cherchaient des morts comme on cherche des cailloux blancs, ça ne se rencontrait pas dans tous les coins de Bretagne.

— Non, lâcha-t-il. Le haussement d'épaules, faut le garder pour la dernière extrémité, quand on a tout essayé.

Après le déjeuner, Eb le conduisit chez lui, par une rue qui montait entre les maisons basses et grises.

Il habitait le deuxième étage d'une maison découpée en appartements par ses propriétaires. Ils grimpèrent un escalier extérieur en ciment et dérangèrent un chat pelé à poil gris en ouvrant la porte vitrée. Rempli de cachettes, de mezzanines, de recoins aménagés avec un soin jaloux, le domaine d'Eb n'était pas si étroit qu'il en avait l'air. Lunaire avait souvent envie d'habiter chez les autres, pour se dépayser, et il eût volontiers pris quartier dans ce fouillis ordonné, avec ses pyramides de livres amoncelés sur leurs rayonnages en bois, ses fauteuils en vieux cuir, ses fenêtres nichées assez haut pour inviter le ciel. C'était un repaire de vieux sage, de collectionneur. Lunaire s'y plut tout de suite.

Eb s'éclipsa. Quand il revint, ses bras étaient encombrés de classeurs étiquetés par année. Il les déposa devant Lunaire avec un clin d'œil.

— Tiens, ça c'est les années 1930-1940. Les dernières campagnes de pêche à Terre-Neuve où on trouve des gars d'ici.

— Mais c'était quoi, votre boulot,?

— Le boulot de la Société, c'était d'envoyer un bateau-hôpital sur les lieux de pêche, pour apporter un soutien aux marins. Des secours matériels, une assistance médicale, des sacrements religieux... et le mien, c'était de rester à terre et de tenir le compte précis des embarqués, des disparus, des veuves, des orphelins... On recueillait les colis des familles, les récriminations, les chagrins, les coups de sang. J'notais tout. Bien obligé, hein, on peut pas se souvenir de tout l'monde, et c'est important de connaître le nom et l'histoire d'une personne qui s'pointe parce qu'elle sait pas à qui s'adresser pour faire passer une paire de bottes neuves à son gamin qui est en mer depuis trois mois.

— Et ça, c'est vos notes ?

— Bouge pas, dit Eb, je vais chercher les autres.

— Les autres ? Mais y en a combien ?

Il y en avait vingt-quatre, deux par an en moyenne, et le premier s'ouvrait sur l'année 1929, année de l'entrée d'Eb Gautreau à la Société des Œuvres de Mer. Lunaire se dit qu'on était parti pour y passer plusieurs nuits. En même temps, il était en admiration devant ce travail d'archiviste passionné par ses semblables. Tout était consigné dans ces classeurs, des colis de cigarettes envoyés au fiston à la varicelle du petit dernier, la ronde de la vie et de la mort, les fiançailles d'un futur capitaine emporté l'année suivante par le scorbut, la naissance simultanée de deux paires de jumeaux qui avait mis le village en émoi. Si Lunaire avait pu s'empêcher de dormir, il eût passé ses prochaines nuits plongé dans ces trésors. Seulement ce soir, tôt ou tard, le rêve l'entraînerait dans ses eaux sombres et pour l'heure, il n'avait pas l'ombre d'une piste. À trois heures de l'après-midi, ils avaient passé en revue cinq classeurs. À deux ça allait plus vite, mais de Morvan, aucune trace.

— C'est bien ce que je craignais, dit Eb en ouvrant un nouveau classeur. Ma mémoire n'est pas si mauvaise. Ton Morvan a dû naviguer avant que je sois en poste.

— S'il existe…, murmura le garçon.

— Ah parce que t'es pas sûr qu'il existe ? Dis donc, tu serais pas en train de te payer ma tête, par hasard ? éclata Eb.

Lunaire se tut, évitant de croiser le regard du vieux.

Eb referma violemment le dernier classeur et marcha vers la fenêtre, tournant le dos à Lunaire. Ce môme le déconcertait. Il aurait dû le mettre gentiment à la porte. Et appeler ensuite le père Jo pour le remercier de lui expédier les déficients mentaux de son cours de catéchisme.

Il n'avait pas l'air demeuré, pourtant, ce gamin. Par instants, il surprenait sur son visage une ombre qui n'aurait pas dû s'y trouver, ou alors pour ces peines de cœur que soignent l'arrivée du printemps, le souffle chaud qui fait voler les brins de paille. Si problème il y avait, c'était assez grave pour s'en occuper.

Eb réfléchit. Il y avait longtemps qu'il n'avait pas mobilisé sa mémoire. Elle renâclait, en vieille emmerdeuse. Il alla se rasseoir sans mot dire, continua à feuilleter son classeur, se remit à observer le garçon plongé dans l'année 35.

Bien qu'il n'en eût pas lui-même, ses souvenirs étaient remplis d'enfants. Quand il était arrivé à la Société, fringant, prêt à se dédier à un lieu qui côtoyait toutes les misères, il était décidé à ne pas céder à l'émotion. Il en avait vu passer, des veuves à moitié folles qui attendaient depuis deux ans que le bateau du mari revienne. Un homme large et sec avait craqué un jour devant lui en apprenant que son fils avait claqué des fièvres là-bas, dans la brume épaisse du Grand Banc. Eb avait tenu le coup, réconforté d'une poigne solide, usé de mots choisis. Jusqu'à ce que la détresse des enfants l'attrape. Les petits mousses de quatorze ans au corps bleui par les coups, qui ravalaient leurs chagrins et leur enfance, les orphelins qui cherchaient du travail parce que les crève-misère ont mieux à faire que d'aller à l'école, ceux qu'on vendait aux capitaines, ceux qui mouraient lentement, ceux qu'on maternait à l'eau-de-vie. Leurs yeux cernés, leurs visages rougis, leurs silhouettes craintives ou bravaches lui étaient entrés dans l'âme et n'en étaient plus sortis. Il s'était senti coupable d'être assis là, au chaud dans un bureau, à voir défiler les malchanceux. Veiller à ce que tous les messages arrivent à destination, ne pas prendre un jour de repos n'avaient que partiellement calmé sa honte. Le reste, il l'avait confié à son copain séminariste, et longtemps après, alors que Jo Santenne disait la messe pour les descendants de ceux qu'il avait écoutés, ils en parlaient encore ensemble.

Perdu dans ces rêveries douces-amères, Eb s'aperçut que plus il regardait Lunaire Guérindel, plus le garçon lui rappelait un visage de son passé. Un type attachant, tourmenté, qui avait embrassé la carrière de terre-neuvas, mais qui, au bout de quelques campagnes, avait décroché du métier, parce que sa jeune femme voulait un homme dans son lit, pas un courant d'air qui passerait une fois l'an pour lui faire un enfant. Oui, pas de doute, Lunaire lui ressemblait, quelque chose dans les yeux, dans le front. De profil, c'était encore plus net.

Lunaire et cet homme ne portaient pas le même nom. Mais sinueuses sont les voies de la filiation.

De l'ami évoqué, mort et enterré depuis longtemps, sa pensée remonta jusqu'à elle. Ardélia. Son visage s'éclaira.

— Ça y est ! s'écria-t-il. J'ai ce qu'il te faut !

Lunaire leva un visage circonspect.

— Une de mes amies est née en 1896. Si ton Morvan existe, elle l'a peut-être connu. Je vais te donner son nom, son adresse. Non, encore mieux, on va l'appeler !

Cette fois, l'adolescent eut envie de s'enfuir. C'était ça, la bonne idée ? Une vieille qui avait… quatre-vingt-neuf ans ? Une antiquité qui devait avoir du mal à se souvenir de son prénom ? Ce type déraillait.

Eb paraissait enchanté de sa trouvaille. Lunaire était effondré. Le bonhomme s'était donné beaucoup de mal pour lui, sans le connaître… mais… rien que la conversation téléphonique serait une épreuve. Une nonagénaire… Elle était forcément sourde comme un pot, à moitié aveugle, cassée de partout… une momie, et encore, les bons jours.

— Non attends…, réfléchit Eb. Le mieux, c'est peut-être d'aller la voir. À cette heure-ci, elle est sûrement chez elle.

Où voulait-il qu'elle aille se promener, sur ses jambes cacochymes ?

— Elle a une petite maison à Saint-Solen, au bord de la forêt de Coetquen. Si tu as le temps, je t'emmène en voiture et je te raccompagnerai chez toi.

Saint-Solen, Coetquen… ces noms lui disaient quelque chose. Il avait dû se promener dans cette forêt.

— Écoutez, Eb…, commença-t-il, gêné, je crois que c'est pas une très bonne idée.

— Attends, mon garçon, le coupa l'autre avec un sourire, je vois bien ce que tu penses. Que j'ai plus toute ma tête, pour t'emmener voir une si vieille dame. Si, il suffit de te regarder ! Eh ben, tu vas voir qu'il faut faire bien gaffe, avec les préjugés. Dis-moi juste si tu risques des ennuis en rentrant chez toi après six heures.

— Non, s'entendit répondre Lunaire, alors qu'il aurait dû mentir. Du moment que j'suis là pour dîner, ça va.

Comme le « tank », comme le surnommait sa femme, se faisait prier pour démarrer, Ewan Guérindel mit un peu de musique pour se détendre. Il était épuisé, la journée avait été longue et la nuit d'avant, Guinoux et Samson avaient pleuré par intermittence et Enogat s'était plainte du bruit que faisaient les branches du vieux noyer battues par le vent. Depuis le temps qu'elle le tannait pour qu'il coupe cet arbre, Ewan n'arrivait pas à s'y résoudre. Au printemps, son feuillage se déployait tel un toit de cabane, et l'hiver, il aimait repérer des formes d'animaux sur ses branches noueuses. Ewan s'était attaché à l'arbre comme à un esprit familier, indocile mais bienveillant. Aussi opposait-il toute sa force d'inertie au projet d'Enogat.

Le tank quitta enfin le parking de Saint-Pierre-de-Plesguen, et il se mit à tapoter des doigts sur le compteur, au rythme du bassiste de Dire Straits. L'idée de retrouver sa femme et toute la tribu lui réchauffait le cœur.

Au volant, il laissa dériver ses pensées. Chose étrange, lorsqu'un des garçons se réveillait vraiment de travers, ses frères arboraient la même mine défaite au petit déjeuner. Ewan y voyait une contagion fraternelle inconsciente, qui le mettait mal à l'aise. Car elle lui rappelait que *tous* ses fils – même

Samson – faisaient des cauchemars quotidiens. Et Ewan, qui refusait de laisser prise à la superstition, préférait ignorer ce qui venait heurter son rationalisme. « C'est normal, à cet âge », répétait-il sans cesse, avec la variante admise de « c'est naturel, tous les gamins passent par là. »

C'était sans doute normal que Lunaire disparaisse des journées entières, que Guinoux ait ces brusques accès de mélancolie, que Benoît promène dans la vie avec cet air triste et ombrageux. Ce genre de troubles survenaient dans cette époque tumultueuse qu'on nomme l'adolescence, où l'on ressemble à ces hommes qui bâtirent vaille que vaille le phare d'Ar-Men au début du siècle, cramponnés aux récifs de la chaussée de Sein, harcelés par la violence des coups de mer, tenant tant bien que mal contre les éléments hostiles. Celui qui avait été un enfant ivre de sa seule vie se trouvait soudain ballotté, tourmenté. Il lui faudrait des années pour se reconquérir, se pacifier, mais enfin, ils avaient tous traversé ce cyclone, songea Ewan, et la grande majorité d'entre eux en étaient sortis indemnes. Oui, certains adolescents préféraient fuir cette violence, ils dérobaient des cachets dans l'armoire à pharmacie, ils lâchaient prise avant de savoir ce qui les attendait derrière les rouleaux, cédaient à l'angoisse. Pour cette raison, il fallait être vigilant, prêt à les raccrocher à la terre ferme avec deux mains larges et fortes.

Enogat le sous-estimait sur ce point, il avait les mains adéquates. Seulement il laissait à ses fils la liberté d'une traversée tumultueuse qui les construisait entre deux lames de fond. Laisser la liberté de se tromper à quelqu'un qu'on aime plus que de raison était un risque. On pouvait tout perdre à ce jeu, mais on perdait à coup sûr en tenant ses enfants sous bonne garde ; car alors, cette violence devenait supérieure à celle du cyclone, et les jetait dans le vide.

Enogat était une mère inquiète. Ewan s'efforçait de la comprendre, persuadé qu'il suffirait qu'elle apprenne à se *détendre* pour que la vie soit plus douce. Il avait grandi entre le bénédicité et la messe, mais s'était défait assez tôt de cette idée encombrante de Dieu. C'était un postulat sournois, ouvrant assez de questions pour mettre le monde à feu et à sang, vous coller des insomnies et des ulcères. Enogat, pour sa part, avait été très abîmée par cette idée d'un Dieu omniprésent, assis dans le ciel comme un Big Brother indéboulonnable. Se croire sans cesse observée par quelqu'un qui était un genre de parent à la puissance dix l'avait conduite à des culpabilités précoces, des hypocrisies, des compromis cher payés, dont les racines de baobab la tourmentaient toujours, plus têtues que les fourches des démons sur les fresques du Moyen Âge.

Si Ewan s'était affranchi de la religion, son naturel conciliant l'avait poussé à accepter que ses fils fussent baptisés. Il avait dit oui quand Enogat choisissait des prénoms en fonction de leur saint patron. Il avait dit oui à la prière du soir, c'était un poème adressé à l'invisible, et les enfants ont besoin d'histoires, alors pourquoi pas Marie pleine de grâce, pourquoi pas saint Nicolas, saint Yves et les Rois mages ?

En revanche, il n'était pas d'accord pour leur interdire de s'approcher de la mer, d'apprendre à nager. L'obsession d'Enogat à ce sujet le dérangeait plus qu'il ne voulait l'admettre. La famille de sa femme, pleine de mystères cadenassés, était l'autre saccage inguérissable, après le postulat de Dieu-qui-voit-tout-à-qui-tu-ne-peux-rien-cacher. Pourtant, lui aussi venait d'une famille de marins, même si son père était retourné à la terre des cultivateurs. Sa famille comptait un nombre respectable de péris en mer, de quoi se joindre sans rougir aux processions de la Toussaint. Mais à la différence d'Enogat, il n'en ressentait aucun traumatisme. Plutôt une sorte de fierté arborée à l'école : « Mon grand-père, il est mort dans une tempête, une tempête que tu peux même pas imaginer, dans ta tête de nœud. Il était super courageux, vachement costaud. Pas comme le tien, cette espèce de limace qu'arrive même pas à lacer ses chaussures... »

Le grand-père mort en mer terrassait tous les aïeuls, ceux qui avaient perdu leurs biceps et leurs dents, les radoteurs geignards qui se ranimaient à l'approche du bistrot. Les seuls gamins qui rivalisaient étaient ceux dont l'ancêtre était rentré défiguré des tranchées de 14-18. Ou pas rentré du tout. Ou en morceaux. Là, respect, mon gars. Les tranchées, la boue, les rats, les obus, ça valait la tempête en Islande, le phlegmon, le choléra, le sang de morue, les doigts gelés, la gangrène, les bateaux disloqués.

Ewan avait renoncé tôt à une carrière de marin-pêcheur. Le métier n'avait jamais été facile, mais les temps devenaient incertains, les pêcheurs s'éreintaient pour des salaires de plus en plus modestes. L'avenir ne favoriserait pas ces métiers de la mer qu'il aimait tant. Il fallait être lucide. À cette époque, il avait rencontré Enogat, et réalisé que s'il s'était fait marin-pêcheur comme les gars de sa famille, elle ne l'aurait même pas regardé, tant était viscéral son rejet des bateaux et des hommes qui les préfèrent à la terre.

Il dirigeait maintenant une petite entreprise de construction de charpentes. En dessinant les charpentes des maisons, des écoles et des églises, il rêvait de celles des grands voiliers, ces merveilles d'architecture et de grâce qu'on appelle *œuvres vives* du bateau. Il laissait dériver son esprit vers les vieux gréements. Quand il avait acheté sa longère, elle était en ruine. Ewan avait pris plaisir à lui construire patiemment une charpente neuve. Il avait bâti un étage supplémentaire pour abriter une famille qu'il espérait nombreuse et aménagé un grenier dans la soupente, parce qu'il gardait un souvenir enchanté du grenier de la maison de son grand-père, rempli d'objets insolites, de câbles, de boussoles, de cadènes rouillées, où trônait un gouvernail qui avait essuyé des tempêtes et une brigantine qui leur servait de toile de tente.

Ewan aurait bien aimé pouvoir évoquer en famille ce grand-père audacieux, raconter les récits épiques avec lesquels il avait grandi.

Il évitait d'y penser.

C'était le prix à payer pour ne pas blesser Enogat, pour garder la paix dans sa maison. Sa femme s'était enfuie de chez elle pour préserver son instinct de vie et en la rencontrant, il avait découvert une femme recroquevillée, éreintée par la force déployée pour plier bagages sans regarder derrière elle. Ewan n'avait pas posé de questions, se contentant de recueillir les confidences qui lui échappaient de temps à autre. Il avait épousé cette femme avec sa blessure, qu'il sentait palpiter contre sa peau, et lui avait fait des enfants, parce qu'on n'avait encore rien trouvé de mieux pour décupler l'instinct de vie. Ensemble, ils avaient mis au monde un désordre de vie joyeuse, complexe, déroutante.

Une chose le tracassait : il trouvait que ses fils manquaient d'insouciance. Guinoux en particulier était un bloc d'angoisse pure. Alors, il l'emmenait sur les toits qu'il réparait, comme il l'avait fait avec ses frères au même âge, car, de là-haut, le monde paraissait très différent. Ils partageaient cette complicité, parfois sans se parler du tout. Quand ils redescendaient, son fils avait l'air plus léger.

Ewan roulait vers les siens, le sourire aux lèvres. Il les aimait tant. La Terre tournait dans sa splendide régularité et eux tournaient avec elle, six éléments harmonieux à leur place dans l'Univers. Ses mains, larges et fortes, attraperaient Samson pour le faire sauter en l'air dès qu'il aurait passé la porte de la maison, comme tous les soirs.

Pour un homme de son âge, Eb avait la conduite sportive. Sa deux-chevaux, plus très jeune non plus, tenait bon le rythme à travers des routes tortueuses que la brume embrouillait par jeu. Il n'était pas cinq heures quand Lunaire et lui arrivèrent en vue de Saint-Solen. Eb s'éloigna du village pour prendre un chemin vicinal qui menait aux bois. Sinuant entre les silhouettes hautes et sombres des arbres, la voiture accélérait avec l'insouciance de ces cochers de diligence qui emportent les imprudents vers ces contrées crépusculaires où gîtent les loups et les assassins, aveugles et sourds dès lors que le prix du voyage tinte dans leur poche.

Eb avait dit vrai. La maison de pierre cendrée et d'ardoise, surplombée de deux clochetons, était au bord des bois. Des barrières d'arbres noirs l'entouraient de tous côtés, menaçant de pousser les murs. Lunaire aimait la forêt, il passait des journées à en respirer la terre, laissant ses empreintes dans les feuilles et la boue, mais il y avait des limites… La sauvagerie devait marquer son territoire, c'était un risque pour l'homme de ne pas en respecter les bornes. De ça, il était sûr. Les maisons avaient leurs jardins, du végétal amadoué, et les bois leurs créatures, rendues à la sauvagerie. Chacun à sa place dans l'équilibre du monde.

Sa fascination l'emportait sur l'inquiétude. Il regarda la boîte aux lettres sur le mur gris près de l'entrée, le nom : *A. Loudun.*

— A comme quoi ? demanda-t-il à Eb qui marchait à sa droite.

— A comme Ardélia.

Ils gravirent un perron en granit. Chacune de ses marches portait une lourde jarre en terre remplie d'hortensias bleus.

Pas de sonnette à la porte, mais une cloche au bout d'une chaîne. Eb en frappa le marteau, cinq coups, et puis deux.

— Un code entre nous, précisa-t-il. Je ne voudrais pas qu'elle nous prenne pour des importuns.

Lunaire hocha la tête, dubitatif. Les témoins de Jéhovah ou les distributeurs de tracts ne devaient pas affluer, par ici.

Un instant plus tard, elle ouvrit la porte. Le sourire qui irradiait son visage en brouillait les contours.

— Eb ! Quelle joie ! Je ne m'attendais pas à ta visite !

Il l'embrassa affectueusement.

— J'ai pris le risque de te déranger. Je t'amène Lunaire, un jeune ami.

— Bonjour, madame, glissa l'adolescent.

— Tu ne me déranges jamais, tu sais bien, répondit-elle, invitant Lunaire à la suivre. Bonjour. Entrez, entrez.

Elle les précéda dans le salon. Rythmant le silence, des escarbilles éclataient dans le feu de bois qui embaumait la pièce.

— Asseyez-vous, je vais remettre une bûche, dit-elle.

Lunaire se levait déjà, mais elle lui fit signe de se rasseoir. Elle n'était pas impotente, comme il pouvait voir.

Quand Ardélia prit place dans une bergère, après avoir nourri le feu, offert un doigt de rhum à Eb et un verre de cidre à Lunaire, elle sentit que le garçon la dévisageait, avec l'impatience d'un peintre dont le modèle ne cesse de bouger.

Depuis le début quelque chose clochait. S'attendant à trouver une très vieille dame, Lunaire découvrait un être insaisissable. Ces yeux noirs et vifs, ce visage si mobile que les rides profondes n'y pouvaient rien figer, cette voix basse et mélodique, les mouvements de ses mains lui donnaient l'impression de faire face à une personne beaucoup plus jeune. C'était troublant. D'abord, il en oublia le but de sa visite.

— Dis-moi, tu n'es pas venu juste pour boire mon cidre, jeune homme… Lunaire, c'est ça ?

Lunaire hocha la tête, pris de court. Eb vint à son aide.

— Il cherche un nommé Morvan. Un marin. Mais nous pensons qu'il est mort avant mon temps. Alors on est venus interroger ta mémoire, au cas où…

Ces mots engendrèrent un profond silence, que seul dérangeait le crépitement du bois dans l'âtre. Lunaire sentit qu'ils avaient commis un impair. Il jeta un coup d'œil à Eb qui n'avait pas l'air inquiet et attendait, impassible.

— D'où connais-tu Gilles Morvan, mon garçon ? demanda la vieille dame d'une voix glaciale.

À cet instant, un fragment de braise rougeoyant éclata dans leur direction. Sursautant, Lunaire s'entendit répondre :

— Je rêve de lui.

Nouveau silence. Cette fois, il évitait de regarder son voisin de gauche.

— Tu rêves de lui ? répéta Ardélia, interloquée. Tu rêves de Gilles Morvan sans rien savoir de lui ?

Lunaire hocha la tête avec embarras.

— Mais il est mort, Gilles Morvan, il est mort depuis très longtemps ! Tu l'ignorais ?

— Oui, souffla-t-il.

Morvan avait existé. C'était déjà difficile à admettre. Mais qu'il soit mort…

— Tu n'as jamais entendu parler de Morvan ? interrogea-t-elle, sévère.

— Non.

— Et pourquoi tu te donnes tant de mal pour le retrouver, alors ? Juste parce que tu *rêves* de lui ?

Lunaire hocha la tête. Eb se taisait, sans doute consterné qu'on l'ait dérangé pour une histoire à dormir debout. Lunaire regrettait d'avoir dit la vérité. Mais la vieille l'avait cueilli et les mots étaient sortis tout seuls.

— Ce rêve, que t'a-t-il appris sur Morvan ? poursuivit Ardélia dont la curiosité réchauffait la voix.

Au point où on en était, autant aller un peu plus loin, même s'il répugnait à parler de son cauchemar.

— Dans mon rêve il avait… la moitié du visage abîmée. Et le… capitaine a dit que, dans le temps, Morvan avait toutes les filles qu'il voulait, mais plus maintenant.

— C'est bien lui, confirma la vieille dame à Eb. Un coureur de jupes, bon marin mais calamiteux dans sa vie personnelle. Tu ne l'as pas connu, toi, Gilles Morvan. Tu es arrivé après.

Eb acquiesça, toujours sans mot dire. Lunaire avait du mal à réaliser que les gens de son cauchemar s'inscrivaient dans un réel, fût-il reculé dans le temps. C'était ce qu'il avait espéré, et redouté. Maintenant, il ne savait qu'en faire.

— Et tu es sûr de n'avoir jamais entendu parler de cet homme, avant d'en rêver ?

— Oui. Et j'ai une bonne mémoire, ajouta-t-il.

Il se décida à poser une question à son tour, même si cette dame l'intimidait :

— Comment ça se fait que vous vous souvenez si bien de Morvan, après tout ce temps ?

Il y avait le risque d'être indélicat. Cet homme l'avait peut-être séduite, blessée. Le visage qu'il devinait à travers les rides, ses yeux profonds et ses lèvres pleines, lui soufflait qu'elle avait été belle. Très. Assez pour attirer un don juan régional.

— Ce n'est pas ce que tu penses, sourit-elle, il ne m'a pas brisé le cœur… Et même si ça avait été le cas, il y a si longtemps qu'il aurait cicatrisé… Non, il est mort avant de me briser le cœur. En conséquence je peux me dire que j'aurais été plus maligne que les autres ! Morvan, c'était un beau gars, et pas bête, sauf quand il ne pensait plus avec sa tête… l'année où il m'a courtisée, il est mort en mer. On a appris la nouvelle fin mai. Un cargo avait retrouvé un survivant du naufrage. Il est mort deux jours après avoir été repêché, transi de froid. Mais c'est grâce à lui qu'on a su avec certitude que Morvan était mort avec tous ceux de son équipage. Je me souviens qu'à la grand-messe célébrée à leur mémoire, tous les cœurs brisés étaient là pour le pleurer.

Elle évoque la mélancolie de cet enterrement. Morvan n'y était plus un amant trop léger pour s'encombrer avec du sentiment, mais un homme jeune qui ne vieillirait pas, ne caresserait plus un corps de femme, ne ferait plus pleurer personne. Sa mort l'avait racheté… Ce jour-là, le chagrin effaçait les blessures d'amour-propre et réconciliait celles qui avaient été rivales.

Elle s'interrompit pour boire une gorgée de cidre. Lunaire était suspendu à son récit, captivé par cet archétype du bourreau des cœurs dont rêvent les garçons, mélodie guerrière résonnant derrière les cors de leurs envolées romantiques.

— En fait, je pourrais te dire que Morvan était un personnage assez remarquable pour qu'on ne l'oublie pas. Mais ce ne serait pas tout à fait sincère. Parce que le jour où *La Marie-Louise* a fait naufrage, le 8 avril 1912, il y avait quelqu'un à son bord qui m'était très cher. Tellement cher qu'une partie de moi a coulé avec lui dans la mer glacée.

Elle ferma les yeux. Quand elle les rouvrit, ils étaient brouillés de larmes.

— C'était mon frère.

Les pensées s'entrechoquaient dans la tête du garçon. L'émotion le traversait comme une main de fille sur son poignet. Mais soudain une image gronda en arrière-fond, déchira le décor du salon : un grand bateau noir au bois grinçant glissait lentement sur les eaux, dévoilant sur sa proue des lettres peintes abîmées par le sel : *La Marie-Louise.*

Tout était vrai. Tout existait, quelque part, sur la mosaïque du temps.

Ebenezer Gautreau regardait son amie avec tendresse. Lui aussi avait ses fantômes, ces visages d'enfants aux yeux caves qui lui tenaient compagnie depuis de longues années. Ce n'était pas tragique, le passé s'étirait comme un ruban de machine à écrire. Certaines lettres violemment frappées s'y gravaient pour toujours.

Eb se flattait de savoir reconnaître un menteur au pli des lèvres, au tressaillement des cils. Observant Lunaire, il convint qu'il n'avait pas affaire à un menteur. Pas même à l'un de ces mythomanes sympathiques qui réinventent leur vie. Lunaire était une énigme. Il rêvait d'un homme qu'il n'avait jamais vu, mort deux générations avant lui, dont il ignorait tout. Eb pressentait que ce mystère occuperait ses prochaines insomnies.

— Et dis-moi, tu penses qu'en découvrant des choses sur Morvan, tu arrêteras de rêver de lui ? interrogea Ardélia.

— Je ne crois pas. Il y a si longtemps que je fais ce rêve…

— Je crois que je comprends, le coupa Ardélia. Tu cherches des indices que tu pourrais utiliser pour agir sur ton cauchemar… et si tu y parviens, peut-être qu'il finira par s'en aller… Je me trompe ?

Lunaire tressaillit. En finir avec ce cauchemar avait sans doute été l'impulsion motrice, mais à présent, il devait bien s'avouer qu'il ne voulait pas arrêter l'expérience. Il voulait transformer le rêve. Le dynamiter de l'intérieur.

— C'est ça, avoua-t-il.

— Alors, je vais te donner un renseignement sur Morvan. Dans le temps, on ne lui connaissait qu'un seul amour. Il y avait beaucoup de filles sa vie, mais une seule qui ait compté : elle s'appelait Élisabeth Veneur, une jolie brune qui habitait Rennes. Elle venait ici le week-end, et en vacances. Elle était riche, et fine mouche, sous ses airs de collégienne. Elle a joué avec lui, comme font les filles qui ont déjà une assise dans l'existence, un gentil papa. Puis elle est partie épouser son fiancé armateur qui l'attendait à Saint-Malo. Morvan en a été mortellement blessé. Où qu'il soit, il n'a peut-être pas oublié cette petite peste d'Élisabeth Veneur… qui n'avait fait que lui rendre la monnaie de sa pièce, mais les filles sont toujours plus durement jugées pour ça, va savoir pourquoi. Allez, il se fait tard, dit Ardélia, regardant le crépuscule bleuté glisser sur la forêt. Eb va te ramener chez toi.

Elle se leva pour les raccompagner à la porte.

— Est-ce que je pourrai revenir vous voir ? demanda Lunaire.

— Naturellement, répondit-elle. Tu te souviendras du nom de l'amoureuse ?

— Élisabeth Veneur, souffla-t-il en passant la porte. Merci…

— Ma porte t'est ouverte, reviens quand tu veux, sourit Ardélia en refermant la porte sur la forêt qui murmurait dans la pénombre.

Pendant le trajet du retour, Eb ne fit aucun commentaire. Ils convinrent seulement qu'ils n'auraient jamais pu habiter si près des bois. Après chacune de ses visites à Ardélia, Eb se hâtait de regagner son « observatoire », nom qu'il donnait à son petit logement. Il avait besoin de sentir de la vie autour de lui, de s'endormir dans la lueur douce des fenêtres éclairées, bercé par les bruits de la rue, et d'épier, tendant l'oreille, le pas souple des chats rentrant d'une chasse nocturne. Eb ne comprenait pas comment Ardélia, en vieillissant, avait pu s'obstiner à vivre à l'écart, si loin des premières habitations de Saint-Solen. Quand il avait abordé la question sur la pointe des pieds, elle lui avait répondu qu'elle aimait son indépendance et se sentait bien chez elle.

— De quoi as-tu peur, mon ami ? Qu'une bête sauvage profite de mon grand âge pour me sauter à la gorge ? Cher Eb… Tu sais, les loups n'aiment pas tant que ça la chair des grands-mères.

Il déposa le garçon à deux pas de la longue maison basse d'Ewan Guérindel et lui demanda s'il avait des frères et sœurs. Il fut surpris d'apprendre que Lunaire avait trois frères. Eb savait peu de chose des familles nombreuses. Peut-être qu'il y était plus facile d'échapper à l'attention des parents, profitant du désordre d'une fratrie.

Ce soir-là, Lunaire se disputa avec Benoît, tomba à bras raccourcis sur Guinoux qui l'accusait d'être amoureux d'Aurore Bourseul, commenta les résultats du foot avec son père, puis alla se coucher après avoir déposé une bise sur la joue de sa mère.

Benoît se couchait plus tard. Il lui fallait vaincre ses réticences à l'idée de dormir, à coup d'images télévisées, de planches de bandes dessinées, Spirou, Tintin ou la série des Corto Maltese.

Lunaire préférait se plonger dans un roman noir de Chandler, son élégance nonchalante le tranquillisait.

Cette fois il se répéta plusieurs fois, en guise de mantra : *La Marie-Louise. 1912. Gilles Morvan. Élisabeth Veneur. Élisabeth Veneur. Élisabeth Veneur.*

Puis il visualisa ses frères allongés dans leurs lits, prêts pour à appareiller pour le rivage noir de Never Land. Samson qui faisait ses rêves de bébé, à moins que les brumes marines ne les brouillent déjà, et puis Guinoux, qui pleurait en rêve et se réveillait les joues trempées. Benoît, affalé devant la télé, ses boucles en bataille tombant sur ses yeux épuisés. Il vit aussi Eb éteindre une lampe de chevet en forme de hibou, puis rallumer et saisir sur l'étagère un livre de Marc Aurèle. Enfin, il imagina Ardélia, les cheveux détachés, adossée à un gros oreiller de plume. Sur le papier peint à fleurs, il y avait un petit crucifix, et derrière la fenêtre, la forêt respirait. Fermant les yeux, Lunaire perçut un hululement de chouette qui montait des bois, et une chanson d'enfance lui revint en écho.

Lunaire s'endormit en souriant.

La mer étale reflétait le ciel noir. Elle attendait quelque chose, quelque chose qui viendrait avec le bateau, dans le sillage de son bois moisi, une colère qui réveillerait la houle, embraserait l'horizon.

Debout en équilibre dans la barque, Lunaire oubliait le déroulement du rêve. Seuls quelques signaux prémonitoires amplifiaient son impression de « déjà vu ». Comme toutes les nuits, il vit arriver le trois-mâts avec soulagement. Bien que ce bateau eût mauvaise mine, son odeur trop décomposée pour être honnête, il incarnait son salut. Ce bord l'emmènerait loin d'ici, à l'abri.

Et puis, avec le fracas de l'échelle de corde dans la barque, avec cette voix métallique qui l'atteignait comme un fouet, les signaux s'agitèrent de concert, sans que l'impulsion de fuir eût vraiment sa chance. Où pouvait-il aller quand l'horizon était fermé par l'eau ?

Même s'il était rétréci aux dimensions d'un enfant trouillard, son cerveau glissait dans une sorte d'hypnose qui allait dans le sens du rêve, veillant à ce qu'il n'en perde pas une miette. Une part de lui se rendait complice du rêve et en faisait le jeu. C'est pourquoi, dans cet autre monde, il ne pouvait se faire confiance.

Cette fois encore il eut le réflexe de sauter sur le bateau avant que la corde ne bascule dans l'eau noire. La veille, il s'était imaginé sauter en kamikaze, pour se réveiller plus vite. Mais dans le rêve, la peur de tomber, de mourir, l'exploration d'une hypothèse cédaient à l'instinct de survie. Du reste les souvenirs arrivaient au compte-gouttes, ralentis par le sommeil.

— *J'ai pas d'patience. C'est l'problème avec moi*, ricana l'homme qui avait failli le jeter dans le vide.

Une fois sur le pont, il sut qu'il était en de mauvaises mains. Mais en observant le géant, une pensée traversa la brume avec la sûreté d'une béquille. *Capitaine.* Il se tourna vers la meute indistincte des hommes rassemblés au fond : *l'équipage.*

Il chercha les signes d'un bateau de pêche, et les trouva. Il remarqua les plateaux de deux énormes balances à fléau suspendues à des chaînes et à des poulies. Et surtout, entre le grand mât et l'artimon, une douzaine de longues barques ressemblant à des pirogues, effilées aux extrémités, emboîtées les unes sur les autres et solidement arrimées au pont.

Des doris, songea-t-il, reconnaissant ces embarcations plus petites et plus maniables que des chaloupes, qu'il avait vues sur les photos du musée de Dinan. Durant la Grande Pêche, les terre-neuvas y descendaient plusieurs fois par jour pour aller mouiller et relever les lignes sur des kilomètres, au risque de s'égarer dans la brume.

— Dis donc gamin, on t'a pas appris qu'c'était pas poli de zieuter comme ça ? J'aime pas les malins. Fais bien attention à toi. Les morts marchent, ce soir.

Fais bien attention à toi.

Un long frisson le traversa, comme une bourrasque.

Les morts marchent, ce soir.

Une comptine lui revint en mémoire.

« Faut boire à la santé des gars

Qui sont coulés, au fond, en tas. »

— Bien sûr qu'ils sont en tas, gamin…, dit le géant. Tu veux les voir ? C'est pas beau, tu peux m'croire. Ils sont bien arrangés, là au fond. T'y r'connaîtrais pas ton frère.

Ton frère.

Ce mot du capitaine ouvrit deux images emboîtées telles les poupées russes. Elles n'avaient aucun rapport. La première était un visage de femme dont les yeux s'emplissaient de larmes brillantes. Ce visage l'émut, comme s'il était responsable de son chagrin. Mais à peine avait-il été touché par la première image qu'il bascula dans la seconde. Trois corps emmêlés, disloqués, baignant dans une viscosité rouge sombre. Trois figures aux yeux fermés, aux bouches entrouvertes. Benoît, Guinoux et Samson, figés par la mort.

Il tressaillit, soulagé de retrouver le bateau et ses occupants, et la lumière laiteuse qui montait du pont.

— Pas beaux à voir, hein ? sourit le capitaine.. Qu'est-ce que t'en dis, Morvan ?

Le silence lui répondit.

— Morvan ! cria l'homme d'une voix éraillée.

Les morts marchent, ce soir, petit.

Morvan, pensa Lunaire. *Je te connais.*

Et soudain, l'idée de croiser un être familier dans ce lieu ramena un peu de chaleur dans son cerveau ankylosé par la peur.

L'équipage silencieux qui l'observait sans bouger, là-bas, sous le grand mât, ne lui inspirait aucune confiance. Mais savoir Morvan parmi eux le rassurait.

Un homme aux mouvements lents sortit de la foule. Grand, bien découplé, il avança assez près pour que le garçon puisse le toucher.

— Allez Morvan, montre-lui. Joue pas les timides.

Morvan présenta son profil gauche à la lumière, avec la raideur d'un ouvrier de chantier humilié par le contremaître. Une étincelle de colère s'éternisa dans son œil droit et se prolongea dans le gauche, bien que cet œil-là eût fort à faire pour ne pas glisser dans la débâcle de sa chair écorchée. Lunaire la surprit et cela tissa un premier lien entre eux.

— Morvan, c'était un prix d'beauté, avant, ricana le capitaine. Les filles se battaient pour lui. Plus maintenant...

Ces mots ouvrirent une nouvelle porte dans l'esprit du rêveur, libérant une nouvelle image : un cortège de jeunes femmes habillées de noir, les cheveux relevés, sous une coiffe blanche, marchaient en procession, deux d'entre elles en soutenaient une troisième qui sanglotait à fendre l'âme, et toutes portaient des fleurs fraîches qu'elles allaient déposer dans un grand trou de terre noire, mais en se penchant, celle qui ouvrait la marche découvrit que le trou était vide et poussa un grand cri.

Un nom s'échappa de l'image, voltigeant lentement dans son esprit. Élisabeth Veneur.

Élisabeth… un parfum d'amour perdu s'exhalait de ce nom.

— Pas vrai, Morvan ? demanda le capitaine.

Morvan ne cilla pas.

Une haine lasse flambait au fond des yeux de cet homme dont la beauté avait survécu au ravage. Il émanait de lui un halo de force et d'orgueil, la majesté d'un centaure asservi. Quelqu'un détenait sa liberté. Le capitaine, sans doute.

Lunaire s'efforça de retenir ce qui menaçait de lui échapper. Élisabeth Veneur. Morvan avait connu cette fille, il l'avait aimée. Il devait lui en parler, mais comment ?

Des cris aigus montèrent du plancher. Lunaire sentit ses poils se hérisser. Seul un homme qui n'était plus tout à fait un homme pouvait hurler de la sorte.

— Tiens, Abel est réveillé, commenta le capitaine en faisant un clin d'œil à Morvan.

Il frappa plusieurs fois le plancher.

— Ta gueule ! On t'entend trop !

Il éclata de rire.

— Y supporte pas d'dormir à fond d'cale. Trop sensible.

Rien n'arrêtait les cris. Dans l'esprit de Lunaire, la panique grandissait. Il répéta le nom d'Élisabeth Veneur comme un sésame, pour distraire sa peur. Comment parler d'elle, et que dire ? Ah, si seulement Élisabeth avait réalisé qu'elle s'était trompée, qu'elle avait eu tort de mépriser Morvan…

— Gauthier, Lambesc ! La trappe ! rugit le capitaine.

Non, pas la trappe… Je ne peux pas.

Élisabeth.

Suis-je ton messager, Élisabeth ? Je… je ne me souviens plus du message.

Les cris enflaient. La sueur collait ses vêtements à son corps.

Deux hommes émergèrent lentement du groupe. Leurs pas étaient lourds, leurs visages impénétrables.

Lunaire savait ce qu'ils allaient faire. Horrible pressentiment.

Frigorifié, il réchauffa ses mains dans les poches de son jean. Dans l'une d'elles, sa main effleura quelque chose. Une feuille de papier.

C'est ça, se dit-il. *Le message.*

La lettre avait voyagé longtemps. Elle brûlait d'amour et de fièvre :

Mon amour, si je puis t'appeler ainsi après t'avoir tant blessé, j'aimerais te dire que ton malheur est vite devenu le mien. Chaque jour de mon mariage a enfoncé un clou dans mon cœur. J'ai vécu tant d'années, à embrasser un homme qui n'était pas le bon, à lui donner des enfants qui te ressemblaient, et tout ce temps je n'ai pu réunir le courage nécessaire pour te l'avouer. Je suis morte un jour d'avril, comme toi, ai-je appris. Il paraît que je suis morte doucement. Je n'en ai pas le souvenir. Mon mari m'a veillée dix-huit jours, à remonter mes couvertures et m'apporter des liquides que je ne pouvais boire. Mes enfants étaient là par instants, mais pas à l'heure de ma mort. C'est très bien comme ça. Je n'étais déjà plus là, déjà engagée dans le passage, et je pensais à toi, je me hâtais, j'étais pressée. Mais je ne t'ai pas trouvé. Et je te cherche encore. Je t'attends, je t'espère. J'ai confié cette lettre au garçon, tu peux lui faire confiance. À ton tour de me retrouver, de me rejoindre. Il nous reste l'éternité. C'est peu de chose, mais c'est à nous. Qui pourrait nous le prendre ?

Ardélia

Lunaire se troubla. Ce n'était pas le bon prénom, au bas de cette page ! Il se concentra, *Élisabeth, Élisabeth.* Le nom commença à s'écrire à l'encre fraîche. Puis ce fut comme s'il était biffé par une main facétieuse, et juste à côté, revinrent tanguer les lettres sibyllines : *Ardélia*. Il se concentra en vain pour l'effacer. Malgré ses efforts, les deux prénoms restèrent soudés l'un à l'autre.

Les deux gaillards qui avançaient sur lui le firent reculer d'un pas. La trappe était large et pesante, les muscles se tendaient sur les bras de Lambesc et de Gauthier tandis qu'ils la soulevaient, les traits crispés, d'un même souffle.

Morvan observait la scène.

Tremblant sur ses jambes, Lunaire avança vers lui, profitant que l'attention des autres était dirigée vers la trappe. L'homme lui offrit son profil droit, et son œil valide où planait une interrogation – où bien la rêvait-il, cette question dans ce visage profané ? Lunaire tendit sa main, phalanges repliées sur la lettre. Il sentit la main de Morvan toucher la sienne, saisir le message. Le contact de cette main était glacé. L'angoisse lui serra de nouveau la cage thoracique.

Ça n'a pas d'importance.

La trappe venait de s'ouvrir dans une plainte. Le capitaine chercha le gamin des yeux. En deux enjambées il fut sur le garçon. Il allait le saisir par la peau du cou quand une autre main se tendit pour l'arrêter. Pétrifié, Lunaire vit les deux mains affrontées l'une à l'autre, telles deux épées croisées. Le regard du capitaine confrontait son marin mutiné, rencontrant une résistance là où il s'attendait à trouver un homme effrité.

Il gronda.

— Lâche-moi !

La main de Morvan ne trembla pas.

Le silence flottait autour d'eux, mais sa densité avait changé. Un silence d'expectative, déchiré par les cris montant de la trappe.

— *Que fais-tu ?* demanda le capitaine à l'homme dont la poigne était aussi dure et froide que celle d'un gisant de cathédrale.

Dans la clairvoyance que lui accordait le rêve, Lunaire comprenait ce qu'il ne disait pas. *Que fais-tu ? Tu es à moi. Tout est mien, sur ce bord. Me contrer ne sert à rien. Crois-tu que le gamin mérite de me braver ? Réfléchis, mais réfléchis vite.*

Soudain, le sol du bateau se mit à tanguer sous ses pieds. Lunaire regarda vers l'horizon. Un filet de vapeur montait de la surface de l'eau. Un vent chargé de salive salée lui balaya la figure.

La mer. La mer se réveillait.

Il chercha le capitaine des yeux.

Un sourire de victoire se dessinait sur ses lèvres, sous la moustache rousse, tandis qu'il toisait Morvan. Il commandait à la mer.

Le capitaine était la tempête, le bouillonnement, les vapeurs fumantes sur les lames en formation.

Mais oui, gamin ... Car la nuit appartient à ceux d'en bas.

L'imminence du cataclysme arrivait dans le souffle du vent.

— *Alors ? Que fais-tu ?*

Les yeux narquois du capitaine interrogeaient Morvan.

Déjà le roulis enflait sous la carène du trois-mâts, faisant trembler le gouvernail et les vergues. Des grincements effrayants traversaient la mâture dans le claquement furieux des voiles déferlées. Lunaire surprit une lueur dans les yeux de Morvan, comme une bougie soufflée par la tempête. Sa main lâcha prise, libérant le maître du bord. Laissant la mer décider.

Non, ne m'abandonne pas, dit le garçon à Morvan dans une prière sans mots.

Mais l'homme retrouvait ses réflexes de marin, le corps tendu vers l'océan.

Au même moment une lame souleva le bateau par l'avant, et Lunaire qui s'accrochait au bout d'un hauban du mât de misaine fut projeté à terre. Il glissa sur le bois ciré du pont, à toute allure, attiré par la bouche vorace de la trappe. Avant qu'elle l'engloutisse, il eut le temps de voir ce qui l'attendait dessous.

La chute le réveilla. Le hurlement retenu dans son corps le brûla, comme une balle de fusil transperçant une tourterelle.

De nouveau la nuit de la chambre, le halètement assourdi de son souffle, la forme de Benoît se débattant sous son drap, la sueur coulant entre ses omoplates et l'odeur de varech, de pourriture et de sang, de bois moisi, ramenée de l'autre monde.

Cette nuit, pourtant, quelque chose d'inédit s'était produit. *Il avait changé le cours de son rêve.* Il avait ouvert une brèche en nouant une relation avec Morvan, en le dissociant de la meute compacte des Ralentis. Puis cette vague avait soulevé le bateau avec la brusquerie d'un animal oublié dans les hauts-fonds, et il était tombé, son dos avait heurté le pont. Il grimaça, il avait encore mal.

Lunaire se dépêcha d'écrire ce dont il se souvenait encore. Ça ressemblait à ces jeux pour faire fonctionner la mémoire. De combien d'objets de cette liste peux-tu te souvenir une fois que tu auras fermé le livre, concentre-toi, combien de marins sur le bateau, combien portaient la barbe, et les cirés, et la couleur des bottes du capitaine, et les paroles entendues, n'oublie aucun indice…

Morvan m'a trahi.

La lettre… l'a-t-il lue ? Voulait-il me protéger de l'Autre ? Pourquoi a-t-il lâché ?

Ce n'était pas le moment, pas encore.

En frissonnant, il revit l'homme-puzzle qui hurlait dans la trappe. Qu'est-ce qui avait bien pu lui arriver ? Le contact glacé de la main de Morvan lui revint, une fulgurance.

Puis le brouillard envahit toutes choses, et quand il chercha, dans un ultime effort, à se rappeler ce qu'il y avait dans la lettre, un seul mot lui revint : *éternité*.

Déjà il se rendormait, la main serrée sur son carnet.

Peu après, quand Benoît se réveilla dans une grande agitation, ce fut pour trouver son frère profondément assoupi.

5

Guinoux

Dans la maison d'Ardélia, le feu semblait s'alimenter seul, par pure générosité envers les hommes, les réconfortant après la bruine glacée du dehors, le tressaillement grelottant des arbres.

Cette fois Ebenezer, qui avait conduit Lunaire jusqu'à la forêt de Coetquen aux premières heures d'une matinée brumeuse et pâle, n'avait pas voulu rester. Lunaire devinait qu'il avait voulu le laisser seul avec Ardélia, et il en était soulagé, même s'il appréhendait ce tête-à-tête.

La vieille dame ne parut pas étonnée de trouver Lunaire devant sa porte à une heure où il aurait dû se trouver au collège. Elle lui servit de larges tranches d'un quatre-quarts maison doré, encore tiède, parfumé à la fleur d'oranger. Transi par les gifles pluvieuses qui l'avaient accueilli en descendant de voiture, il accepta avec reconnaissance une grande tasse de thé noir fumé.

— J'ai rêvé de toi, cette nuit ! lança-t-elle en l'observant malicieusement. C'était un rêve embrouillé, compliqué… mais en me réveillant, je pensais bien que tu viendrais me voir.

Lunaire acquiesça, la bouche pleine de quatre-quarts. À ce stade, peu de choses l'étonnaient encore. Il se rappela soudain, avec un léger malaise, la vision qu'il avait eue la veille avant de fermer les yeux : Ardélia allongée dans sa chambre, cheveux dénoués sur les épaules. Il songea à demander à voir sa chambre, pour vérifier et s'il y avait un crucifix accroché au-dessus du lit. Non, ce serait indélicat.

— Alors, demanda-t-elle, sur un ton faussement badin, as-tu revu Morvan ?

— Oui, dit Lunaire en avalant une gorgée de thé au goût de feu de bois.

— Il est *toujours* là, dans chacun de tes rêves ?

— À chaque fois.

— Mais tu le vois sur un bateau, et il n'est pas seul, n'est-ce pas ?

Lunaire hocha la tête. Il avançait sur un sol mouvant. Il savait que tôt ou tard, il devrait se confier, dévoiler le centre de son rêve. Il pressentait aussi que certaines choses devaient rester *secrètes*. Car il ignorait quel effet ces révélations – *un homme dépecé dans la cale, ses trois frères baignant dans leur sang, la voix rauque et cassée du capitaine murmurant que « la nuit appartient à ceux d'en bas »* – auraient sur Ardélia. Certains détails ramenés du cauchemar pouvaient la blesser. Il devait faire attention. Les êtres les plus endurcis se brisaient comme des tessons de verre si on les frappait au point névralgique.

— Qui est avec lui ? insista-t-elle.

Il perçut dans sa voix une inquiétude qu'elle s'efforçait de masquer.

— Il y a plusieurs hommes avec lui sur le bateau. Un équipage. Et puis il y a aussi le capitaine... Il est effrayant.

« Effrayant » lui parut maigre, pour qualifier le salopard aux yeux de forge dont la lueur féroce le poursuivait aussi le jour.

Ardélia le fixa de son regard d'épervier, mais il devina que son regard portait plus loin, survolant les plaines, les vallons, les ravins de sa mémoire.

— Grand, roux, moustachu, des yeux de tueur, une voix éraillée d'alcoolique ?

Lunaire sursauta. En une phrase, Ardélia avait ramené de l'autre monde l'image du capitaine dressé au-dessus du gamin, dans ses bottes en cuir.

Des yeux de tueur.

— C'est lui, n'est-ce pas ? poursuivit-elle sans lâcher.

— Oui, lâcha-t-il. Qui c'est ? Vous l'avez connu ?

Elle se redressa, satisfaite.

— Ça oui, je l'ai connu. À côté de lui, Morvan était un ange descendu des cieux. Yvon Cardec. Ce nom ne te dit rien, mon garçon ? Cherche bien.

Lunaire fit rouler les quatre syllabes sous sa langue, en vain. Ce nom n'existait même pas sous forme de trace latente, subliminale, comme le nom de *Peter* dans les pensées des enfants Darling.

— Non, jamais entendu parler de ce type, répondit-il, désolé de la décevoir.

— Jamais ? Mais c'est impossible... Comment pourrais-tu rêver d'*eux* ?

Son regard se radoucit. Il semblait si désemparé. Encore un enfant.

— Écoute, mon garçon, *nous* créons nos rêves. Même les plus terribles. Je veux dire… nous ne faisons pas *exprès* de les créer si terrifiants… mais *nous les fabriquons*, et ils nous parlent de nos désirs et de nos peurs. Tu comprends ?

Non, Lunaire ne comprenait pas. Quel genre de monstre était-il, dans ce cas ? Autant s'étrangler de ses propres mains. Il pensa à toutes ces nuits où il s'était endormi en espérant faire un de ces *beaux rêves* dont parlaient ses parents, légers et sucrés comme le désir, dont on voudrait qu'ils ne finissent pas… Non, Ardélia se trompait. S'il avait créé ses rêves, ils auraient été bien différents.

Elle semblait regretter ses paroles.

— Excuse-moi, je crois que tout ça est un peu trop compliqué pour ton âge. Ça n'a pas d'importance. Tu sais, on est loin d'avoir fait le tour de ces énigmes que sont les rêves… il y a dans la Bible des rêves envoyés par Dieu pour avertir les hommes… Et les Anciens voyaient dans les rêves des présages à déchiffrer. Peut-être que ton rêve est un message qui t'est adressé.

Encore méfiant, Lunaire acquiesça en silence.

— Il est même possible que ce rêve se trompe d'adresse. On ne sait pas.

— Vous voulez bien me parler de cet homme, Cardec ? souffla Lunaire.

— Tu as déjà eu un ennemi, un vrai ? demanda-t-elle.

Il réfléchit. Depuis sa naissance, il était souvent exaspéré par ses frères, il se battait avec eux, exerçait des représailles, mais il les aurait défendus bec et ongles contre n'importe qui. Il sentait qu'Ardélia employait « ennemi » au sens d'un être lié à vous par un poison puissant, à la vie à la mort.

— Non, répondit-il après réflexion.

— C'est une bonne chose. Je te souhaite de ne jamais en avoir. Ça peut sembler romanesque, mais ça ne l'est pas. Même quand on triomphe de son ennemi, il nous vole quelque chose de précieux. Quand on déteste quelqu'un, on lui donne une clef pour entrer chez soi et tout mettre à sac. Tu comprends ?

Lunaire se souvenait du temps où sa jalousie envers Benoît le brûlait, au point que tout ce qu'il vivait en prenait l'amertume. Cela n'avait pas duré longtemps. Benoît lui avait offert son aide à de nombreuses occasions, et c'était aussi grâce à lui que Lunaire avait conquis son indépendance au sein de sa famille.

— Assez vite, on s'aperçoit que son ennemi est devenu une part de soi, continua Ardélia. Un jour, je me suis rendu compte que je finissais par ressembler à Cardec. J'ai essayé de changer, mais il était déjà trop tard. Quelques mois plus tard, il est mort dans ce naufrage, emportant avec lui l'être qui m'était le plus cher… J'étais trop dévastée pour me réjouir de sa mort ! Depuis, j'ai eu tout le temps d'y penser… j'ai travaillé à faire la paix avec les morts, mais je n'y suis pas arrivée tout à fait. J'aurais voulu redevenir celle que j'étais avant de rencontrer Cardec. Mais on ne revient pas en arrière, et l'innocence perdue… le reste.

Ardélia proposa une autre part de quatre-quarts à Lunaire, qui n'avait pas faim mais n'osa refuser.

— Tu veux savoir comment j'ai connu Cardec, j'imagine. C'est une longue histoire… ça ne t'ennuie pas ?

— Au contraire !

— Mon frère et moi avons perdu notre mère tout petits. Elle était fragile, et la grippe l'a emportée alors que j'avais quatre ans et mon frère huit. Mon père nous a élevés. C'était un notaire fortuné. Nous avons d'abord habité Saint-Malo, puis il a repris l'étude de son oncle à Dinan. On habitait une belle maison, Papa ne s'était pas remarié mais nous nous doutions qu'il fréquentait une femme en ville, plusieurs fois nous les avions croisés ensemble alors que nous rentrions de l'école avec notre gouvernante. Mon frère l'avait surnommée la « dame de trèfle » : elle était toujours vêtue de noir, et nous semblait si mystérieuse… On était heureux, tous les trois, Papa avec ses affaires et sa vie cachée, et nous partagés entre l'école, les goûters d'enfants, les vacances en Normandie dans la famille de ma mère… Papa avait une autre passion : les voitures. Il guettait la sortie de tous les prototypes, fréquentait des collectionneurs venus de tous les coins d'Europe, et possédait plusieurs modèles de course. L'année de mes treize ans, pendant les vacances de Noël, il s'est tué sur une route de Normandie au volant d'une Cottin-Desgouttes superbe.

Ardélia marqua une hésitation avant de reprendre.

— Le jour de sa mort, nous avons appris que Papa avait accumulé les dettes, notamment à cause de ses satanées voitures, et que dorénavant, nous allions devoir nous débrouiller seuls. L'héritage que Maman nous avait laissé était bloqué jusqu'à nos vingt et un ans. Nous n'étions pas tout à fait sans le sou, et ma tante Pauline proposait de nous prendre chez elle à Caen. Mais mon frère s'était mis dans la tête de veiller sur nous deux sans l'aide de personne, et moi je trouvais ça très bien ! Nous sommes rentrés à Dinan pour l'enterrement de Papa. La dame de trèfle suivait le cercueil avec les notables, et nous, nous marchions devant, tandis que les gens murmuraient sur notre passage : « Regardez, voilà les orphelins d'Édouard Loudun… » Ça a été une époque terrible. Au grand regret de ses professeurs qui le trouvaient brillant, mon frère a abandonné ses études. Bien sûr, on a dû trouver une maison plus petite, rue du Croixquart. Chaque matin mon frère m'emmenait à vélo chez le père Novik, qui m'apprenait les auteurs grecs et latins. Il a cherché du travail un peu partout, et au bout d'une semaine, il m'a annoncé les yeux brillants qu'il allait devenir marin-pêcheur. Il était allé se vendre à un armateur, M. Thomas, et s'était engagé pour la prochaine campagne de pêche. « À Terre-Neuve, tu te rends compte ? » s'écriait-il, rêvant d'une vie d'aventure…

« Moi j'étais effondrée. Après la mort de Papa, je perdais mon frère. Oh, bien sûr, je ne le perdais pas vraiment, mais à l'idée de ne pas le voir pendant sept à huit mois, je sentais s'écrouler ce qui me restait de courage. Même s'il était désolé de m'abandonner, la mer le fascinait depuis toujours. J'étais tentée de le retenir, mais j'aurais eu l'air de pleurnicher, et j'étais aussi fière qu'il était têtu... Nolwenn, notre gouvernante, s'occuperait de moi pendant son absence. À la mort de Papa, elle avait refusé de nous quitter, affirmant que nous étions sa famille, et comme nous n'avions plus de quoi la payer, elle repassait du linge pour les bourgeoises de Dinan, habitait notre petite maison et s'occupait de nous.

« Tous les soirs, mon frère me racontait des récits de corsaires, de naufrageurs, l'engloutissement d'Ys, la cité maudite... J'en raffolais, tu t'en doutes, mais ils nourrissaient mon inquiétude ! Le jour du départ est arrivé très vite, juste après le pardon des terre-neuvas à Saint-Malo, la grande fête traditionnelle des marins. Elle commençait par une procession religieuse, avec les prêtres en soutanes bénissant les bateaux, et se terminait aux petites heures de la nuit dans l'ivresse générale... mais à cette heure, j'étais déjà dans mon lit !

« Le lendemain, c'était un matin pluvieux de février, Nolwenn et moi avons accompagné mon frère à l'embarcadère. Je revois encore sa silhouette élancée, portant son paquetage au milieu de cette foule, de tous ces marins dont la plupart ne savaient pas lire. Je les trouvais effrayants avec leurs manières grossières, leurs barbes et leurs rires sonores... C'est là que mon frère nous a désigné le capitaine de son bateau, qui discutait avec les autres capitaines. J'ai vu cet homme immense, avec des cheveux roux, presque rouges. Abel paraissait chétif, à côté de ce colosse. Le sourire du capitaine Cardec avait un je-ne-sais-quoi de cruel qui m'a fait froid dans le dos. Je n'avais que quinze ans, mais dès que l'ai vu, je m'en suis méfiée.

Lunaire eut l'impression qu'un rai de lumière inondait son cerveau. *Abel.* Il bascula dans un fragment de rêve, le capitaine se dressait devant lui et désignait le plancher en ricanant : « Abel est réveillé, gamin. Abel est réveillé. » L'image s'évanouit aussitôt, le laissant étourdi.

Ardélia lui sourit.

— Je sens que tu as besoin d'une petite pause, dit-elle. Et moi aussi. Je vais refaire du thé.

Il faisait un temps de chien, et derrière les hautes fenêtres du collège Théodore-Botrel, Guinoux regardait la pluie raviner la cour. Son temps s'écoulait avec une lenteur désespérante, au rythme des sonneries d'intercours, et des minutes qu'il barrait une à une sur les petits carreaux de ses cahiers. Du haut de ses douze ans, il était conscient du gâchis incommensurable que représentaient ces journées d'école, alors qu'il aurait pu se livrer à tant d'activités intéressantes. Devant lui se dévidaient une éternité de contraintes, d'emplois du temps quadrillés, de minutes à barrer, et quand il en sortirait, *il serait vieux.* Il se concentrait de son mieux, redoutant l'interrogation surprise, mais malgré ses efforts, son esprit battait la campagne.

Encore une sonnerie, et le prof de maths laissa place à Mme Trémel, qui enseignait le dessin et avait le mérite d'être jeune et plutôt jolie, avec ses yeux verts et ses taches de rousseur. Elle était si petite que le directeur du collège, M. Lamoureux – dont le nom était l'objet de plaisanteries sans fin – aurait pu manger sur sa tête. Les cinquièmes l'aimaient beaucoup.

Au début de chacun de ses cours, Mme Trémel inscrivait une phrase sur le tableau, pour faire réfléchir les élèves. Ce matin-là, elle écrivit :

« Son intelligence de l'art lui fit entreprendre beaucoup de choses, mais n'en finir aucune, car il lui semblait que la main ne pourrait jamais atteindre la perfection rêvée. »

Giorgio Vasari

Guinoux relut la phrase deux fois pour la comprendre. Entreprendre beaucoup de choses et n'en finir aucune… en général ce n'était pas un compliment. Certains professeurs refusaient systématiquement la moyenne à ceux qui n'avaient pas fini leur devoir. Les bons élèves, au nombre desquels il ne figurait pas, ignoraient l'angoisse d'entendre sonner la cloche avant d'avoir répondu à la moitié des questions.

— Giorgio Vasari était un peintre du XVIe siècle, qui est resté célèbre pour avoir raconté la vie des grands peintres et sculpteurs de la Renaissance italienne. À votre avis, de qui parle-t-il ici ?

Un silence embarrassé régnait sur toute la place.

— Aucune proposition ? Vous dormez ! Je vais vous faire son portrait, dit Maud Trémel en observant ses cinquièmes. Mon artiste mystère a une longue barbe, c'est un homme élégant, il a vécu à Florence, à Milan et à Rome, avant de finir ses jours à Amboise auprès du roi François Ier. Il s'intéressait à la science, aux mathématiques, au corps humain… Il a peint une dame mystérieuse, dont le sourire est resté célèbre…

— La Joconde ! s'écria Mélanie Le Guen, une pimbêche avec des couettes qui s'installait au premier rang pour se faire remarquer. Je l'ai vue avec mes parents, à Paris !

— Bravo, Mélanie. Mais quel est le nom du peintre qui a peint la Joconde ?

— Michel-Ange.

— Non, Michel-Ange n'a pas peint *La Joconde*… Et il n'aimait pas, mais alors pas du tout le peintre de *La Joconde*. Ils se détestaient.

Mélanie rougit jusqu'aux oreilles. Bien fait, pensa Guinoux. Il fallait toujours qu'elle la ramène avec les musées qu'elle avait vus, les opéras et les pièces de théâtre, à croire que ses parents n'avaient rien d'autre à faire que de l'emmener partout dès la sortie du collège, qu'ils n'avaient jamais de repas à préparer, de dispute à arbitrer, de petit frère à nourrir à la cuiller. Elle vivait certainement dans une maison en or, avec des esclaves pour lui préparer des sandwiches délicieux qu'elle dégustait en regardant la télé pendant qu'ils se chargeaient de ses devoirs. Guinoux voyait le genre.

— Personne ne sait qui a peint *La Joconde* ? s'impatienta Mme Trémel.

— Léonard de Vinci, répondit Guinoux, jetant à Mélanie un regard appuyé.

— Bravo ! C'est bien de Léonard de Vinci que parle Vasari. Il a laissé la plupart de ses œuvres inachevées, et Vasari pensait que c'était parce qu'il avait rêvé d'une perfection qu'il n'aurait pu atteindre en terminant ses toiles.

— *La Joconde*, elle est finie, intervint Mélanie. Je l'ai vue au musée du Louvre.

— Tu as raison, Mélanie, répondit Mme Trémel, *La Joconde* est finie. Mais la majorité des tableaux de Léonard sont restés inachevés. Ils sont quand même dans les musées, et ils ont ont révolutionné la peinture. Ça vous surprend ? Léonard avait tellement de talent que le moindre de ses dessins est plus réussi que beaucoup de tableaux finis. Les grands artistes ne sont pas forcément de bons élèves…

Guinoux venait d'oublier la pluie, la pierre grise, l'odeur de craie, le lent défilé des secondes. Il s'était toujours senti incapable de correspondre aux critères exigés par l'école. Il souffrait cependant de ne jamais recevoir de bonnes notes, de louanges. Même Lunaire, qui passait le moins de temps possible au collège, avait eu ses moments de gloire. Et voilà qu'on lui montrait qu'il y avait d'autres voies, des chemins par où les bons élèves avaient plus de mal à s'engager, parce que leur application scolaire et leur obéissance étaient des vêtements encombrants qui les empêchaient de se faufiler avec souplesse entre les branches. C'était une révélation. Chez lui, il avait de la peine à se distinguer, Benoît et Lunaire étaient passés partout avant lui. Mais sur ce sentier buissonnier, il pourrait enfin exister d'une manière qui n'appartiendrait qu'à lui.

Grisé, il tendit l'oreille : Mme Trémel racontait une étrange histoire, et tenait serrée dans sa main une diapositive :

— … À cette époque, l'Italie était comme un grand puzzle. Chaque morceau était gouverné différemment. Ici, il y avait un prince, là une république… Ces morceaux étaient sans cesse en guerre les uns contre les autres. Les artistes devaient se mettre sous la protection de quelqu'un de puissant qui, en échange de leur travail, leur donnait assez d'argent pour vivre. Léonard vivait à Milan, et le duc Ludovic Sforza, le gouverneur de la ville, lui avait commandé une statue immense, en bronze, pour rendre hommage à son père. Il devait représenter Francesco Sforza à cheval. Mais ce qui intéressait surtout Léonard, c'était le cheval, pas le cavalier ! Il était fasciné par les chevaux. Il s'est résigné à sculpter un cheval au pas parce que le sculpter cabré était trop difficile. Et il en a fait un premier modèle en argile, qui mesurait plus de sept mètres de haut… Vous imaginez ? Si on l'avait mis dans la cour, sa tête aurait presque atteint les fenêtres du deuxième étage !

Plusieurs élèves se levèrent et s'approchèrent des fenêtres pour évaluer la hauteur. Quand ils se furent enfin rassis, Maud Trémel reprit son récit, heureuse d'avoir ferré son auditoire.

— Le cheval de terre était très impressionnant, mais il fallait encore le couler dans le bronze, et vu sa taille, ce n'était pas une mince affaire… À ce moment précis, le roi de France est entré en guerre contre le duc de Milan… et les tonnes de bronze dont Léonard avait besoin pour la statue ont servi à fabriquer des canons pour les Milanais !

La déception des élèves était palpable. La guerre était une réalité et les combats de chevaliers piquaient leur imagination, mais qu'une guerre eût empêché

Léonard de Vinci de terminer son cheval n'en restait pas moins déplorable.

— Et après la guerre, lança Antoine Chaumet du fond de la classe, il l'a fini ?

— Non, Milan était sans cesse en guerre, et il n'a jamais pu l'achever… L'immense cheval de terre est resté dans un coin, et quand les soldats français sont entrés dans Milan, ils l'ont criblé de flèches… Je crois qu'en l'apercevant de loin, ils ont eu très peur…

Les cinquièmes l'imaginaient sans mal. N'étaient-ils pas bercés de récits où des monstres géants soufflaient les villes comme des châteaux de cartes ?

— Peut-être qu'ils ont cru que c'était le cheval de Troie ! s'écria Mélanie.

Dans un monde juste, Mélanie aurait été châtiée dès qu'elle ouvrait la bouche pour faire son intéressante, songea Guinoux, agacé.

— Peut-être, Mélanie… Mais entre-temps, la rumeur d'un cheval géant avait parcouru l'Italie. Même s'il n'existait plus, tout le monde en parlait. Et Vasari raconte qu'un jour, à Florence, Michel-Ange – qui était déjà un grand peintre et un grand sculpteur – a reproché en public à Léonard de ne pas avoir été capable de finir son célèbre cheval. Léonard en a été très vexé, et depuis ce jour ils se sont détestés.

La classe proteste. De quoi se mêlait-il, ce Michel-Ange qui ne savait même pas qu'il y avait eu la guerre à Milan ?

— À cette époque, la république de Florence a demandé à Léonard de peindre une bataille glorifiant le courage des Florentins – la bataille d'Anghiari – sur un mur du Palazzo Vecchio. Léonard haïssait la guerre, et comme il n'en faisait toujours qu'à sa tête, il a décidé de peindre une fresque qui horrifierait tous ceux qui la verraient. Malheureusement, Léonard rencontra des difficultés techniques, les couleurs n'eurent pas le temps de sécher et se mirent à couler. Devant l'ampleur des dégâts, il laissa sa fresque inachevée. Seule une petite partie resta sur le mur, avant d'être recouverte par une autre peinture. Et ce morceau de fresque a impressionné tous ceux qui l'ont vue. Aujourd'hui il n'en reste rien, mais un anonyme en a fait une copie. Et maintenant, je vais vous montrer ce morceau de la bataille d'Anghiari. Vous me direz ce qu'il vous inspire.

Mme Trémel demanda à deux élèves de baisser les stores, puis elle éteignit la lumière et mit en marche le projecteur de diapositives.

Guinoux se sentit plus léger. Il avait commencé à s'inquiéter quand elle avait parlé du cheval géant, mais Dieu merci, on allait leur montrer un vieux morceau de tableau, *pas de panique, mon pote*. Aujourd'hui, les dessinateurs de BD faisaient des choses autrement plus saignantes.

Maud Trémel se souviendrait longtemps de ce matin pluvieux. Rétrospectivement, elle se reprocherait sa mise en scène, ou d'avoir installé une nuit trop complète dans la salle de classe. Mais surtout, elle se reprocherait d'avoir choisi ce tableau-là.

— Il avait quel âge, Cardec, à cette époque ? demanda Lunaire.

Tant de questions volaient sans réponse, tels des papillons de nuit. Avant de remettre les pieds sur ce bateau pourri, il devait en savoir plus.

— Dans les quarante ans. C'était un capitaine dans la force de l'âge, implacable. Tout le monde le craignait, mais il avait fait ses preuves. Abel espérait gagner son estime en trimant comme un esclave, mais ce n'était pas un manuel. Nolwenn et moi, ça nous faisait du souci, d'autant qu'Abel avait hérité de la santé de ma mère. Dans la famille, j'étais la plus robuste ! J'étais forte comme un petit chêne… Mon frère avait eu toutes les maladies infantiles. Au collège, son asthme l'avait dispensé d'efforts violents. Et je le voyais partir pour une vie qui épuisait les plus solides… On savait à quoi s'en tenir, avec la Grande Pêche. Les islandais et les terre-neuvas, leur santé se détériorait au fil des campagnes, même une gamine comme moi le savait. À trente-cinq ans, certains toussaient comme des vieillards. Mais tout ce qu'on aurait pu dire à Abel n'aurait rien changé.

— Tous les marins respectaient Cardec ? Morvan aussi ? demanda Lunaire, soucieux de dévier la conversation d'Abel.

— Il est difficile de démêler les sentiments personnels d'un marin. Ces hommes étaient liés à leur patron par des nécessités profondes et puissantes. En embarquant ils lui confiaient leur vie. La plupart des marins vivaient dans la pauvreté, avec des familles à charge. Quand ils s'engageaient, l'armateur leur donnait des avances sur la pêche, qui permettaient aux familles de vivre pendant leur absence. Au retour, il arrivait que l'armateur estime qu'ils n'avaient pas pêché à hauteur de ces avances... On les faisait trimer par tranches de dix-huit heures de travail pour trois heures de sommeil, et ensuite, on venait leur expliquer qu'ils n'avaient pas fait assez, qu'ils devaient rembourser. En mer, la loi de la pêche primait. Les hommes, c'était du bétail. On ne gardait que les plus vigoureux.

Elle s'interrompit, regardant vers la fenêtre comme si la brume du Grand Banc s'était substituée à la forêt. *Que voit-elle ?* se demanda Lunaire. Elle était de ces êtres qui fréquentent plusieurs mondes sans s'en effaroucher, traversés de visions, mais gardant une conscience précise de la terre sous leurs pieds. Son âge, qui laissait des marques flottantes et insaisissables, la faisait paraître plus petite, sur le point de disparaître. Changeante, elle exprimait une infinité de possibles. Elle pouvait exploser en paillettes de poussière dispersées au vent, ou durer encore cent ans.

— À l'époque, reprit-elle, à bord, le commandement se partageait souvent entre deux capitaines. L'un était chargé de la traversée jusqu'aux Bancs de Terre-Neuve. Pendant le temps du trajet tous lui obéissaient. Une fois arrivé, il redevenait simple marin, et laissait place au patron de pêche, chef absolu à bord pendant les mois de pêche. Au retour, le capitaine reprenait les commandes. Mais Cardec était un excellent marin et un pêcheur chevronné, adulé par tous les armateurs de la région qui espéraient se l'attacher. Je crois qu'il avait embarqué la première fois à treize ans, comme mousse. Quand ça ne brise pas un gosse, ça l'endurcit... À quarante ans il avait presque trente années de pêche derrière lui, et n'aurait pas toléré de partager le commandement ! Connaissant son caractère difficile, l'armateur Thomas avait fait un compromis. Il lui avait imposé un second, Lucien Le Noac'h, un gars d'une trentaine d'années. Le Noac'h était chargé de contenir Cardec, avec diplomatie. Mais Cardec ne s'y trompait pas, il l'a détesté d'emblée. À l'époque, Morvan faisait déjà partie de l'équipage de *La Marie-Louise*, mais mon Abel n'avait pas encore mis un pied sur ce bateau. Et voilà qu'au retour d'une campagne, en octobre 1910, un an avant que mon frère ne signe chez l'armateur, *La Marie-Louise* rentre avec pavillon baissé. C'était signe qu'on avait perdu un homme… et cet homme, c'était Lucien Le Noac'h, « disparu en mer »…

— Qu'est-ce qui lui était arrivé ?

— On ne l'a jamais su. La version officielle, c'est que Le Noac'h s'est perdu dans le brouillard avec son doris, dans cette purée de pois des Bancs…

— Mais vous n'y croyez pas ? la relança Lunaire, impatient.

— Non. Connaissant Cardec… Et puis les hommes ne partaient pas seuls dans un doris. Ils étaient au moins deux. Et je n'ai jamais entendu parler d'un second dorissier. Ce qui est très étrange, parce que les couples de dorissiers, c'était comme deux équipiers dans la police… Quand on risque sa vie ensemble, on s'attache, bon gré mal gré !

— Mais si Cardec l'avait tué, quelqu'un l'aurait dénoncé, objecta Lunaire.

— La vie en mer est un monde à part, mon garçon... Il y avait une loi du silence pour couvrir les cruautés des capitaines... Elle n'était que très rarement transgressée.

Lunaire frissonna. Des images naissaient dans son esprit, furtifs reflets d'une lanterne chinoise. À mille milles de toute terre familière, un bateau encerclé par la brume... Un homme passé par-dessus bord, agrippant la lisse avant de basculer, laissant un hurlement englouti par le brouillard et la houle... Et le silence des marins, les émotions enterrées, l'alcool chauffant les cervelles et adoucissant les misères, les yeux rougis des hommes de peine dormant debout...

— Oui, mais quand même, un crime... En le couvrant, ils devenaient tous complices...

— Bien sûr. Je sais que ça a l'air fou, mais je crois qu'on a liquidé Le Noac'h. Cardec s'en est débarrassé, d'une manière ou d'une autre... On n'a jamais retrouvé le corps. En mer, ça arrive souvent. Mais c'était commode... Pas d'autopsie, de questions indiscrètes. Pourtant, quelqu'un était convaincu que la mort de Lucien n'était pas naturelle. Héloïse le Noach, sa femme. Plus tard, elle s'est confiée à moi. Elle soupçonnait Cardec. Elle avait tenté de questionner les marins, sans arriver à rien. Cardec les tenait. Je pense que les croyants ne se seraient même pas confessés devant le curé.

— Et sa femme, qu'est-ce qu'elle est devenue ?

— Elle avait droit à une petite pension de veuve. Pas grand-chose, mais elle était couturière de métier. Elle est restée à Dinan, et un peu plus tard nous sommes devenues amies… jusqu'à la mort de mon frère.

Une ombre passa dans ses prunelles, mais Lunaire ne la remarqua pas, suivant le fil de ses propres déductions.

— Et Morvan ? Il aurait trempé dans cette affaire d'assassinat ?

Cette idée le décevait et l'inquiétait. Si les deux hommes étaient liés par un meurtre, Morvan ne serait jamais un allié.

— Morvan était sur le bateau. Il n'a rien dit. Au voyage suivant, il avait pris la place de Le Noac'h…

Lunaire soupira. Les choses se compliquaient, avec Cardec en assassin et Morvan en complice.

— Comme je te l'ai dit, ajouta Ardélia, Morvan n'aimait pas le capitaine. C'était un bon marin, et un homme orgueilleux. Quelqu'un de fier ne peut pas tout endurer, même pour garder sa place. Ce qu'il y avait vraiment entre eux, qui peut le dire ?

— Qu'est-ce que vous savez du naufrage ? demanda Lunaire à brûle-pourpoint.

— Ah ça… là aussi, il y a des trous dans le récit… Voilà ce qu'on sait : une goélette qui venait de Fécamp, approchant du Grand Banc, a croisé l'épave de *La Marie-Louise* aux premières heures du 9 avril 1912. La poupe du bateau dépassait encore de l'eau, et on distinguait plus loin un autre morceau de la coque, comme si le trois-mâts avait été sectionné en deux. Aucun survivant alentour, ils ont scruté l'horizon pendant des heures en vain. Mais une brume épaisse voilait le ciel et la mer. Le 13 avril, assez loin de là, près d'un endroit qu'on appelle le Bonnet flamand, un cargo a repêché un survivant déshydraté, moribond. Accroché à son doris, il psalmodiait des mots incompréhensibles, comme les fous. Il a été hissé à bord et confié au capitaine, qui a aussitôt fait route vers Saint-Pierre en quête d'un médecin. L'homme a déliré deux ou trois jours avant de s'éteindre, grelottant dans une couverture, alors que le Barachois, le port de Saint-Pierre, n'était plus qu'à quelques milles et que l'île aux Chiens était en vue… Cet homme a été identifié comme Yann Lambesc, pêcheur à bord de *La Marie-Louise*. Âgé de vingt-neuf ans mais en paraissant dix de plus, son corps a été formellement reconnu par sa sœur Léontine, qui a fait le voyage jusqu'à Saint-Pierre où il repose toujours, en compagnie d'autres marins bretons, normands ou d'ailleurs, échoués dans ce bout du monde.

Yann Lambesc. Ce nom lui disait quelque chose, mais c'était flou… Concentré, Lunaire ne perdait pas une miette du récit d'Ardélia. À la pendule il était déjà onze heures et demie, Eb n'allait pas tarder à venir le chercher.

— Yann Lambesc était fiévreux, il délirait. Ses paroles nous ont été rapportées par d'autres et donc interprétées, déformées. Les marins du cargo ont évoqué « un discours dérangeant, incompréhensible »… Si seulement ils en avaient fait une transcription… Il ne serait peut-être pas incompréhensible pour nous, toi qui lis dans les rêves et moi qui ai tellement retourné cette histoire dans ma tête qu'il me semble l'avoir vécue. D'après les témoignages, il a évoqué une violente tempête, comme il en arrive souvent là-bas, en avril… Il a parlé d'un paquebot qui les aurait percutés sans les voir dans la nuit, au milieu de lames de plus de dix mètres de haut, les dépassant sans leur porter secours... Un mystère de plus. On n'a jamais pu prouver l'existence de ce paquebot. Même s'il était courant, à l'époque, que des vapeurs ou des paquebots « abordent » des morutiers sans voir leurs feux de mouillage, en raison de l'obscurité ou du brouillard, et continuent leur route sans s'en rendre compte. Certains capitaines furent condamnés pour ça... Est-ce que Lambesc a inventé ce paquebot dans son délire ? Est-ce que le trois-mâts a percuté un iceberg, comme le *Titanic* l'a fait quelques jours plus tard pas très loin de là, au sud de Terre-Neuve ? Je n'en sais rien. Mais ce que je sais, c'est que *La Marie-Louise* a été coupée en deux. Ce qui recoupe le témoignage de la goélette de Fécamp.

— Les hommes ont coulé avec le bateau ?

— Ce n'est pas ce qu'a dit Lambesc. C'était la nuit du 8 avril, une nuit sans lune. Des rafales de neige balayaient le pont. Sur l'ordre de Cardec, les trente-sept hommes de l'équipage ont embarqué dans les doris, par groupes de six. Le temps était compté, la tempête enflait et les vagues pouvaient les engloutir à tout instant. Deux marins ont été emportés par une lame avant d'avoir pris pied sur le doris. Cinq autres ont dessalé et se sont noyés sous les yeux de leurs compagnons... Un autre doris a été précipité par la houle contre la coque du bateau en perdition. Un seul de ses passagers a pu être repêché à temps. Ainsi, avant d'avoir commencé à dériver loin de l'épave, ils avaient déjà perdu douze marins.

Lunaire espéra qu'Abel était du nombre. Avalé par les ténèbres avant d'échouer à fond de cale dans une vision d'outre-tombe. Dévidée par la voix précise d'Ardélia, cette histoire lui nouait le ventre, comme s'il se voyait cerné par le rideau menaçant des vagues… Il avait hâte qu'on en finisse, qu'ils soient tous crevés et qu'on n'en parle plus.

— Ce qui s'est passé ensuite est plus difficile à déterminer, continuait-elle, impassible. Il faut les imaginer sur leurs coquilles de noix, sans vivres, avec pour seuls vêtements ceux qu'ils portaient sur le dos, ramant de toutes leurs forces pour s'éloigner du bateau perdu, priant Stella Maris, la Vierge des Mers, de leur faire croiser un chalutier dont ils entendraient la corne de brume dans le fracas des vagues… Sans doute se sont-ils rapidement perdus de vue, car lorsque la tempête s'est calmée aux premières heures du jour et que le vent est tombé, la brume a tout recouvert. On n'y voyait pas à vingt mètres, et il fallait éviter les glaces qui dérivaient à fleur d'eau… Dans les mots incohérents de Lambesc, les hommes du cargo ont deviné des choses terribles, la lente agonie d'hommes dérivant des jours entiers sans croiser âme qui vive, suçant des morceaux de glace, l'espoir éteint par la soif, la faim, le froid. Lui-même était seul quand on l'a trouvé, il avait probablement rendu à la mer les corps de ses compagnons dont les cadavres encombraient son doris, et la mort ralentissait déjà son sang quand il a entendu les voix de ses sauveteurs.

— Mais s'ils sont tous morts de froid, ou de soif, où est le mystère ? interrogea Lunaire, laissant filtrer l'angoisse qui le gagnait. Vous ne me dites pas tout, lâcha-t-il.

Elle sembla désarçonnée :

— Mes doutes ne reposent sur rien de tangible, mon garçon... C'est juste que les marins du cargo ont parlé de « choses dérangeantes » dans le témoignage de Lambesc. Et des hommes qui meurent de faim ou de soif, c'est atroce, vois-tu, mais ce n'est pas dérangeant. D'autre part, la haine qui me lie à Cardec me rend sa mort irréelle. J'ai du mal à croire qu'il ait rendu les armes comme n'importe quel homme. Mais je te le disais : la haine brouille la clairvoyance. Ma pensée n'est pas rationnelle.

— Mais vous disiez tout à l'heure que les femmes sentent les choses.

— Les épouses, oui, mais les sœurs ? répondit-elle avec sur le visage une telle désolation qu'il n'osa rien ajouter. Pourtant, elle lui cachait des choses, il le sentait.

Quelques minutes plus tard, lorsque Ebenezer passa le prendre, il fut intrigué de leur trouver des mines voilées et distraites.

Sur le chemin du retour, Lunaire se décida, à tout hasard, à interroger Eb. Jusqu'ici, il avait répondu à ses questions amicales avec une politesse laconique.

— Cardec, ça vous dit quelque chose ?

— Cardec..., répéta machinalement le vieux. Non, voyons... c'est qui encore, celui-là ? Un copain de Morvan ?

— Un salopard, répondit le garçon en descendant de la voiture. Tant pis, c'est pas grave, ajouta-t-il en guise d'au revoir.

La bataille d'Anghiari faisait face aux élèves, grandiose. Mme Trémel avait ordonné le silence absolu.

— Comme au cinéma, avait-elle précisé. Vous vous taisez, je ne veux rien entendre, pas un murmure. Vous regardez le tableau. Et après, on en parle.

Dès que le claquement caractéristique de la diapositive avait retenti et que la toile s'était déployée devant eux, l'esprit de Guinoux avait été happé par le tableau.

On y voyait des soldats s'étripant à l'épée sous les sabots des chevaux affolés, tandis que leurs cavaliers, les corps imbriqués et le faciès déformé par la haine, tentaient de se porter le coup de grâce. Pris dans ce corps à corps tourbillonnant sur un fond d'ocre et de poussière, les hommes et les chevaux étaient inextricablement mêlés jusque dans la mort. Certaines parties manquaient – ici le vide découpait la forme de la jambe d'un cavalier éperonnant sa monture, là les jarrets d'un destrier étaient tranchés net, comme si la mêlée sanglante avait été imparfaitement décalquée à partir d'un tableau originel. L'inachevé de la fresque en renforçait la cruauté. On eût dit que les cavaliers avaient mutilé le tableau, débitant des morceaux d'hommes et de chevaux au hasard sans pouvoir distinguer, dans le chaos des chairs amalgamées, ce qui était à eux de ce qui appartenait à l'adversaire.

Peut-être qu'ils se sont détachés du mur tout seuls, pensa Guinoux, sans pouvoir détacher son regard du tableau. Leur rage était si grande qu'ils ont abandonné leur place sur le mur, mais ils ont laissé derrière eux un morceau de jambe ou les pattes arrière d'un cheval, sans s'en apercevoir. Puis ils ont dévalé des kilomètres de plaine, traversé des forêts, des torrents glacés, ils sont allés assez loin pour toucher le sable, se massacrant toujours, jusqu'à ce qu'un peintre – qui passait par là – les immobilise à nouveau au bout de son pinceau.

Prisonniers de la toile, ils bouillonnaient, leurs épées tournoyaient, prétendaient égorger la terre entière, leurs visages étaient réduits à des masques hurlants et les plumes de leurs casques se dressaient telles des langues sifflantes de serpents.

Guinoux sentit qu'il ruisselait de sueur sous son pull tricoté main. Il avait envie de tout arracher. On étouffait, dans cette salle ! Le bruit feutré du projecteur de diapositive lui devint insupportable. Mais il ne pouvait décrocher son regard de la bataille.

Quelques minutes plus tard, tandis qu'une sorte de faiblesse le vidait de l'intérieur, il se rendit compte *qu'il n'y avait plus de cavaliers*, sur le tableau. *Leurs contours se découpaient dans le vide, à présent.* Ils avaient été gommés, comme si le processus de création s'effectuait à l'envers et que les éléments du tableau disparaissaient dans l'ordre de leur apparition. La bataille d'Anghiari n'était plus qu'une bataille de chevaux, maintenant, et ces chevaux cabrés, rendus sauvages par l'odeur du sang, s'entrechoquaient, tête contre tête, sabots contre sabots, mordant dans leurs robes luisantes.

Guinoux cligna les yeux. Est-ce que Mme Trémel avait changé de diapositive ? Il n'avait entendu aucun claquement métallique. Les autres élèves n'avaient pas l'air étonnés de ce qu'ils voyaient. Il ferma les yeux. Ses prunelles bouillaient derrière ses paupières. Il transpirait toujours, et son cœur battait trop vite.

Ses yeux revinrent se poser sur le tableau.

Les chevaux s'étaient débarrassés de leurs cavaliers. Ils haïssaient les hommes.

Guinoux fixa l'œil de jais du cheval brun, et à l'instant cet œil devint rouge comme un fer chauffé à la flamme.

Au même moment, il entendit un galop, au loin, à l'autre bout du bâtiment. Le bruit de lourds sabots qui se rapprochaient, martelant le carrelage, amplifié par l'écho.

Il voulut crier, et une douleur fulgurante lui traversa la poitrine.

Il n'aurait pas dû regarder le cheval brun droit dans les yeux. C'était le plus méchant. Il n'avait pas voulu défier l'animal, mais c'était trop tard, à présent quelque chose de monstrueux était à sa recherche.

Le cheval de terre que les archers avaient criblé de flèches galopait dans le couloir, et le garçon sentait déjà son haleine chaude et hostile sur sa nuque. Il revenait venger les myriades de flèches qui lui avaient déchiré les flancs, transformant son corps en écumoire sanglante.

— Ce n'est pas moi, j'ai rien fait ! J'ai rien fait ! hurla Guinoux de toutes ses forces.

Il eut l'impression qu'une foule de gens l'entourait soudain, des visages se penchaient vers lui, irréels, parlant ensemble dans des langues déformées, incompréhensibles, et l'empêchaient de respirer. Il tenta de les repousser, de les écarter avec ses bras, ses jambes.

Quand le corps gigantesque du cheval de terre s'encastra dans le mur de la classe, dans un choc sourd et formidable, quand il vit la fumée rouge monter de ses naseaux, ses yeux aveugles qui larmoyaient d'argile humide, ses pattes puissantes et ensanglantées dépassant de l'ouverture qu'elles venaient d'ouvrir à coups de sabots dans le plâtre du mur, Guinoux perdit connaissance.

Le soir glissait lentement sur le jardin. Guinoux observait à travers la fenêtre une branche de noyer déjà creusée d'ombres. À cette heure ce n'était qu'une branche, mais avec la nuit, son extrémité s'étirerait tel un bec d'oiseau de proie prolongé par des pattes de lézard, et lorsque le vent l'enverrait cogner la vitre, son œil de corbeau scruterait l'obscurité de la chambre à la recherche du garçon tapi sous les draps. L'ancien cagibi où dormait Guinoux possédait une toute petite fenêtre sans volets, à peine plus grande qu'une lucarne, et il se rassurait en se disant qu'un monstre n'arriverait jamais à s'engouffrer par cette fenêtre, ça non, cette pauvre tache devrait faire le tour, et d'ici là il aurait trouvé un moyen de se débarrasser de lui. N'empêche, il n'aimait pas cette branche. Il se sentait *observé.*

Bon, arrête d'y penser, maintenant. Ça va bien comme ça. C'est qu'une branche, une branche stupide. Tu veux vraiment passer pour un con, ou quoi ?

Il soupira. Se ridiculiser devant toute l'école, subir l'interrogatoire de l'infirmière, attendre dans le bureau de la principale que sa mère vienne le chercher en plein après-midi, c'était déjà assez la honte.

Pourquoi ces choses lui arrivaient-elles ? Il en aurait pleuré.

Il avait grimpé dans la voiture sans piper mot, attendu là sans bouger, pendant que sa mère parlait avec la directrice et avec la prof de dessin. Il craignait qu'elle ne l'interroge à son tour, comme les autres, mais elle ne lui avait rien demandé. Elle avait l'air choquée. Elle avait donné le change en allumant la radio et en déclarant qu'elle connaissait un petit veinard qui allait pouvoir faire la grasse matinée, car il était dispensé de cours jusqu'à lundi. En temps normal, il aurait sauté de joie. Mais pas cette fois.

C'est maintenant qu'il réalisait ce qui s'était passé, et la honte déferlait sur lui. Il se disait qu'il ne pourrait jamais retourner au collège, affronter le regard de ses copains. Cette histoire allait faire le tour de la cour, et on allait se payer sa tête le reste de ses jours.

Un peu plus tard dans la soirée, Benoît était venu déposer sur son lit une pile de ses précieuses bandes dessinées, une dizaine d'albums de Tintin entretenus avec un soin maniaque. Avant que Guinoux ait exprimé sa reconnaissance pour ce prêt exceptionnel, Benoît s'était éclipsé.

Il y avait donc du bon dans cette journée. Guinoux ouvrit le premier Tintin de la pile, *Les Sept Boules de cristal*, et se laissa glisser dans l'histoire en oubliant tout le reste. C'était un récit *flippant*, de son point de vue. Un groupe de professeurs qui avaient violé la sépulture d'un roi inca et volé sa momie étaient atteints d'un mal étrange, et sombraient tour à tour dans une sorte de léthargie. La momie de Rascar Capac, le roi inca, était hideuse à souhait, et alors qu'elle s'était évanouie de la vitrine où elle était enclose, elle revenait hanter le sommeil du journaliste.

Guinoux frissonna, jetant un œil inquiet à la branche de noyer. Il faisait noir, dehors, mais le cercle de chaleur de sa lampe de chevet aveuglait les ombres de l'extérieur. Il poursuivit sa lecture : le capitaine Haddock et Tintin découvraient avec stupeur qu'ils venaient de faire *le même cauchemar*. Guinoux tourna la page. Il redoutait de retrouver l'affreuse momie émaciée aux cheveux longs, mais sa curiosité l'emportait. Il ressentait même un certain plaisir à l'idée que la momie se baladait à présent dans la nature. Un plaisir mêlé de trouille. Et brutalement, au détour d'une page, quelque chose le mit mal à l'aise.

En pleine nuit, Tintin et Haddock, alertés par des cris, entraient dans la chambre du professeur et le trouvaient dans un état de terreur profonde, hurlant : « Ils reviennent ! Les voilà ! Ah ! ils vont m'étrangler ! »

À ce moment crucial, Lunaire poussa la porte de sa chambre.

— Salut, lui dit-il. Il paraît que t'as été malade en cours ?

Guinoux se demanda ce que leur mère avait bien pu lui raconter.

— Oui oui, dit-il, faussement désinvolte.

— Et… ça va, maintenant ?

Il hocha la tête.

Et toi, où tu étais ? brûlait-il de demander à Lunaire. *Où passes-tu tes journées, mon pote ?*

— Bon, faut que j'aille bosser un peu, dit son frère. J'ai une version latine pour demain et j'en n'ai pas traduit une ligne… je suis mal.

Il avait la main sur la poignée de la porte quand Guinoux céda à la curiosité :

— J'ai vu un de tes potes ce matin. Il m'a demandé où t'étais. Il t'a pas vu en cours depuis un bout de temps, lâcha-t-il, notant le mouvement d'arrêt de son frère, son tressaillement, symptôme évident de mauvaise conscience.

— Écoute, répondit Lunaire sans se retourner, c'est mon problème.

Mais Guinoux refusait de lâcher prise.

— Tu crois pas qu'tu sèches un peu trop, ces temps-ci ? Qu'est-ce que tu fous ? Si le collège appelle les parents…

— C'est mes affaires, d'accord ? le coupa Lunaire. Bon, tu me gonfles, j'vais bosser. Et puis, ajouta-t-il avec une sécheresse qui mortifia Guinoux, j'aimerais que tu gardes pour toi les conneries qu'on te raconte sur moi. Si vous pouviez tous arrêter de vous mêler de ma vie, ça m'arrangerait.

Avant de quitter la pièce, il ajouta, gêné :

— Tu ferais mieux de te reposer. Arrête de penser à des trucs chelous, OK ? Je repasserai te voir après ma version, si tu ne dors pas.

Guinoux, plus vexé qu'il ne voulait l'admettre, se replongea dans sa lecture.

Mais il n'arrivait plus à fixer son attention sur les cases.

Ils te traitent comme un malade. Ils pensent que tu deviens fou.

En temps normal, quand ils se disputaient, Lunaire ne revenait pas lui faire des recommandations comme s'il s'adressait à une vieille grand-mère malade.

Il imagina ceux de sa classe chuchoter en parlant de lui, avec des expressions choquées, amusées.

Il voyait des choses qui n'existaient pas pour les autres.

Et peut-être… *peut-être qu'il allait finir par devenir vraiment fou. Peut-être que ces horribles choses qu'il voyait allaient lui démonter la tête, à force. Et si ça recommençait, comme cet après-midi en classe ?*

Il revit les sabots fichés dans le ciment du mur de la salle de classe. Le haut de la porte défoncée. Les naseaux où perlait un filet de sang écarlate, qui le flairaient à travers les fentes du bois. Pourquoi était-il le seul à les voir ?

Ils reviendraient. Il le savait, au fond. Ils reviendraient cette nuit, dans le rêve, Ils reviendraient au cœur même de l'abri du jour. Une chose était sûre : il n'était pas de taille à lutter contre Eux. Il était seul.

Réalisant cela, Guinoux fondit en larmes.

— Guinoux ? murmura sa mère en entrant dans la chambre. Qu'est-ce qui t'arrive ?

— Rien, dit-il, ravalant ses sanglots.

Sa mère resta un instant silencieuse.

— C'est à cause de ce qui s'est passé à l'école ? demanda-t-elle.

Il acquiesça, le visage barbouillé de larmes.

— Qu'est-ce qui s'est passé ?

— Je ne sais pas.

— Tu ne sais pas ? Si, tu sais. Tu t'es mis à crier, tu t'es évanoui, tu as eu peur de quelque chose… ajouta-t-elle.

Nouveau mouvement de menton.

— De quoi as-tu peur ? Dis-le-moi. Je ne vais pas te gronder, tu sais. Je veux juste comprendre.

Il resta de longues secondes sans répondre.

— Je vois des trucs, lâcha-t-il, entre soulagement et honte. Des trucs qui n'existent pas vraiment.

Aussitôt il regretta ses paroles.

— Qu'est-ce que tu vois ?

Il secoua la tête.

— J'veux pas en parler.

— Tu ne veux pas ? Eh bien dans ce cas, je ne vois pas comment je peux t'aider… Je ne comprends pas. Pourquoi est-ce toujours si difficile, avec vous ?

Elle était du genre à ouvrir les portes des placards qui respirent, des caves qui gémissent. Elle serait entrée dans la fosse aux lions si elle avait suspecté qu'on lui cachait quelque chose.

Voir pleurer son fils fléchit sa colère. Elle l'entoura de ses bras.

— Ne t'inquiète pas, mon chéri, on va t'aider. Tout va s'arranger, je te promets.

Il doutait que les choses puissent s'arranger, mais c'était doux à entendre. Et sa mère était la personne la plus forte qu'il connaissait. Et ce soir, Guinoux voulait juste s'abriter derrière sa force un petit moment, croire qu'elle pouvait chasser les ombres d'un claquement de doigts.

6

Enogat

Une nouvelle nuit coiffait la Bretagne détrempée, la longère des Guérindel, le vieux noyer, la balançoire, le ballon de foot crevé. Au clocher de Ploubalay, qui dressait sa flèche vers le ciel, le cadran indiquait une heure moins le quart. Les enfants Guérindel s'étaient assoupis. Samson les poings serrés comme un boxeur, Guinoux une jambe dépliée en diagonale au-dessus des draps, Benoît enfoncé sous sa couette.

Lunaire venait de s'endormir, flottant à travers des périphrases latines, des gangsters américains à l'accent doré au whisky et au cigare.

Cette fois, il avait peur d'ouvrir la faille dans le rêve. Le jeu avait changé de nature. Il ne s'agissait plus d'en découdre avec des fantômes sans visages, de prouver leur inconsistance. En cherchant à traverser le corps de paille de ces épouvantails grimés en marins, il était allé trop loin. Sous la toile à voile, il avait trouvé de la peau, des plaies. Il ne voulait plus croiser leurs yeux mornes, leurs silhouettes dotées d'un état civil, d'un passé. Il les préférait sans carbone 14. Sortis du néant, avec le Croque-mitaine et le Capitaine Crochet.

Cette nuit, la mémoire à trous du rêveur est son alliée, qui ralentit les fulgurances de sa pensée, éparpille les souvenirs. Cette lenteur le protège de lui-même.

Il peut rester debout dans la barque, le cœur serré comme la première fois. Sentir respirer la mer comme s'il la découvrait. Regarder glisser le bateau fantôme comme si la Providence le poussait vers lui. Où mène l'échelle de corde ? Jusqu'au ciel, peut-être. Sur les pas de Jacob, il grimpe en se brûlant les mains, ignorant les battements anxieux dans sa poitrine. Dieu attend peut-être là-haut. Qui, déjà, lui a dit que Dieu se servait des rêves pour parler aux hommes ? Il est sûr d'avoir entendu ça quelque part.

Hum… Dieu aurait-il cette voix qui fouette le sang ?

Mon vieux, es-tu bien sûr de vouloir rencontrer Dieu derrière cette voix ?

Dans un rêve on ne décide pas. On va. On est son propre somnambule, haut perché sur le fil tissé par l'araignée du rêve.

Fais attention de ne pas tomber.

Il était moins une. L'échelle de corde glisse sans lui dans les ténèbres. Il la suit des yeux, le bras secoué de tremblements. Tiré de sa douce léthargie.

À la place de Dieu, Cardec le regarde avec l'air réjoui de celui qui a fait une bonne blague.

— Tu vois ce qui aurait pu t'arriver ? J'ai pas d'patience. C'est l'problème avec moi.

Capitaine, murmure Lunaire. Et sans savoir pourquoi, il a envie de pleurer. Ce mot réveille des choses tristes, le sentiment d'être abandonné. Il ravale ses larmes. Allez, on n'est plus un bébé, n'est-ce pas.

Le ciel noir et vide. Le bruissement de l'eau, lointain, presque imperceptible. Le pont humide a dérobé à la lune cette lumière blanche qui confine au bleuté, éteignant l'astre en forme d'hostie, nappant la terre d'opacité, protégeant les amoureux, les assassins.

Dans la lumière blafarde qui monte des planches vermoulues, une trentaine d'hommes observent l'intrus. Leurs cirés sombres et luisants, leurs barbes de diables sales, leurs cols relevés, leurs galoches hybrides, mi-sabots mi-bottes. Les yeux éteints et concentrés, ils attendent.

— Dis donc, gamin, dit Cardec, on t'a pas appris qu'c'était pas poli de zieuter comme ça ? J'aime pas les malins. Fais bien attention à toi. Les morts marchent, ce soir.

Fais bien attention à toi.

Une image se pose sur l'écran de sa rétine.

Attention ! lui crie sa mère, ne regarde pas en bas ! Il avance sur la branche longue et noueuse du vieux noyer, hésitant. Comment s'est-il hissé jusqu'ici ? Il regrette. Il regrette infiniment. Il se sent fait comme un chat. En bas, sa mère a peur, ça se voit. La peur le déséquilibre, il vacille. Et s'il tombe ? Il va mourir. Il pense que ça va faire mal. C'est surtout de ça qu'il a peur.

— Ne regarde pas en bas !

La voix de sa mère claque comme un ordre. Lunaire désobéit.

À la place du jardin, de la pelouse pelée, trouée de ronces et de pissenlits, il voit un petit garçon allongé, son corps démantibulé de marionnette. Il reconnaît Benoît, mais beaucoup plus petit. Dis Maman, est-ce qu'il dort ? Est-ce qu'il était sur l'arbre, lui aussi ?

Sa mère est bouleversée :

— Ils étaient tous sur l'arbre. Je n'ai plus que toi. Papa va venir chercher Benoît, et tout va rentrer dans l'ordre. Du moment que tu ne bouges pas. Sois sage, mon oiseau.

L'image,s'en va comme elle est venue. Un courant glacé le traverse.

Les morts marchent, ce soir.

Cardec lui sourit derrière ses yeux de braise.

— Qu'est-ce qu'y a, gamin ? T'as pas le pied marin? Viens par là, j'ai quelque chose à t'montrer. T'es un curieux, toi. Je sens ça.

Peut-être suffit-il de suivre cet homme en faisant mine d'ignorer le poids de menace qu'il trimballe sous son large ciré, dans ses bottes de sept lieues. Lunaire parvient à bouger. La douleur s'égaille en milliers de fourmis rouges dans sa poitrine.

Cardec s'approche du bastingage, tournant le dos au grand mât dont la pointe acérée s'enfonce dans la moire du ciel.

— Vise un peu ça, gamin.

Lunaire examine le bord du bateau. Et il découvre l'épaisse cicatrice qui traverse le bois rongé de la lisse. Plus laide et plus profonde qu'une lézarde dans un mur. La cicatrice est large d'une vingtaine de centimètres, Lunaire la suit des yeux fasciné, elle court, court dans le bois, traverse le plancher du pont, se faufile entre les jambes du capitaine, pour se perdre sous le tas de cordages et de filins d'où émerge le mât.

La cicatrice partage le bateau en deux à hauteur du grand mât. D'un côté, l'équipage et son capitaine, de l'autre Lunaire, pauvre marin d'eau douce, seul à tribord, loin des doris empilés les uns sur les autres sur le gaillard d'arrière. À l'instant où il se dit qu'il devrait changer de bord, Cardec bondit vers lui en riant, enjambant d'un bond exagéré le tracé de la fissure.

— Alors ? Qu'est-ce que t'en dis ? demande-t-il, une lueur dans les yeux.

Lunaire se tait. Comment tient le bateau ? Un long grincement ironique, sous ses pieds, répond à sa question. Le bateau tient parce que ça lui plaît, et le sort des passagers est suspendu au bon vouloir de l'esprit qui habite son bois séculaire. L'Esprit du Bois, auquel répond la pulsation sourde de l'Esprit Mer en dessous d'eux. La mer insiste pour recréer la faille originelle, le bois ne cède pas. Ils luttent depuis tant d'années qu'on pourrait les croire amoureux l'un de l'autre : deux parties d'un même corps, soudées par le destin.

— C'est une chance que la nuit soit calme, pas vrai ? dit Cardec en lui adressant un clin d'œil.

Lunaire frémit, tandis qu'une image s'impose à son esprit. Un grand bateau noir et sans voiles vient de forcer le passage. Le bateau avance comme un brise-glace aveugle que la houle escorte, respectueuse.

Oui, c'est ça…, dit la voix de Cardec à son oreille. *Mais comment le sais-tu, morveux ?… Comment peux-tu savoir ?*

Lunaire sent les yeux du capitaine fouiller son âme. Il s'efforce de penser à une prairie grasse et tranquille, à une montagne enneigée. C'est peine perdue. Derrière le bateau qui fend la glace sans voir les obstacles se tient Ardélia, ses prunelles tristes où voyagent des hommes morts, *NON*, il ne doit pas la voir, surtout pas, la prairie, la neige, la forêt, *NON*, pas la forêt de Coetquen, ses arbres grelottants, un poing tambourine à la porte de la maison, une voix demande qui est là…

C'est Elle… j'en étais sûr…, triomphe la voix de Cardec, *cette vieille garce… résistante, la punaise…*

Elle se sert de toi, pas vrai ? Elle se sert de toi pour m'atteindre. La punaise et son protégé. J'aurais dû m'en douter.

Lunaire n'a plus de contrôle sur ses pensées qui défilent et ouvrent au capitaine ses secrets, ses cachettes.

Bien sûr, elle t'a parlé de lui… Son amour perdu, sa mauviette asthmatique… elle t'a dit qu'ils couchaient ensemble ? Eh oui, frère et sœur, comme ça, ça sort pas d'la famille…

Ces mots troublent le garçon. Le visage d'Ardélia se déplie devant lui, un visage immense, éploré, tant et tant d'années après le drame, ses larmes inconsolées, l'éternelle jeunesse de son chagrin, de sa colère.

La punaise t'avait pas tout dit, n'est-ce pas ?... M'étonne pas de cette sainte-nitouche. Des grands airs pour cacher la saleté. Déjà à quinze ans... elle faisait saliver les gars, crois-moi. Mais y en avait que pour la mauviette. Sans doute qu'y d'vait savoir la faire grimper aux rideaux comme personne, tu crois pas ?

Lunaire ferme les yeux, tentant de repousser la voix de Cardec qui résonne dans sa tête.

Fous l'camp, lui dit-il, mobilisant son énergie mentale. *Fous l'camp, salopard.*

C'est pas gentil, ça..., susurre la voix. Et puis elle disparaît, avec la soudaineté d'une bougie qu'on souffle.

Le garçon ouvre les yeux. Le capitaine l'observe en souriant. Sous leurs pieds, le navire tangue et grince comme un vieux berceau. Derrière Cardec, les hommes du bord n'ont pas bougé.

Cardec claque ses mains l'une contre l'autre.

— Morvan ! appelle-t-il, avec le ton d'un maître de maison convoquant son personnel.

Le nom de Morvan, ce soir, n'évoque rien d'amical. Ses sonorités sont désagréablement familières.

Mais Morvan tarde à venir. Cardec s'impatiente.

— Morvan !

Un homme émerge du groupe immobile, et avance si près que le garçon pourrait le toucher.

Cet homme ne lui inspire pas confiance.

— Morvan, on a un invité. Et devine quoi ? Le gamin est un ami d'Abel.

Un bref tressaillement de paupière trahit Morvan. Mais il fixe Lunaire sans ciller. Lunaire sent le danger monter.

— Allez, quoi, décoince-toi ! Il a pas l'droit d'avoir des amis, Abel ? Et puis ça lui f'ra du bien, un peu d'compagnie. Tu sais, ajoute Cardec en s'adressant à Lunaire, tu vas l'trouver changé. La vie en mer, ça lui profite pas. Et pourtant, on a fait ce qu'on a pu, pas vrai, Morvan ? Mais la mer, y a ceux qu'ont ça dans l'sang, et ceux qui l'ont pas.

Lunaire a du mal à démêler les sentiments de Morvan. C'est une forêt opaque où les arbres ont poussé de travers, enchevêtrés. Mais celui qui domine, telle la note de tête d'un parfum, est la colère. Cette colère, libérée, atteindrait le capitaine Cardec en pleine figure. Droit entre les yeux.

— L'Abel, c'était un marin d'salon, continue le capitaine. Un gars d'la ville, incapable de distinguer une drisse d'une écoute, un bon à rien qu'avait toujours mal quelque part, délicat comme une fille ! Cette engeance, sur un bateau, c'est pire que l'choléra. Les mariniers d'cambuse, faudrait les condamner à la grande cale, comme y faisaient dans l'temps ! Tu connais ça, gamin ? On plongeait l'gars dans l'eau, on l'faisait passer sous la quille du bateau, et ressortir de l'aut'côté ! Il était pas en bon état, mais au moins, il avait compris ! Enfin, je cause, mais... faudrait pas l'faire attendre...

Théâtral, Cardec frappe trois fois le plancher de ses bottes.

Quelques secondes, le silence se pose, on n'entend que le grincement du bateau. Lunaire pense à la cicatrice dans le bois, et une autre vision surgit, celle du paquebot noir fendant la tempête, pressé de s'arracher au mauvais temps. À côté de lui, la goélette ressemble à ces coquilles de noix que les enfants jettent dans le courant d'un ruisseau avec une feuille de chêne en guise de grand-voile.

Cardec frappe un nouveau coup, plus fort. En réponse, quelque chose se met à hurler sous les planches du pont. Mais il faut penser aux hurlements sans visage des mutilés de guerre, à ceux que les fous lancent contre les murs jusqu'à l'épuisement.

— Ah quand même ! commente Cardec. Ce feignant d'Abel est réveillé.

Les hurlements les traversent tous, prenant une ampleur d'outre-tombe.

— Ta gueule ! hurle le capitaine. On t'entend trop !

Il rit, prenant Lunaire et Morvan à témoin. Lunaire, que ces cris tétanisent, vient de découvrir que Morvan a le profil gauche massacré. Une plaie affreuse où surnage un œil mi-clos. Quel genre d'animal lui a fait ça, une boucherie pareille ? se demande-t-il. Se pourrait-il que ce soit la bête qui hurle en dessous ?

— Gauthier ! Lambesc ! rugit Cardec, sifflant ses chiens. La trappe !

Le silence pour toute réponse.

La nuit appartient aux morts, petit. Elle te l'a pas dit, la vieille garce ?

Deux hommes se détachent du groupe. Leurs pas sont lourds, leurs figures fermées.

Ils vont ouvrir la trappe. Lunaire pressent que le rêve tend vers ce but, lui montrer la chose inhumaine que l'on tient enfermée dans cette cage de bois puante et humide.

D'un geste, Cardec arrête ses hommes, leur désignant le garçon.

— Le gamin est venu pour Abel. C'est gentil non ?

Non, songe Lunaire. Laissez-moi partir. Ramenez-moi chez moi.

Alors il s'aperçoit qu'un des hommes tremble. En réalité, il se désagrège, perd sa carrure, ses muscles fondent, ses paupières se creusent, ses pommettes saillent. Son regard est soudain âgé, usé.

C'est Lunaire qu'il fixe, avec cette lueur de démence, puis son image se déforme encore, à présent il grelotte sous une couverture. Sa bouche sèche et ridée prononce des mots inaudibles.

— Lambesc ! La trappe ! On va pas y passer la nuit !

Lambesc.

L'esprit du garçon se déchire sur une pierre funéraire rectangulaire et grise, toute simple, sur un promontoire où l'herbe douce se courbe sous le vent. Sur la plaque, des mots gravés :

Yann Lambesc
Si loin de ta terre natale
Breton par la chair et le sang
Repose en paix

Repose en paix… L'image en s'en allant lui fait mal à la tête.

Lambesc et son comparse soulèvent la trappe, leurs muscles bandés par l'effort. Lambesc a rajeuni, mais son visage demeure prisonnier d'une ombre.

La trappe ouverte. Les hurlements.

Viens voir, gamin. J'te préviens, c'est pas beau à voir. C'est comme une pâte, là au fond. T'y r'connaîtrais pas ton frère.

Cardec est déjà sur lui, sa main râpeuse et forte lui serre la nuque, son souffle chaud sur son oreille.

Autour de la trappe ouverte, Morvan, Lambesc, Gauthier forment un demi-cercle. Leurs yeux braqués sur Lunaire, ils ressemblent à des pierres dressées pour saluer le soleil. Mais il n'y a pas de soleil, c'est le crépuscule des morts qui…

Qui marchent, gamin. Et qui se collent ensemble au fond de l'eau pour ne plus bouger du tout.

La vie du garçon ne tient plus qu'à la poigne du capitaine. En quelques enjambées, ce dernier le porte au-dessus du vide et le tient suspendu, comme une souris craintive. La souris ne veut pas regarder en bas, enfin si, elle veut, mais elle ne veut pas l'admettre, alors elle s'accroche à d'autres yeux pour ne pas céder, et voilà que ces yeux s'ouvrent sur des images collantes comme le sang. Lunaire en a des haut-le-cœur mais c'est trop tard, il voit, il voit.

Après, lorsque la main de Cardec le lâche dans le vide, ça n'a plus d'importance. Le garçon tombe sur l'homme en morceaux, se réveille trempé de peur et de sueur et reste prostré, longtemps, longtemps, les genoux repliés contre la poitrine, épiant les battements affolés de son cœur.

Cette fois, pas de carnet, pas de notes. Il n'oubliera rien. Il préférerait, pourtant.

Enogat scrutait son jardin depuis la fenêtre de la cuisine. Dans la lumière fuyante de la fin du jour, cette heure fragile, entre chien et loup, on eût dit un jardin à l'abandon. Ce soir, elle se sentait aussi abandonnée que lui. Comment pouvait-on se sentir si seule dans une maison pleine d'enfants ? Elle les entendait crier et s'interpeller à l'étage. Benoît avait été chargé de surveiller le bain de Samson, et il s'en acquittait de mauvaise grâce, avec un charme désinvolte. Lui qui n'avait pas une grande confiance en lui existait avec une séduction dont il n'avait pas conscience. Sa mère devinait qu'il était le plus tendre de ses enfants, bien qu'il s'en défendît farouchement. Peut-être justement pour cette raison.

Aujourd'hui, Enogat avait parlé à Maud Trémel, le professeur de dessin de Guinoux. La jeune femme lui avait donné rendez-vous dans un café tout près du collège.

— Vous savez, lui avait dit Mme Trémel en buvant un chocolat chaud, je me fais du souci pour votre fils. Je ne dis pas ça à la légère. C'est un garçon très attachant. Et l'autre jour, ce qui s'est passé… je m'en veux beaucoup, je n'aurais pas dû leur montrer ce tableau.

— Quel tableau ? avait répondu Enogat, surprise.

— *La bataille d'Anghiari*. Votre fils y a réagi si violemment… J'aurais dû choisir une autre œuvre. Ce tableau-ci n'existe plus et du coup, peut-être que ça le rend plus puissant ? Peut-être qu'il marque d'autant plus l'imagination qu'il est lui-même imaginaire, en quelque sorte ? Je ne sais pas. Je suis désolée…

Enogat était restée interdite.

— Vous pensez *vraiment* que c'est le tableau qui l'a mis dans cet état ?

— Je ne sais pas, madame. Mais je me sens responsable, vous comprenez.

— Il ne faut pas. Guinoux est un petit garçon sensible. Depuis qu'il est bébé, c'est comme ça. Ses frères se fichent de lui. Ils l'appellent le trouillard.

— Oui mais, en y réfléchissant, je me suis dit… Connaissez-vous le syndrome de Stendhal ? Il y a des gens plus sensibles que les autres qui s'évanouissent devant certains tableaux. Ça arrive.

Enogat n'avait pas osé lui dire qu'elle se trompait d'explication. Guinoux n'aurait jamais pu s'évanouir à cause d'un tableau. Le problème était ailleurs, dans cette malédiction qu'elle leur avait transmise, malgré tous ses efforts pour l'écarter.

Elle n'avait rien dit de tout ça. Elle avait hoché la tête poliment.

Mme Trémel avait repris :

— Certaines œuvres réveillent chez celui qui regarde des choses profondément enfouies, douloureuses. On voit ce genre de réactions à Florence, devant des tableaux de Léonard, ou du Caravage. Les gens à qui ça arrive sont soignés à l'hôpital, et après tout rentre dans l'ordre.

— Vous voulez que j'envoie mon fils à l'hôpital, parce qu'il a été choqué par un tableau ? avait demandé Enogat en souriant.

— Je crois qu'il serait bon que Guinoux voie un psychologue, avait répondu Maud Trémel en pesant ses mots. C'était tellement impressionnant, de le voir dans cet état !

Enogat avait rassuré la jeune femme, et promis de réfléchir au recours à un psychologue. Même si elle n'avait pas besoin qu'un médecin lui explique que si les garçons dormaient si mal, c'était sa faute.

Elle n'oubliait pas la première fois qu'elle s'était levée en entendant pleurer ses deux aînés. Ils étaient tout petits, Lunaire marchait à peine. En entrant dans la chambre, elle les avait trouvés tous les deux en larmes. Dans les mots maladroits de Benoît, elle avait compris que parfois, vos démons vous rattrapent à travers ceux que vous aimez.

À cette heure, un désespoir surgi de l'enfance la laissait sans force. Elle avait consolidé tant de digues pour éloigner ce désespoir ancien que personne ne pouvait la rejoindre, la consoler. Même Ewan ne pouvait approcher sa part la plus intime, celle qui cachait un enfant blessé.

Petite fille, Enogat habitait une maison où il était défendu de s'approcher des fenêtres. Sa mère souffrait d'une maladie nerveuse qui semblait se réactiver à l'approche du soir. Elle vérifiait que toutes les fenêtres étaient closes et les volets fermés dans la chambre des enfants. À six ans, gamine frêle aux boucles brunes, elle se bouchait les oreilles pour ne pas entendre les monstres ricaner à travers les volets. Ces monstres sans visage étaient tapis dans la chambre bleue, au bout du couloir, qu'on avait condamnée avant sa naissance. Depuis, personne n'y entrait plus, même pour faire le ménage, abandonnant le terrain aux monstres. Ils avaient emporté le Petit Garçon qui dormait là avant qu'elle vienne au monde. Son frère Gildas avait beau se moquer d'elle, elle savait que les monstres ne sont jamais rassasiés, qu'ils passent la nuit à guetter les fenêtres ouvertes sur les chambres d'enfants.

Un jour, elle avait cherché la clef qui menait à la chambre du Petit Garçon. Elle s'était hissée sur le rebord des chaises pour atteindre le haut des placards, elle avait ouvert les tiroirs des secrétaires, des commodes, entrebâillé les armoires, écarté le rideau de la penderie de sa mère, cherché à tâtons sous les paillassons, sous les piles de draps, derrière les assiettes du vieux service qu'on n'utilisait plus car on n'invitait plus personne. Elle avait cherché partout. Et puis finalement, elle avait trouvé. Pas la clef, mais une photo.

Dans un tiroir de table de nuit de sa mère, entre les pages d'un vieil agenda relié de cuir noir, elle avait déniché une photo qui avait survécu à l'autodafé où s'étaient consumés les souvenirs du Petit Garçon. Sur le portrait, il était petit, peut-être plus grand qu'elle, mais pas beaucoup. Il ne souriait pas, l'air pensif. Il était brun, comme elle, coiffé à la diable, aussi pâle que Gildas lorsqu'il avait attrapé la grippe. Elle était restée fascinée, incapable de s'en détacher malgré les pas précipités dans l'escalier. Sa mère l'avait surprise, giflée, lui avait arraché la photo, avait prononcé des mots méchants : « C'est à moi, tu entends ? C'est à moi ! »

Sa mère s'était enfermée dans sa chambre pour pleurer et Enogat avait couru jusqu'au fond du jardin, en espérant qu'on l'oublie, et puis devenir morte et retrouver le Petit Garçon qui l'attendait, avec son air pensif et ses cheveux noirs, comme un jumeau secret.

Aujourd'hui, Guinoux avait réveillé la petite fille qu'elle avait enterrée au profond d'elle. C'était le signe qu'un danger menaçait son fils. Elle redoutait que la chose sans nom, qu'elle avait fuie en quittant sa famille et sa maison, n'ait retrouvé sa trace. Elle n'avait rien eu à se mettre sous la dent depuis longtemps, et jeûnait avec une redoutable patience.

Enogat ne supporterait pas qu'il arrive malheur à Guinoux. S'il le fallait, elle irait voir ce psychologue. Mais comment pourrait-il l'aider à détruire cette chose dont elle ignorait le nom et la nature ?

Observant les haies de son jardin, elle se rendit compte qu'elles étaient à présent assez épaisses pour que quelqu'un puisse s'y cacher.

Lunaire fit le mort pendant dix jours. Il savait qu'Ardélia attendait de ses nouvelles, mais n'avait pas le courage de l'affronter. Son dernier rêve lui avait laissé une douleur térébrante. Il retourna se cacher au lycée et se laissa bercer par le ronronnement des cours. La nuit, il redevenait le jouet passif du rêve, se réveillait tremblant avec l'odeur de *La Marie-Louise*. Il ne prenait plus de notes, oubliait les détails du cauchemar, n'en gardait qu'une impression pénible.

Un soir, il venait de sauter du bus et s'apprêtait à rentrer à pied quand il avisa une deux-chevaux vert pâle arrêtée au bord de la route. Avant que le chauffeur descendît sa vitre, il reconnut Eb Gautreau.

— Bonjour, mon garçon.

— Bonjour, dit Lunaire, gêné.

— On peut se parler ? demanda le vieil homme avec une voix douce.

— Oui, enfin… j'suis pressé, j'ai du boulot pour le lycée, et…

— Juste un instant, t'inquiète pas, dit Eb en ouvrant la portière du passager.

Il grimpa dans la voiture à contrecœur.

— Tu vas bien ? interrogea Eb.

Lunaire sentit ses yeux gris s'attarder sur ses cernes et son teint pâle.

— Ça va.

— C'est le lycée qui t'angoisse? ou autre chose ?

Lunaire ne répondit pas.

— Lunaire, reprit Eb, Ardélia s'inquiète pour toi.

— Je suis désolé, j'ai pas eu l'temps, ces jours-ci…

Eb tapota le volant :

— Dis-moi, mon garçon, tu ne crois pas que j'ai mérité un peu de franchise ? Je n'te connaissais pas et j'ai fait mon possible pour t'aider. Sans me forcer, hein. Parce que tu m'intéresses, tu m'es sympathique. Mais si tu me fais ce genre de réponse qui n'veut rien dire, j'vais finir par penser que j'me suis trompé sur toi. Pas vrai ?

Lunaire fixait le paysage dans le rétroviseur. Il avait pris la fuite. C'était plus fort que lui. Il fuyait avant de lire la déception dans les yeux de ceux qui avaient cru en lui. S'ils s'inquiètent pour moi, songeait-il, c'est parce qu'ils se trompent. Ils me voient comme je me sens, parfois, lorsque j'ai l'impression que je peux atteindre la lune en marchant sur les mains.

Comme le soir où il avait décidé de battre son cauchemar à plate couture. Ce soir-là, il était magnifique, plein de bravoure et de ressources.

7

Abel

Il y eut une autre nuit étouffée sous les oreillers, chassée par un matin humide. La lumière du jour se diffusait comme du lait dans le thé lorsque le soleil étendit ses longs doigts dorés à travers le gris, déjouant les plans des nuages ramassés pour l'attaque.

Eb était à l'heure, et Lunaire en avance. Les joues et le nez marbrés par le froid matinal, il tremblait, malgré son écharpe et son anorak. Dans la voiture, Eb comprit qu'il n'arriverait pas à le dérider.

— Ne sois pas si nerveux, bon sang ! gronda-t-il alors qu'ils approchaient des bois de Coetquen.

Son passager fixait la naissance de la forêt d'un air sombre. Ce garçon allait mal. Et Ebenezer se faisait du souci pour lui.

— Voilà, on y est. Tu veux que je vienne avec toi ? demanda-t-il à Lunaire dans la cour de la maison d'Ardélia.

Le garçon étudiait la maison, des ardoises du toit aux marches du perron, aux carreaux teintés des

Les mots qu'il retenait lui cognaient les tempes. Il sentait le regard d'Eb lui chauffer la joue.

— Je n'peux pas y aller en ce moment, lâcha-t-il.

— Pourquoi ?

— J'ai vu des choses horribles, dans mon rêve, dit-il, la voix assourdie. Je ne peux pas lui en parler.

— Ce n'est qu'un rêve, répondit Eb. Ce n'est pas réel. Ça peut t'effrayer, mais ça n'existe pas.

Lunaire ne demandait qu'à le croire. Mais Cardec et ses hommes avaient bel et bien existé, non ? Ardélia devinerait ce qu'il avait vu, même s'il le lui cachait, et ça la tuerait.

— J'ai vu des choses… sur son frère…

— Raison de plus pour lui dire. Pour elle, les rêves ne sont que des rêves. Tu as peur de lui faire de la peine ? Elle est plus forte que tu n'crois. Elle n'a jamais pu faire le deuil de son frère. C'est une blessure profonde, mais le temps l'a atténuée.

Lunaire éprouvait un sentiment perturbant au sujet de cet amour du frère et de la sœur. Y avait-il un secret malsain, là-dessous ? Cardec avait insinué un soupçon dans son esprit, et il n'arrivait plus à s'en défaire.

— Vous pensez que je dois retourner la voir ? demanda-t-il.

La réponse d'Eb fusa.

— Demain neuf heures, je t'attendrai sur la droite, après le panneau de Saint-Jacut.

fenêtres de l'étage et au perchoir en bois qui attendait le retour de ses locataires ailés.

— Non. Je préfère y aller seul, répondit-il.

Il attendit que la deux-chevaux eût disparu, gravit le perron, fit tinter la cloche. Cinq coups, et puis deux.

Elle l'avait entendu arriver. Ce matin, son sourire laissait affleurer une lumière particulière, commune à ceux qui ont traversé une vie, sinon plusieurs. Un bref instant, il sentit qu'elle se rapprochait de sa mort, qu'elle le savait et retardait ce moment, non par crainte, mais dans un but précis. Et puis cette fulgurance s'évanouit comme elle était née.

— Lunaire, comme je suis contente de te voir ! Entre vite.

La maison sentait le feu de bois, le thé fumé, le gâteau en train de cuire, l'humus, et cette odeur de terre et de caoutchouc qui montait des vieilles bottes remisées dans l'entrée.

— Je t'ai fait un gâteau. Il t'attend au chaud. Tu aimes les pommes ?

Il acquiesça, reconnaissant. Dans le salon, son fauteuil l'attendait. Il se carra confortablement, chauffant ses jeans trempés devant le feu. Ardélia lui servit une large tranche de gâteau aux pommes parfumé au rhum. La tension douloureuse de ses muscles se laissa ramollir dans le beurre et le rhum. Il n'y avait pas eu beaucoup de chaleur dans sa vie, ces derniers temps.

— Tu as déjà meilleure mine, constata-t-elle.

— J'suis désolé de n'pas être venu plus tôt, s'excusa-t-il, la bouche pleine.

— Ne t'inquiète pas, je me doute que tu avais de bonnes raisons.

Il se sentit devant un damier, ne sachant quel pion avancer en premier, et lequel lui serait fatal.

— Peut-être que tu avais juste envie de t'enfuir très loin d'ici. Mais… au fond, tu savais que *lui* saurait toujours te retrouver. Parce qu'il a les clefs pour entrer dans ta tête. Et c'est ce qui t'effraie le plus. C'est compréhensible...

Lunaire resta muet. La clairvoyance d'Ardélia le déconcertait toujours.

— J'ai beaucoup réfléchi, ces dernières semaines, dit-elle doucement. Je crois qu'il n'y a pas de hasard dans tout ça. Cardec t'a choisi. C'est comme si… il y avait un lien, entre vous, qui lui permet d'envahir ton esprit dans le rêve. Et je crois qu'il joue avec toi, comme il a joué avec tous ceux qu'il pensait plus faibles que lui. Mais, Lunaire, tu ne dois pas le laisser faire. Nous ne sommes plus en 1912, et tu n'es pas sous ses ordres.

— Mais tout existe. Vous me l'avez dit.

— Ça *a existé*. C'est fini. Ils sont tous morts. Je suis la seule encore en vie ! Et *La Marie-Louise* est quelque part au fond de la mer, en morceaux.

— Oui, mais peut-être que tout ce qu'il me montre est vrai.

— Non, je crois qu'il intercale des mensonges et des images réelles, pour te tromper, te mettre dans cet état de confusion où tu ne sais plus ce qui est vrai, ce qui ne l'est pas.

— Mais le naufrage… et la cicatrice… j'ai vu l'endroit où le paquebot a coupé le bateau… j'ai vu…

y en avait un qui grelottait, dans une couverture… comme vous aviez dit ! Le survivant, là, le gars qui parlait comme un fou, et les autres…

— Tu as vu ce que Cardec voulait que tu voies. Ce qui m'intrigue, c'est qu'il t'ait montré tant de détails sur le naufrage… jusqu'ici il ne l'avait pas fait, n'est-ce pas ?

— Non, admit-il.

— Qu'est-ce qui l'a poussé à le faire, à ton avis ? demanda-t-elle.

— Il vous a vue, avoua-t-il. Dans mes pensées. Il a percé mes pensées et il vous a vue. Il vous déteste vraiment.

Lui revenaient les intonations railleuses du Capitaine à propos de la « vieille garce ».

— Tu sais, sourit Ardélia, la haine peut être réciproque et forte comme un amour à l'envers.

Elle monta dans sa chambre et redescendit quelques minutes plus tard avec un carton à chaussures rempli de vieilles photos. Elle lui tendit un cliché où on voyait une belle jeune fille habillée de noir, avec un corsage bordé de dentelles délicates et dont les manches étaient fermées par une kyrielle de boutons nacrés. Les vêtements de deuil avaient été choisis avec soin, soulignant la finesse de sa taille, la naissance de sa poitrine. Elle offrait à l'objectif un sourire rayonnant.

— C'est moi, à quinze ans. Je portais encore le deuil de mon père. Abel était venu avec moi chez le photographe, il me faisait des grimaces pour que je perde mon sérieux et ça a marché ! Le même jour, on était allés acheter son équipement de marin et je n'avais pas trop le cœur à rire. Chaque jour nous rapprochait de son départ. Enfin, comme tu vois, j'étais assez jolie.

Lunaire hocha la tête. L'éclat de la jeune fille irradiait le noir et blanc de la photographie. Elle était altière et frondeuse, mais l'ovale de son visage trahissait sa vulnérabilité. Un mélange à la séduction irrésistible, du moins en jugeait-il ainsi du haut de ses quatorze ans.

— Le jour du départ d'Abel, à l'embarcadère, je devais ressembler à peu près à ça, mais mon sourire était un peu forcé. Enfin, pour être franche, je n'étais pas aussi triste que prévu. Il y avait de l'excitation dans l'air, au milieu de cette foule venue dire au revoir aux marins. J'avais hâte de voir s'éloigner les bateaux, qui me semblaient tous beaux et majestueux, même les vieux, qui avaient été repeints pour l'occasion. Et puis Abel était si heureux que sa joie était contagieuse, même si le chagrin saurait me rattraper quand ils auraient disparu derrière l'horizon.

C'est ce jour-là qu'il nous a montré Cardec. Je suis restée un instant fascinée. Il avait cette taille impressionnante, cette autorité de capitaine… Je n'arrivais pas à détacher mes yeux de lui. Je savais que je n'étais pas censée fixer un homme comme ça… Il a senti mon regard, il a tourné la tête et m'a aperçue à son tour. J'ai rougi comme une bécasse. En me détaillant, il avait les yeux d'un chasseur. Il a passé sa langue sur ses lèvres, comme on salive devant un plat appétissant. Je n'en revenais pas ! Sa femme se trouvait à quelques mètres avec deux garçons de mon âge et un bébé dans les bras, une petite fille coiffée d'un bonnet en dentelles. Je n'avais pas l'habitude des hommes et encore moins des marins, mais je me suis sentie fragile. Fautive aussi, comme si je l'avais autorisé à me regarder comme ça en le fixant la première. On m'avait déjà dit, à l'école, que j'avais un regard effronté. Ce jour-là, j'en réalisais les conséquences.

Elle s'arrêta avant de reprendre :

— À mon époque, c'était choquant d'être confrontée brutalement au désir d'un homme. Marié, qui plus est, et qui jetait son dévolu sur une gamine ! Je n'étais pas tranquille à l'idée que cet homme soit le patron d'Abel. Et puis mon frère m'a serrée dans ses bras, m'a fait promettre d'être courageuse, ajoutant que j'allais beaucoup lui manquer, qu'il m'écrirait souvent. Et il est monté sur le bateau, me laissant sur le quai avec Nolwenn. Autour de nous, les gens s'embrassaient, s'étreignaient, certains pleuraient et s'essuyaient les yeux avec leurs poings, comme des enfants, d'autres plaisantaient, l'ivresse aggravait leur côté vantard, fier-à-bras. Toutes ces émotions tourbillonnaient autour de moi et me permettaient de cacher les miennes. Et pendant tout ce temps, tandis qu'Abel m'envoyait des baisers, je suis restée calme, m'appliquant à faire reculer mon angoisse et ma peine au fond de mon ventre, pour que mon frère ne les voie pas.

Lunaire était captivé par le récit d'Ardélia. Il aurait aimé voir la scène de ses yeux, en vivre l'intensité. Il était ému par cette Ardélia d'autrefois, parce qu'à travers le récit de la vieille dame il avait accès à l'intimité d'une jeune fille, qu'il n'approcherait jamais d'aussi près dans la vie.

— Il s'est passé plusieurs mois avant que je reçoive des nouvelles. Le printemps avait fleuri la campagne et la chaleur commençait à s'installer quand le navire-hôpital, qui rentrait des Bancs après être passé par l'Islande, nous a enfin apporté du courrier de nos hommes. Il y avait la queue, aux Œuvres de Mer, ce matin-là et trois lettres pour moi ! À vrai dire, je m'étais imaginé en recevoir davantage ! Je ne me doutais pas qu'Abel avait dû attendre une « marée de cabane » – comme on appelle les jours où la mer est trop démontée pour sortir les doris – pour m'écrire… Je n'imaginais pas non plus sa fatigue, ni dans quel état il me les avait écrites. On ne savait rien de ce qu'ils enduraient là-bas. Dans ses lettres, il racontait la mer, la pêche, le travail de la morue, mais je trouvais que sa légèreté sonnait faux. D'habitude on s'écrivait comme on se parlait, avec une grande liberté. Là, on aurait dit qu'il s'en tenait à la surface des choses. Et pas un mot sur Cardec. Après avoir lu mon courrier, je n'étais pas aussi heureuse que prévu. Nolwenn s'est moquée de moi, disant que je n'étais jamais contente…

Elle sourit et murmura « Chère Nolwenn… » comme si l'esprit de la disparue se tenait derrière la fenêtre.

— L'été est passé lentement, j'étais en vacances et mon frère n'était plus là pour pique-niquer avec moi, se baigner dans les criques, bavarder des soirées entières en regardant les étoiles… Les premiers bateaux sont rentrés début octobre. Non, attends, ça a commencé avec le *Belle-Île*, il a atteint Saint-Malo fin septembre, la cale pleine à ras bord. Les retours se sont échelonnés durant tout le mois d'octobre. Parfois trois dans la même journée ! Tous les jours, en rentrant de classe, j'allais aux nouvelles, et Nolwenn se renseignait le matin au marché. Je commençais à sentir monter l'angoisse parmi les femmes des marins retardataires. Moi, l'athée, j'allais à la messe du dimanche, par superstition. D'où elle était, ma défunte mère devait s'en réjouir, elle qui espérait nous transmettre sa foi avec son lait et son amour. Le dimanche, j'accompagnais Nolwenn et je croisais un cortège de femmes en noir qui m'effrayaient : c'était les veuves de marins. On s'écartait sur leur passage, comme devant une procession de corbeaux de mauvais augure. À l'église Saint-Sauveur, la chapelle de la Vierge était comble du matin au soir. Mais moi, lorsque je m'agenouillais, c'est à ma mère que je parlais… J'avais plus confiance en elle qu'en aucun être immatériel.

Ardélia s'interrompit, laissant une larme scintiller et s'éteindre au coin de ses paupières.

— Excuse-moi, reprit-elle doucement, mais aujourd'hui, quand je repense à tout ça, les souvenirs se bousculent et tout se mélange… mes prières à ma mère, l'odeur d'encens, les Je-vous-salue-Marie murmurés par ces bouches desséchées… et mes rituels conjuratoires : si je ne fais que douze pas entre la boulangerie et la maison, il rentrera sauf. Si je lance ce ruban et qu'il tombe sur une seule lame de parquet, demain le bateau sera là… des bêtises !

Le 1er novembre, jour des morts, *La Marie-Louise* n'était toujours pas en vue de nos côtes. Il y eut une bénédiction spéciale à la mémoire de deux dorissiers perdus dont le *Sainte-Anne* avait retrouvé les corps gelés. Le thermomètre était descendu si bas dans la nuit qu'ils n'avaient pas tenu jusqu'au matin…

Je me suis sauvée de l'église. Tout était gris, immobile et comme suspendu. Je suis descendue jusqu'à la Rance par le raidillon du Jerzual, une de mes promenades favorites, tandis que mes pensées dérivaient entre les bateaux de pêche, j'ai vu une jeune femme en noir assise sur un rocher, à quelques mètres de moi. Elle avait des traits purs et portait ses cheveux bruns et brillants dénoués sur ses épaules, alors que la bienséance voulait que les femmes adoptent le chignon, avec ou sans coiffe. Elle m'a adressé la parole. Ses yeux verts avaient un charme triste qui vous captait.

— Je vous ai déjà vue ici, m'a-t-elle dit. Vous attendez un bateau ?

— Oui, ai-je dit, fière de faire partie de celles qui attendaient leur homme parti au loin… J'attends *La Marie-Louise*. Un terre-neuvier.

Son beau visage s'est alors troublé.

— Votre mari est à bord ? demanda-t-elle, marquant une hésitation.

J'étais séduite qu'elle me voie comme une femme ! Repoussant la tentation de m'inventer une autre vie, je choisis d'être honnête :

— Mon frère.

— Il y a longtemps qu'il pêche à bord de *La Marie-Louise* ? poursuivit-elle d'un ton prudent.

— C'est sa première campagne… Mais il n'a que dix-neuf ans ! Jusqu'ici, il faisait des études. C'est un garçon intelligent.

Un soulagement passa dans ses yeux et elle me gratifia d'un sourire.

— Excusez-moi, me dit-elle, je ne me suis pas présentée. Je m'appelle Héloïse Le Noac'h.

Je me présentai à mon tour.

— C'était la veuve du second assassiné ? interrogea Lunaire resté jusque-là silencieux.

— Oui, la femme de Lucien Le Noac'h, déclaré « perdu en mer » l'année précédente. L'homme que l'armateur avait imposé comme second à Yvon Cardec, ce qui ne lui avait pas porté chance…

— Mais vous connaissiez cette histoire ?

— Non, je n'en savais rien. En l'espace de quelques jours nous devînmes proches, sinon amies, et elle me raconta son enfance pauvre, son mariage avec Lucien Le Noac'h, les premiers mois d'un bonheur étincelant, et la mort sans visage que son Lucien avait trouvée un an plus tôt sur les Bancs, « Ce nulle-part où la brume estompe la limite entre le ciel et l'eau ».

« Quand elle comprit que je me méfiais de Cardec, elle évoqua ses soupçons au sujet de la mort de Lucien. Son histoire m'effraya, mais je ressentais une certaine excitation à voir confortée mon intuition. À mon tour, je lui confiai le regard que le capitaine m'avait lancé à l'embarcadère. Elle m'avertit que Cardec avait une réputation de coureur de jupons et d'homme brutal. Il n'y avait que sa femme, Marie-Amélie, qu'il traitait avec délicatesse. On racontait qu'il l'aimait profondément… Ce qui ne l'empêchait pas de la tromper avec toutes les filles du pays !

Écoutant ces confidences, je me sentais plus forte. Si Héloïse m'aidait, j'arriverais à convaincre Abel que son cher capitaine avait du sang sur les mains. Et nous ferions ce qu'il faudrait pour qu'il paye son crime et soit jeté en prison.

Le 8 novembre je commençai à désespérer. Tous les bateaux de la région étaient rentrés, sauf *La Marie-Louise* et deux autres terre-neuviers : l'un avait endommagé sa quille contre les glaces flottantes et gagné Saint-Pierre le temps de réparer, l'autre avait sombré corps et biens, pris dans une tempête sur le chemin du retour. Les marées d'équinoxe étaient dévastatrices. Deux membres de l'équipage et le chien du bord avaient été secourus in extremis et rapatriés sur la côte basque par un morutier de Saint-Jean-de-Luz. Ils seraient là dans quelques semaines. Le lendemain ou le surlendemain, au milieu de la nuit, je fus réveillée par un cauchemar atroce : Mon frère était terriblement affaibli, et plusieurs chiens déchaînés se jetaient sur lui et le dévoraient...

Lunaire s'était figé. Il ne bougeait pas un cil, espérant que la vieille dame ne remarquerait rien. *Continuez,* pensa-t-il. *Surtout n'arrêtez pas, ne me regardez pas.*

— Ah, ce cauchemar..., murmura-t-elle. Pourquoi ne s'est-il pas effacé, depuis tout ce temps ?

Elle le regarda. Il était au supplice.

— Mais Lunaire, tu es tout pâle... Je t'ai fait peur ? Je suis désolée. Veux-tu que nous arrêtions ?

Lunaire secoua la tête en silence.

— Les enfants réclament toujours *la suite.* Plus l'histoire les épouvante, plus ils veulent la suite.

D'accord, mais j'ai besoin d'avaler un thé brûlant, et vue l'heure, je crois qu'il est l'heure de nous restaurer un peu.

Enogat donnait à manger à Samson qui trouvait spirituel de lui souffler le contenu de chaque cuillérée à la figure, quand Benoît déboula à l'improviste dans la cuisine, annonçant qu'un de ses cours avait été annulé.

— Attends juste que j'aie fini avec ce petit sacripant, je vais voir ce que je peux te préparer, lui dit sa mère, sourcils froncés vers le bébé qui hoquetait de rire.

— Où sont Papa et Guinoux ? demanda Benoît.

— Sur le toit, répondit Enogat en donnant une petite tape sur la joue potelée de Samson, dont le visage se mit à exprimer la confiance trahie.

— Ah, je vois, lâcha Benoît avec un petit sourire au coin des lèvres. Guinoux a droit à son tête-à-tête... à cause de l'autre jour, quand il est tombé dans les pommes ?

— Mêle-toi un peu de ce qui te regarde, s'il te plaît.

— Il paraît qu'il va voir un psy ? C'est vrai, cette histoire ?

— Benoît, je ne vais pas discuter de ça avec toi ! le coupa Enogat.

— Tu crois qu'il n'a pas assez de problèmes comme ça ? hasarda l'adolescent, balayant de son souffle une boucle brune qui lui tombait sur l'œil. Je suis sûr que Papa n'est pas d'accord pour l'envoyer chez un psy.

— Si, il est d'accord, répondit-elle sèchement.

En fait, Benoît avait vu juste. Ewan était opposé à l'idée du psychologue. Et sa petite expédition avec Guinoux avait pour but de « tâter le terrain ». De toute façon, Ewan n'était jamais d'accord avec elle quant il s'agissait des garçons. Elle finissait par l'emporter, car elle se montrait plus têtue que lui.

— Bon, la conversation est close. Un reste de ragoût avec des pâtes, ça t'ira ?

— Étant donné que je viens d'échapper à la cantoche, oui, ça me va très bien.

— Continue, et je te laisse à la « cantoche » jusqu'à ce que mort s'ensuive, répondit-elle, placide.

— Oh, dans ce cas, je ne ferai pas de vieux os. Lundi et mardi, on a eu droit à de la semelle agrémentée d'un mortier de riz, et là, ils nous ont programmé des épinards aux œufs nageant dans leur fameuse sauce blanche pour jeudi. Regarde, je perds mon jean.

Enogat essuya la bouche de Samson avec irritation. Elle n'aurait jamais le dernier mot avec Benoît.

— Et Lunaire, au fait, il est bien à la cantine, lui ? interrogea-t-elle.

— Bien sûr, dit Benoît sans se démonter. Lunaire est un brave.

Le matin même, Benoît avait eu l'occasion de vérifier que son frère n'était pas monté dans le bus, mais dans une deux-chevaux verte conduite par un vieillard. Ces derniers temps, Lunaire menait une vie mystérieuse et trépidante, dont il eût aimé connaître les péripéties. Mais sans avoir à poser des questions. Il y allait de son prestige d'aîné, merde. Lequel se révélait être, au fil du temps, une chaîne encombrante dont il ne savait comment se défaire sans dommages d'égo.

Pendant qu'Ardélia et Lunaire déjeunaient dans la cuisine, la forêt, le perron et les hortensias se noyaient sous un rideau de pluie. Ils mangèrent des pommes de terre cuites à la cendre écrasées dans du beurre salé, et de petits artichauts fondants auxquels le garçon trouva un goût de noisette. Quand ils eurent attaqué la bouteille de cidre fermier, Ardélia reprit le fil de son récit. Lunaire était soulagé, l'insoutenable vision qui le hantait s'était dissipée.

Elle raconta ce matin du 11 novembre 1911, qui ne commémorait rien de particulier, car les gueules cassées étaient encore entières et les monuments aux morts n'avaient pas poussé la terre pour se dresser au centre des villages. Un samedi ordinaire où un vent glacé s'engouffrait par le col de son manteau tandis qu'elle marchait tête baissée vers le port, silhouette impatiente réveillée dès l'aube par un pressentiment qui la poussait à gagner l'embarcadère. Elle marchait vite, bravant le vent sifflant, ne sachant ce qu'elle trouverait au bout : une déception de plus, un coup de joie inespérée ou la mort annoncée par un pavillon en berne.

Sur le port, un groupe d'hommes déchargeait une cargaison de sardines. Plusieurs trois-mâts huniers, un brick-goélette et un autre voilier étaient au mouillage, mais pas *le sien*. Elle soupira. Ne rien savoir était le pire. Un homme qui passait devant elle, vêtu d'une vareuse bleu nuit, s'arrêta lui parler :

— Elle est tombée du lit, la p'tite demoiselle !

Ardélia haussa les épaules, mais après l'avoir regardé de près, elle se décida à lui parler.

— J'attends un bateau, dit-elle. *La Marie-Louise*. Y a des nouvelles ?

— Un peu qu'y a des nouvelles ! rugit l'homme avec un sourire dans sa barbe. Ils viennent de doubler les îles Chausey, ils sont en vue de Saint-Malo !

— Oh merci, merci ! s'écria-t-elle, attirant l'attention des pêcheurs.

— Y a pas de quoi, répondit le barbu.

Ardélia ne l'entendit pas, elle courait déjà vers la ville pour tirer Héloïse de son lit. De retour rue du Croixquart, elle rudoya Nolwenn qui ne s'habillait pas assez vite. Elle avait des ailes battant dans tout le corps, elle ne voulait rien entendre, exigeait qu'on aille à Saint-Malo sur-le-champ. Sa tête était saturée d'attente, elle n'était qu'exaspération.

Quand les trois femmes atteignirent le port de Saint-Malo, *La Marie-Louise* était amarrée à quai. Ce n'était plus le fier trois-mâts qui avait levé l'ancre neuf mois plus tôt. Le bateau ressemblait à une fiancée se réveillant de sa nuit de noces dans un fossé, la robe en guenille et les rêves mis à mal. Ses voiles sales battaient au vent, la mer avait rongé sa peinture et rabaissé son orgueil, mordu sa coque jusqu'au sang comme on marque au fer une bête récalcitrante. Son nom à demi effacé, blanchi par le sel, se lisait à peine.

Aucun pavillon en berne.

Ardélia courut à perdre haleine jusqu'au bout de la cale où les pêcheurs déchargeaient de lourdes caisses. Un homme immense l'arrêta au passage de ses bras d'acier. Cardec.

— Hé là, doucement, ma jolie ! On court pas sur une cale…

Ardélia se débattit pour qu'il la lâche, furieuse. Cardec attendit quelques secondes avant de détacher ses bras des siens, tout sourire. Elle sentit son odeur forte mélangée à la puanteur du poisson et de la saumure, avec un léger relent de whisky. Cet homme la dégoûtait. Elle concentra dans ses yeux assez de mépris pour créer la sensation d'une gifle.

Avant de la lâcher, le capitaine lui glissa quelques mots en se penchant vers son oreille.

— On a du tempérament, à c'que j'vois… Dommage que t'aies tout pris et rien laissé à ton frère, pas vrai ?

Elle hésita, troublée. Les mots de Cardec s'insinuaient déjà dans sa tête, vipérins, mais l'urgence de retrouver son frère la poussa vers le navire.

Parmi les hommes d'équipage rassemblés en bout de cale, elle en reconnut certains, croisés le jour du départ. Mais quel changement dans leur physionomie ! Leurs visages creusés avaient vieilli, leurs fronts étaient sillonnés de rides profondes, le soleil, le vent et les embruns avaient cuit et tanné leur peau, ils ressemblaient à des sauvages échappés de terres lointaines.

Et surtout ils empestaient. Un fumet malodorant, indéfinissable, montait d'eux avec la force d'une vague. Effrayée, écœurée, Ardélia recula brutalement.

— Hé, p'tite sœur, toujours aussi maladroite !

Elle se retourna, au bord des larmes. Ils tombèrent dans les bras l'un de l'autre. Abel sentait aussi mauvais que les autres mais elle passa un long moment le nez dans son cou, cherchant à retrouver le parfum familier de sa peau. Finalement, c'est lui qui l'écarta délicatement.

Abel était méconnaissable. Crasseux et longiligne, une barbe brune en broussaille couvrait tout le bas de son visage. Ses yeux bleu pâle étaient pleins d'une lassitude étrange, il paraissait plus vieux. Des muscles nouveaux élargissaient sa carrure. Tout de suite, elle sentit une distance entre eux, une frontière qu'il escamotait au moyen de la tendresse mais qui existait néanmoins, et sa joie se heurta à ce mur invisible. Ce qu'elle avait prévu de lui dire mourut sur ses lèvres.

Elle se tourna vers Héloïse et Nolwenn qui arrivaient, essoufflées et joyeuses, et fit les présentations.

Les semaines suivantes, Ardélia constata qu'Abel semblait décidé à lui cacher l'essentiel de ce qu'il avait vécu pendant ces longs mois dans la promiscuité carcérale du bateau. Quand elle l'interrogeait sur sa vie là-bas, il observait de longs silences, et les réponses qu'elle lui arrachait étaient laconiques. Le travail était difficile et épuisant, mais ça valait le coup. Ils étaient rentrés la cale pleine. La paye serait bonne. Ils avaient quitté les Bancs plus tard que prévu, ce qui les exposait aux marées d'équinoxe, mais six mille quintaux de morues ne méritaient-ils pas ce sacrifice ? Oui, Cardec était un homme dur, exigeant, mais c'était un marin hors pair, et on n'a rien sans rien, dans la vraie vie. Depuis qu'Abel avait rallié l'existence âpre des terre-neuvas, il n'avait que mépris pour sa vie passée, celle des enfants chanceux qui font des études et se promènent le dimanche dans la voiture de leur père. C'était comme s'il reniait ce qui avait été bon et doux dans leur enfance.

Son asthme avait pris des proportions alarmantes. La nuit, Ardélia restait aux aguets de sa respiration sifflante. Le docteur tenta de raisonner Abel, sans succès. Il était résolu à reprendre la mer en février, avec les autres. Son corps était couvert d'abcès suppurants, résultat de blessures non soignées et d'une très mauvaise hygiène. Il fallut de longues semaines pour guérir ces plaies douloureuses, avec lesquelles Abel était allé pêcher chaque jour dans le froid, la brûlure de l'eau de mer et celle du ciré frottant la chair à vif.

— Et encore j'ai eu de la chance ! s'écria-t-il en riant devant sa sœur consternée. Un type a eu la main transpercée par un hameçon… Imagine un peu. On lui a cisaillé la main avec un marteau et un burin, il hurlait comme un possédé. Finalement ils ont réussi à retirer l'hameçon et on lui a versé de la teinture d'iode dans le trou de la main. C'était pas beau à voir !

Ardélia priait pour que son frère revienne à la raison. Elle s'en ouvrit à Héloïse, qui lui opposa son fatalisme de fille et de femme de marins.

— Il n'y a rien à faire, répétait-elle. La mer les attrape, on ne peut pas l'empêcher. On n'a pas le choix, faut faire avec.

Ardélia l'écoutait avec une rage contenue. Il était peu de choses qu'elle supportait moins que la résignation.

Héloïse venait souvent les voir rue du Croixquart. Mais, très vite, Ardélia la soupçonna de ne venir que pour Abel. Elle n'avait pas retrouvé sa complicité avec son frère, et voilà qu'Héloïse s'immisçait entre eux. Soudain c'était elle l'intruse, dans la petite maison de Dinan. Et s'ils se mariaient, elle resterait seule avec Nolwenn. Autant passer ses prochaines années chez les sœurs de l'Immaculée de Saint-Malo, à égrener le chapelet devant la mer. Héloïse n'était pas très loquace à propos d'Abel, mais dès qu'il était à proximité ils ne pouvaient détacher les yeux l'un de l'autre. Sans se connaître, ces deux-là avaient des mines à ne plus vouloir se quitter. Ce qui, dans le monde des marins, est une chimère redoutable.

Au début de l'hiver, Abel trouva un emploi chez un notaire ami de leur père.

Ardélia espérait qu'il se prendrait au jeu et laisserait la pêche à des hommes plus solides. Elle avait appris en ville que son frère était devenu en peu de temps – en raison de sa faiblesse physique et de maladresses – le souffre-douleur de Cardec. Heureusement pour lui, Gilles Morvan, le second, l'avait placé sous sa protection, s'interposant nombre de fois entre le capitaine et sa victime. Abel devait une fière chandelle à Morvan de l'avoir tiré de manœuvres délicates et d'avoir réparé in extremis d'énormes bourdes qu'il commettait par ignorance du métier.

À l'approche de Noël, un froid de loup s'abattit sur Dinan, humide et grelottant. Sur le port, les hommes emmitouflés sous plusieurs couches de vêtements s'affairaient dans les mâtures, vérifiaient câbles, poulies et haubans, grattaient la vieille peinture, calfataient et repeignaient les coques et les mâts. Des voiles neuves arrivaient enroulées comme les nappes d'un banquet de noces, tandis qu'on étalait les vieilles le long des quais pour les frotter, après les avoir tannées au cachou et trempées dans l'eau de mer.

Le soir venu, les petites maisons grises et basses vibraient de l'écho des disputes entre époux. Telle femme reprochait à son homme de boire l'argent du ménage, telle autre de traîner du matin au soir son hébétude, de n'être ni un père ni un mari. Les hommes, eux, vivaient leurs quatre ou cinq mois de terre en proie au malaise de se découvrir étrangers chez eux. En mer, pendant des semaines qui n'avaient plus d'heures et ni jour ni nuit, ils avaient été obsédés par l'idée du retour, jusqu'à épuisement des forces et des rêves. Ils marchaient sur les pavés avec ce léger déhanchement que crée le roulis du bateau et qui trahissait leur nouvel état d'exilés, condamnés à n'être plus à leur place que dans le vide hostile du grand Banc. Avant que la vie revienne irriguer de sa sève les arbres nus, ils auraient regagné leur prison de bois flottant, les planches moisies de leurs « cabanes » où ils s'enfonçaient pour dormir, tout habillés avec leurs bottes, et les saisons de la terre s'effaceraient pour laisser place au désert mouvant et glacé de l'Océan, là où le temps glissait dans l'irréalité, où les feuilles juste écloses, le velouté des fleurs, la blondeur des blés se fondaient dans cet alliage de souvenirs lointains qui fabrique les légendes. Et peu à peu l'été saturé de parfums, le printemps licencieux, impatient, rejoindraient les histoires transmises aux veillées, réalités douteuses et intangibles, suspendues entre ce monde et l'autre tel le clocher de la cathédrale d'Ys immergé sous les eaux.

Ardélia comptait les semaines, les jours rétrécissaient à la taille de lucarnes et son cœur balançait entre la joie de Noël et l'appréhension de voir repartir son frère. Un après-midi glacé et bruineux, quelques jours avant la foire aux marins, elle rassembla son courage et descendit au port.

Elle trouva Morvan perché dans les hauts du bateau, grattant la peinture écaillée du mât de misaine, et le reconnut de loin à son bonnet gris à bordure rouge. Il s'était fait embaucher pour l'hiver et travaillait tout le jour sur *La Marie-Louise*. Il était fort à la tâche, consciencieux, et le travail ingrat ne lui faisait pas peur, pas plus que de côtoyer les calfats. Il aurait pu trouver meilleur emploi, mais il aimait veiller de près à la remise en état du trois-mâts. Par superstition, peut-être. Un marin de son expérience tenait à savoir ce que valait le bateau sur lequel il s'embarquerait pour huit mois, lui confiant sa vie et ses espérances.

Elle cria son nom de toutes ses forces et le vent porta sa voix jusqu'à l'homme absorbé, dont le champ de vision se limitait au bois usé et aux éclats de peinture que son geste faisait sauter d'un coup sec, révélant l'état de délabrement du mât.

— Qu'est-ce que c'est ? demanda-t-il d'une voix rude, irrité d'être dérangé.

— Gilles Morvan ? s'égosilla-t-elle. J'aimerais vous parler !

Elle l'entendit pester.

— J'descends ! Une minute !

Il se laissa glisser en bas avec l'agilité et la souplesse d'un animal. À le voir faire, elle comprenait que les femmes de Dinan soient aimantées par lui. Il se dégageait de cet homme une élégance virile, rien de lourd ou de vulgaire qui donnât envie de fuir.

En un instant il fut devant elle. Le considérant, elle dut s'avouer qu'elle le trouvait beau, avec son collier de barbe, ses longs cils noirs, son profil de statue grecque. Sa silhouette souple se découpait sur l'horizon gris fumé, au milieu des appels lancinants des goélands survolant la jetée à la recherche de lambeaux de poisson et des cris rauques des marins qui s'interpellaient dans le soir.

— Me voilà, jolie demoiselle, dit-il, la voix radoucie, séduisante. Vous êtes la sœur d'Abel ?

Elle hocha la tête, souriante. Trop.

— Qu'est-ce que je peux faire pour vous ? continua-t-il avec un sourire provocateur.

Elle se ressaisit :

— J'aimerais que vous me disiez franchement ce que vous pensez de mon frère Abel. En tant que marin, demanda-t-elle à brûle-pourpoint.

— Drôle de question.

— Répondez-moi, s'il vous plaît. C'est important.

Il la dévisagea, surpris par son aplomb. Elle ne ressemblait pas aux donzelles qui se pâmaient en le voyant longer le port. Il se demanda même, furtivement, si elle était insensible à son charme. Ce petit bout de femme droit dans sa jupe le désarçonnait.

— Ben… pour dire la vérité, c'est un éléphant, comme on dit entre nous. C'est pas qu'il y met pas du sien, quoi, il fait c'qu'y peut, mais... Il a pas l'métier dans l'sang. Y fera jamais un bon marin.

— Merci de votre sincérité, sourit Ardélia, soulagée. Il veut s'embarquer. Il veut repartir.

Morvan haussa les épaules.

— On peut pas l'en empêcher, dit-il. Mais ça m'étonnerait que Cardec l'accepte à bord.

— Vous croyez ? Vous croyez qu'il s'opposera à ce qu'Abel embarque ?

Voyant que cette hypothèse réjouissait la jeune fille, Morvan éclata de rire. En général, c'était une mauvaise nouvelle, d'avoir un éléphant dans la famille...

— Si demain en arrivant j'retrouvais la cale du bateau remplie de morues avant d'avoir quitté le port, je s'rais surpris, pas vrai ? Eh bien, ça me ferait le même effet, ma petite demoiselle, si l'capitaine reprenait votre frère dans l'équipage.

— J'aimerais quand même m'en assurer auprès du capitaine Cardec. Où puis-je le trouver, à cette heure ?

Morvan parut embarrassé.

— À votre place j'éviterais, mademoiselle... Il est pas commode, le capitaine, il aime pas qu'on le dérange. Faites-moi confiance. C'est pas demain la veille que vot'frère remontera à bord de *La Marie-Louise*.

— Oui, mais... s'il se faisait embaucher sur un autre bateau ?

— J'y crois pas. Vous savez, un gars qu'a une réputation d'éléphant, les armateurs se battent pas pour le prendre... Les réputations s'font vite, dans le métier.

Ardélia repartit, emportant avec elle le regard caressant de Morvan. Un nouvel espoir lui faisait presser le pas. Si Abel ne trouvait pas d'embarquement, cette année 1912 serait la plus douce depuis la mort de son père. Des rêveries clandestines dansaient dans sa tête, l'enivrant autant qu'elles l'affligeaient. Un marin et un don juan, c'était en soi un pléonasme. Il fallait qu'elle apprenne à être sérieuse.

Quand elle arriva en vue de la petite maison, la nuit était tombée sur la rue du Croixquart. Aucune fenêtre n'était éclairée au premier étage. Abel n'était pas rentré, ou avait rejoint Héloïse après le travail.

En entrant, elle se débarrassa de son manteau trempé et appela Nolwenn. La cuisine était allumée mais la vieille gouvernante ne répondit pas. Ardélia vola au passage quelques noix décortiquées dans un bol mais à l'instant, sursauta si fort qu'elle les renversa sur le carrelage.

L'ombre d'un homme immense se déployait sur le mur, près de la cheminée. Avant qu'elle eût repris son souffle, il la tenait par les épaules, et ses yeux rusés plongeaient dans les siens.

— Qu'est-ce que vous faites là ? Lâchez-moi !

— Bonjour, ma belle. Je vous ai fait peur ?

— Lâchez-moi, répéta-t-elle bravement. Où est ma gouvernante ?

— La vieille ? Elle n'était pas là quand j'ai sonné. La porte était ouverte. Je suis entré.

Il détacha ses mains de ses épaules, sans la lâcher du regard, un demi-sourire sur les lèvres.

— Qu'est-ce que vous voulez ? Lui demanda-t-elle, sur la défensive.

Il sembla peiné de la sentir hostile. Elle s'était écartée de lui dès qu'il l'avait lâchée. Il portait un costume de serge gris foncé, un pull à col roulé noir, des chaussures en cuir. Ainsi vêtu, il semblait plus civilisé que le jour de son retour, sur le port de Saint-Malo. Ce soir, il avait l'air d'un homme respectable.

Les battements de son cœur ralentirent imperceptiblement. Dans la bataille à venir, cet homme était son allié. Elle elle ne devait pas tout gâcher en se montrant émotive.

— J'ai appris qu'Abel avait eu des ennuis de santé. Je venais aux nouvelles, dit Cardec.

Ces mots inquiétèrent Ardélia. Avait-il l'intention de reprendre Abel ? Peut-être que Morvan se trompait.

— Il reste fragile… Les abcès ont cicatrisé, les choux des Bancs ont disparu mais il ne se débarrasse pas de la toux, et de cette respiration sifflante…

Il hocha la tête, attentif et compatissant.

— C'est une vraie saloperie, cette toux. J'ai perdu un patron de doris comme ça, il y a quatre ans. Émile Beaujard. Un dur à cuire, trente-sept campagnes derrière lui. À sa dernière traversée, il s'est mis à cracher du sang. Il est mort avant d'avoir rallié les Bancs.

Une ombre passa sur le visage de la jeune fille.

— Vous en faites pas, ça dégénère pas toujours, Dieu nous garde. Et puis Abel est bien soigné, j'en suis sûr… Vous devez veiller sur lui mieux qu'une infirmière…

Elle lui adressa un sourire timide. C'était la première fois qu'elle lui souriait. Une lueur joyeuse dansa dans les yeux du capitaine.

— Vous n'vous ennuyez pas trop, ici ? l'interrogea-t-il.

— Non, rougit-elle.

L'inflexion de sa voix l'avait mise mal à l'aise.

— Je trouve qu'une jeune fille comme vous ne devrait jamais s'ennuyer. Ni rester cloîtrée comme ça dans une maison avec une vieille bique et un frère malade. Vous avez trop de tempérament. Vous pardonnez ma franchise, j'espère, ajouta-t-il, patelin.

Elle rougit de nouveau.

— Je ne suis pas cloîtrée, répondit-elle, luttant contre la colère. Mon frère n'est pas un fardeau. Et puis je continue à m'instruire. Je ne m'ennuie pas du tout.

— Ah, vous allez encore à l'école ! Vous devez être très savante, alors… Mon fils aîné voulait continuer ses études. Mais il a changé d'avis, il embarque cette année. Il s'est engagé comme novice à bord du *Belle-Île*. Il sera marin, comme son père. C'est pas du sang qui coule dans nos veines, c'est d'l'eau de mer!

Rassérénée, elle laissa échapper un nouveau sourire de politesse.

— Vous devez être fier de lui.

Cardec détourna la conversation.

— Et belle comme vous êtes, avec tout ce savoir dans la tête, vous n'avez pas d'amoureux ?

Prononçant ces mots il se pencha vers elle, enserrant sa taille souple et immobilisant ses bras. Identifiant la convoitise dans ses yeux, elle tenta de s'extraire de son étreinte, mais déjà sa bouche écrasait la sienne avec force. Tétanisée pendant quelques secondes, passive sous le baiser intrusif, le corps plus faible qu'une poupée de chiffon, elle ressentit d'abord une sorte de paralysie. Puis la colère força le passage, balaya l'effroi torpide, et ses dents se refermèrent sur la langue de l'intrus. Elle le mordit jusqu'au sang et il la repoussa brutalement dans un cri étouffé, où la douleur se mêlait à la surprise. Cardec l'avait envoyée cogner contre le chambranle de la porte, son dos avait heurté le bois. Se redressant avec une grimace, Ardélia le vit replié tel un fauve blessé, le sang coulait de sa lèvre et la rage dévastait son visage.

— Petite garce ! articula-t-il, recueillant un filet de sang dans sa main. Tu feras moins la fière quand ta mauviette de frère crachera son dernier sang sur le Grand Banc…

C'était donc ça… comment n'avait-elle pas deviné son manège ?

Émile Beaujard. Un dur à cuire, trente-sept campagnes derrière lui. À sa dernière traversée, il s'est mis à cracher du sang. Il est mort avant d'avoir rallié les Bancs.

Il avait parlé du vieux comme on suspend une menace. Et maintenant il s'en allait, après avoir semé le tourment dans la maison de la rue du Croixquart.

— Réfléchis, reprit-il, les yeux brillants. Qu'es-tu prête à faire pour que je refuse ton Abel à mon bord ?

Ardélia tremblait de rage.

— Vous me dégoûtez, lâcha-t-elle, la voix étranglée.

Il était déjà à la porte d'entrée. Il se retourna :

— Ne le pleure pas trop, quand son corps engraissera les poissons. S'il s'embarque, c'est qu'il préfère les icebergs à ta compagnie, tu crois pas ?

Le sang coulait toujours de ses lèvres. Il esquissa un sourire ironique :

— Si tu changes d'avis, tu sais où m'trouver.

Puis il disparut, avalé par la nuit noire.

Quand Nolwenn rentra, un peu plus tard, elle appela Ardélia qui lui répondit de sa chambre qu'elle n'avait pas faim et ne descendrait pas. Le visage enfoncé dans le vieux couvre-lit qu'elle tenait de sa mère, elle se demandait pourquoi elle n'arrivait pas à pleurer. Elle avait lu des poèmes qui parlaient de tristesses insondables, de corps démolis par la souffrance, mais elle n'avait jamais éprouvé cet abîme où se précipitaient ensemble son corps, son esprit, son cœur et jusqu'à cette petite chambre qu'on appelle l'âme, sans plus de résistance qu'un caillou dans un puits.

Ce soir, elle se sentait fautive. Avait-elle provoqué ce cataclysme en fixant Cardec le jour du départ, un an plus tôt ? Elle s'était crue invulnérable, jouissant d'une liberté qu'on refusait aux jeunes filles, qu'elle risquait de payer cher. Imaginer Cardec la toucher était insupportable. Ses mains de prédateur, sa brutale victoire que n'attendrirait aucun amour. Pour cette sorte d'hommes, elle était une provocation ambulante, telle une cité franche narguant les potentats.

Elle s'était crue libre et découvrait qu'elle ne l'était pas. Ses parents n'étaient plus là pour la protéger, il ne lui restait qu'Abel et on allait le lui prendre.

La culpabilité la tenaillait.

Elle ne dit rien à Abel de ce qui s'était passé, ni à Nolwenn qui avait consolé tant de ses chagrins, encore moins à Héloïse. D'ailleurs, qui sait ce que le pragmatisme de son amie lui eût soufflé, apprenant qu'Abel était l'enjeu du marché.

Ce Noël 1912 eut pour Ardélia un visage de glace, de fièvre et de linceul précipité dans la mer.

Un soir de la mi-janvier, un vent furieux ébranlait les vitres de la cuisine, se glissait sous les portes et faisait trembler les verres dans le buffet normand. Nolwenn était montée se coucher vers dix heures, laissant Abel et Ardélia en tête à tête. Le jeune homme faisait ses comptes, calculant ce qui resterait du denier à Dieu une fois qu'il aurait renouvelé son équipement. Ses pantalons cirés et la plupart de ses affaires étaient hors d'usage.

Assise près de la cheminée, Ardélia cousait en jetant de fréquents regards à son frère. Son visage s'était émacié. Une autorité nouvelle le nimbait. Elle n'avait pas osé lui parler franchement depuis son retour. Finalement, il engagea la conversation :

— Tu sais que le Grand Banc s'étend sur cent vingt mille kilomètres carrés ? Tu imagines ça ?

Elle imaginait sans peine. Un grand froid l'envahissait à la pensée de cette immensité hostile.

— En fait, les Bancs sont au point de rencontre de deux courants, poursuivit-il, enthousiaste. D'un côté le courant chaud du Gulf Stream, de l'autre les eaux glacées du Labrador. C'est pour ça que l'été, la brume peut durer des mois entiers. L'hiver, la différence de température est moindre, la brume s'estompe, mais le Grand Banc est pris par la banquise…

— Pourquoi veux-tu retourner là-bas ?

S'il s'embarque, c'est qu'il préfère les icebergs à ta compagnie, tu crois pas ?

La réponse de Cardec la narguait.

Abel réfléchissait.

— J'ai jamais autant appris que là-bas, déclara-t-il. C'est un métier dur, mais j'admire ces types qui se battent avec la mer, le vent, la brume, arrachent leur pêche à cet enfer, et repartent après avoir dormi trois heures, sans une plainte. Eux, ils connaissent le prix de la vie, le prix du travail. Rien ne leur a été donné d'avance. Ils ont toujours dû se battre, pour tout.

— Nous aussi on connaît le prix de la vie, Abel ! À t'écouter, on dirait que tout nous a été facile…

— Sœurette, on a été élevés dans du sucre, on n'a jamais eu à se soucier du lendemain avant la mort de Papa. On partait en vacances dans une belle voiture flambant neuve, on ne manquait de rien, on allait à l'école… Sais-tu combien d'enfants de marins peuvent se payer le luxe d'aller à l'école ?

Non, elle ne savait pas, et n'avait aucune envie de l'apprendre. Ils pouvaient bien crever, les petits Cardec. Abel ne voyait en ces hommes que l'incarnation de la bravoure, de la vertu. Tout ce qu'ils avaient partagé, la douceur enfuie de l'enfance, les éclats de rire de leur mère, l'ivresse de traverser la campagne normande en voiture jusqu'à la mer, les soirées de juin à paresser dans le jardin, les goûters d'anniversaire dans la maison de la place Saint-Sauveur avec les enfants des militaires, la moustache de leur père leur chatouillant le cou pendant qu'il surveillait leur travail… Tout cela était renié par le nouvel Abel en quête de pureté. Il la blessait, en crachant sur leur passé. Il voulait qu'ils aient honte d'avoir été heureux au nez des indigents. Elle ne voulait pas qu'on abîme les souvenirs de leurs parents, de leur enfance. Car alors, que lui resterait-il ?

— C'est donc ça… C'est pour expier ta jeunesse dorée que tu t'embarques ? demanda-t-elle, mordante, au bord des larmes.

Il la regarda et elle lut de l'attendrissement dans ses yeux bleus délavés par des mois d'océan.

Bien des années plus tard, après que le corps d'Abel se serait dissous dans les hauts fonds, se mélangeant aux éclats de coquillages et aux chevelures des laminaires, elle se souviendrait de ce regard et en comprendrait le sens : en la voyant si démunie, il s'était rappelé qu'elle était fragile. Mais comment lui faire comprendre l'urgence qui l'avait saisi, le jour où il avait vu appareiller les bateaux, sur le port ? Comment lui dire que sa tendresse pour elle n'était pas de taille devant l'invitation du grand large, le danger qui fait bouillir le sang, l'excitation de s'éprouver, de se perdre dans cet infini d'eau et de ciel ? Ardélia voulait le préserver, le garder au chaud, mais pour Abel, passer sa vie dans un bureau, surveiller son asthme, économiser ses forces, c'était mourir à petit feu, c'était être déjà mort.

N'être pas taillé pour ce métier n'était pas un argument recevable. Il irait chercher la haute mer car c'était là-bas que battait l'appel, et que cet appel donnait un sens à sa vie.

Il ne savait pas lui dire ça. Il tâcha de la réconforter.

— Je reviendrai, ne t'inquiète pas. Si tu m'attends, je reviendrai, ajouta-t-il, sans se douter qu'un jour elle lui crierait debout devant la mer qu'il n'avait pas tenu sa promesse, et qu'elle ne savait où puiser la force de lui pardonner.

Ardélia lutta encore, lui parla de sa santé, rappelant les mots du médecin qui leur avait expliqué que le climat des Bancs aggravait toujours les affections pulmonaires. *Toujours*, tu entends ? Et elle ajouta, le regrettant sur-le-champ, qu'il était un mauvais marin et le resterait.

Abel encaissa le coup avec un regard triste. C'était ce qu'elle pensait de lui ? Puis il se leva, décrétant que cette conversation était close. Sa décision était prise, il reprenait du service à bord de *La Marie-Louise*, capitaine Cardec, armement Thomas. L'année prochaine, on aviserait.

— Cardec te reprend à son bord ? s'écria-t-elle, le cœur commotionné.

— Il n'a fait aucune difficulté, au contraire. Il m'a dit qu'il admirait ma persévérance.

Il se moquait de toi, et toi tu ne vois rien, tu es aveugle !

Tressaillant de douleur, elle s'aperçut qu'elle s'était percé le doigt avec son aiguille. Une fleur de sang s'épanouissait sur son annulaire gauche. Quand elle releva la tête, Abel avait quitté la pièce, l'abandonnant devant les flammes mourantes. Le vent ébranlait le loquet de l'entrée avec la brutalité d'un homme en colère. Elle frissonna et regagna sa chambre, aspirant le sang à son doigt.

À l'approche du départ, elle sentit qu'Héloïse l'évitait. Abel lui rendait de longues visites le soir après le travail, ne regagnant la rue du Croixquart qu'aux petites heures de la nuit, s'attirant la réprobation de Nolwenn. « A-t-il fait sa demande, au moins? demandait-elle à sa jeune protégée. Votre mère ne doit pas être contente, si elle voit ça ! »

Ardélia prit sur elle d'aller voir Héloïse, parce qu'elle tenait à leur amitié et voulait obtenir de la jolie brune qu'elle parle à Abel du meurtre de son mari. Héloïse la reçut avec une gêne évidente, et refusa de s'ouvrir de ses soupçons à son amant.

— Il ne me croira pas, dit-elle. Abel ne voit pas le mal chez les gens. Il me faudrait des preuves, et je n'en ai pas.

— Mais pourquoi n'essaies-tu pas de le convaincre ? s'emporta Ardélia. Tu n'as pas peur de le perdre ?

— Si, justement, répondit Héloïse. J'ai déjà perdu un homme, crois-tu que ça me réchauffe le cœur qu'il reparte avec Cardec ? Tu ne peux pas comprendre, tu es trop jeune, trop folle.

Ardélia ne sut quoi répondre. Elle sentait s'effilocher une amitié qui n'avait peut-être existé que pour elle. Ainsi, elle était une gamine. Soit. Elle serait seule, désormais.

Le matin du pardon des terre-neuvas, un soleil avant-coureur de printemps donna de l'espoir à toutes les fiancées, les épouses et les maîtresses. Une foule joyeuse regarda l'évêque bénir les trois-mâts qui emporteraient leurs hommes. Les enfants admiraient les voiles éclatantes qu'on hissait sur les bateaux pavoisés. Ardélia aperçut Morvan au bras d'une blonde un peu vulgaire. Elle lui fit un signe de la main, espérant qu'il s'arrêterait pour lui parler, mais il se contenta de lui sourire en s'éloignant, la blonde à son cou lui murmurait des secrets. Le couple disparut dans la foule qui se pressait sur la jetée.

Plus tard, alors que la fête s'endiablait et que les marins avaient généreusement célébré le départ dans les tavernes attenantes, on improvisa un bal sur le port. Ardélia regardait Abel danser avec Héloïse, leurs corps si bien accordés, et se demandait pourquoi elle les aimait tant, et pourquoi ils le lui rendaient si mal. Soudain, deux bras vigoureux lui enlacèrent la taille pour l'entraîner sur la piste. Elle poussa un cri avant de se rendre compte qu'elle n'était pas dans les bras de Cardec, mais dans ceux de Morvan.

— Lâchez-moi…, murmura-t-elle sans conviction, tant il était agréable de sentir ses mains chaudes sur sa taille et de valser dans ses bras.

— Non, ce soir je ne vous lâche pas. C'est ma dernière nuit !

Elle capitula, souriante.

— Vous vous trompiez, pour Cardec, lâcha-t-elle, fronçant les sourcils.

Morvan lui posa un doigt sur les lèvres.

— Ce soir on ne parle pas de choses désagréables. C'est interdit.

Ses mains fortes et larges accentuèrent leur pression sur sa taille et elle se laissa guider. Pour la première fois depuis des semaines, elle s'abandonna à l'instant, les joues en feu. Les doigts de Morvan s'imprimaient sur elle à travers le fin tissu de sa robe, comme une brûlure exquise à même la peau.

— Vous m'écrirez ? lui demanda-t-il, l'œil pétillant. J'suis sûr que vous savez écrire de belles lettres.

— Ne me dites pas que vous n'avez personne pour vous écrire…, répondit-elle, narquoise.

— J'aimerais que *vous* m'écriviez.

Elle réfléchit, amusée.

— Pourquoi pas ? Vous verrez bien.

La valse se terminait et les couples se séparèrent, mais Morvan ne relâchait pas son étreinte.

— Je compte sur vous, lui dit-il à l'oreille.

— Veillez sur Abel, répondit-elle. Moi aussi, je compte sur vous.

— Je ferai mon possible, lui murmura-t-il. Vous les parfumerez, vos lettres ?

Elle sourit sans répondre, cherchant son frère des yeux, mais Abel et Héloïse avaient disparu dans la nuit étoilée.

C'était la dernière nuit d'Abel, la dernière nuit de Morvan, et Ardélia ne voulait pas qu'elle finisse. C'était une nuit d'avant la fin du monde.

Demain tous ces hommes prendraient la mer avec un soulagement mêlé d'amertume. Ils avaient choisi cette vie dure autant qu'elle les avait choisis. La dernière nuit à terre était sacrée. Des amours s'y nouaient dans l'obscurité, des enfants s'y fabriquaient dans la chaleur des ventres, des solitudes infinies se laissaient endormir dans l'alcool, dans l'orgasme ; des garçons crachaient sur le seuil de la maison qu'ils quitteraient à l'aube pour devenir des hommes. Cette nuit de février 1912 avait une odeur de terre gelée, d'eau-de-vie, de peaux mélangées, d'hommes en nage titubant dans la paille, bousculant les chevaux, écroulés de fatigue et d'ivresse, cherchant le sein de leur mère tari depuis longtemps.

Au lever du jour, le désordre des corps se changea en bourdonnement pressé. Les familles s'affairaient aux portes des maisons basses, les femmes vérifiaient le contenu des sacs et des cantines, mouchaient les enfants, distribuaient des taloches dans la nervosité du départ.

Une foule impressionnante se serrait sur la jetée de Saint-Malo, mais cette fois, Ardélia ne partageait pas l'excitation ambiante. Héloïse n'était pas venue, Abel expliqua qu'elle lui avait dit au revoir tard dans la nuit.

— Tu t'occuperas d'elle, n'est-ce pas ? demanda-t-il avec douceur. C'est ton amie.

Elle hocha la tête, raide dans son long manteau noir.

— Tu sais, elle fera peut-être bientôt partie de la famille…

Bien sûr. Il avait fait sa demande cette nuit. Pressé d'amarrer son amour à l'instant de disparaître, dans ce paradoxe masculin qui les poussait à se fiancer à une encablure du bateau, à accroître leur descendance, un pied dans la chambre et l'autre enfilant une botte. Comme pour disculper leur fuite aux yeux de celle qui feignait d'être dupe, ayant une promesse à chérir, un anneau, un nourrisson qui en hurlant forcerait son père à revenir. Les marins les voulaient les yeux mouillés sur le quai, agitant leur foulard ou la main potelée du petit dernier. Ainsi obtenaient-ils une image à laquelle arrimer leur courage, cette image sincère et trompeuse qui recouvrait les dissonances et leur permettait de demeurer des pères, des époux dont la place restait chaude dans le lit déserté.

Abel n'était pas différent des autres.

Et puis elle le vit, gigantesque, sa casquette de capitaine enfoncée sur ses cheveux roux. Il faisait les cent pas près du bateau, une petite fille blonde sur ses épaules. Il s'arrêta au bord du quai, fit mine de lâcher l'enfant dans l'eau verte.

— Yvon, arrête ! cria sa femme, mais la petite et son père ne l'entendaient pas, leurs rires se mêlaient dans le vent ; cet instant n'appartenait qu'à eux.

Ardélia les suivit des yeux, fascinée. La petite fille lui tirait la moustache et Cardec se laissait faire, avec la bonhomie de ces chiens-loups qui s'attendrissent sous la tyrannie des enfants.

— Yvon..., répéta doucement la femme brune. Elle ne va jamais vouloir te laisser partir.

Le capitaine fit descendre l'enfant avec délicatesse. La petite s'accrocha à ses grandes jambes, éclatant d'un rire aigu entre ses dents de lait.

— Rosie, viens là, ma toute belle ! appela sa mère.

La blondinette fit non de la tête. Aujourd'hui sa mère n'existait pas, elle n'avait d'yeux que pour son père, ce géant qui la promenait sur ses épaules comme une reine minuscule surplombant ses sujets.

Un peu plus loin se tenaient ses frères, deux rouquins déjà grands pour leur âge. L'aîné avait revêtu le ciré et les bottes, il embarquait aujourd'hui pour la première fois et avait choisi de faire ses armes loin du regard exigeant de son père. Important et fier, il admirait le *Belle-Île*, son bateau pour les huit mois à venir, une goélette plus majestueuse que *La Marie-Louise*, sortie des chantiers de Brest deux ans plus tôt.

Emprunté dans son costume de ville, le cadet ne se doutait pas qu'il perdrait son père et son frère en l'espace de deux saisons de pêche. Ni que, pour épargner sa mère, il ne serait jamais marin, mais que le clairon le rattraperait pour le conduire à Verdun avec des millions d'autres égarés. Ni que son océan à lui serait jonché de galeries enfoncées dans la terre, avec la boue pour berceau, le vacarme des obus s'abattant telles des myriades de vagues sifflantes de colère, le tressautement des morts-vivants auscultant leur carcasse à l'aveuglette, à la recherche des pièces manquantes.

Il attendait sur la cale, pressé de voir le bateau s'éloigner vers la haute mer en direction des îles Chausey. À ce point, il pourrait imaginer son père à la barre, s'ébrouant comme un pur-sang retrouvant sous ses pieds le vertige d'un galop débridé. Son père n'était pas fait pour la terre, ses jambes s'accoutumaient mal aux planchers de la maison familiale qu'il ébranlait de son pas impatient. Au bout de quelques semaines, passée la joie des retrouvailles, il se sentait à l'étroit dans la maison, guettait le ciel, reniflait le beau temps, faisait les cent pas à la capitainerie, allait caresser son bateau. On eût dit qu'ils se parlaient à l'oreille, comme deux exilés se remémorant le bon temps.

Ardélia se demandait comment les mains de Cardec, ces mains faites pour étrangler et brutaliser, pouvaient tenir si délicatement les jambes de sa petite fille. Une telle douceur se lisait sur son visage qu'on n'imaginait pas que cet homme pût en tuer un autre. Dans quelques minutes, il donnerait le signal du départ et laisserait sur ce quai cette part intime de son être qu'il n'emportait pas avec lui dans le dangereux de la vie mais qui demeurait là, qui grandissait, apprenait à compter et à lire, et envoyait chaque soir une prière au ciel pour la protection de son âme.

Cherchant Morvan des yeux, Ardélia l'aperçut sur le pont de *La Marie-Louise*, en conversation avec un homme en costume gris. À sa moustache élégante, elle reconnut Pierre Thomas, l'armateur malouin qui avait embauché son frère. Elle se fraya un passage dans la foule, saisie par l'urgence de dire au revoir à Morvan, soudain cela lui paraissait la chose la plus importante du monde.

Comme si une onde invisible venue de la mer, du ciel, ou du plus profond de moi-même, m'avait avertie que je ne le reverrais pas.

Alors qu'elle n'était plus qu'à quelques mètres de *La Marie-Louise*, une jeune femme la bouscula, furieuse. C'était la fille cadette d'un cafetier de Dinan, connue sous le nom de Marie Trégonnec. Elle se planta devant le trois-mâts et hurla le nom de Morvan.

Soucieux d'éviter le scandale, car les conversations autour d'eux s'étaient tues et les gens se poussaient des épaules pour ne rien rater du spectacle, Morvan descendit sur le quai, armé d'un sourire pacificateur, les bras levés en signe de reddition, ce qui déclencha des rires dans l'assistance.

Mais le contentieux de Marie ne souffrait pas la moindre conciliation. Preuve lui avait été faite de la duplicité de son amant, et elle fit justice sans état d'âme, laissant l'empreinte de ses cinq doigts rageurs sur la peau trop aimée de celui qui l'avait bafouée. Puis elle tourna les talons, et les braves gens s'écartèrent sur son passage. On n'avait rien vu d'aussi drôle depuis longtemps, sur cette jetée d'embarquement qui d'ordinaire recueillait plutôt des larmes et des adieux déchirants.

Marie Trégonnec aurait longtemps du remords en pensant que sa paire de gifles était la dernière chose que Morvan avait emportée de la terre avant de quitter cette vie.

Il remonta à bord sans dire un mot, déjà Cardec donnait le signal du départ, vérifiant que tous les marins inscrits sur le rôle d'équipage embarquaient l'un après l'autre. Ce jour-là, aucun marin récalcitrant ne fut ramené à bord par la maréchaussée. La gifle de Morvan fut le seul événement de la journée.

Abel serra sa sœur dans ses bras, murmurant ça va aller, ça passera vite, mais elle l'écoutait à peine, distraite, pressée d'en finir, et le repoussa même doucement après l'avoir embrassé, pour se rapprocher du bateau et tenter d'accrocher le regard de Morvan. Elle y parvint comme ils levaient l'ancre. Il l'aperçut enfin, son regard s'éclaira et mettant ses mains en porte-voix il lui cria :

— Et mes lettres ? Promettez. Promets-le-moi.

Elle acquiesça, souriante, le cœur débordant d'émotions contraires.

Ils seraient tous morts avant que le croiseur de l'armée ne leur apportât le premier courrier.

— Voilà, tu sais tout, conclut la vieille dame.

Bien sûr, elle n'avait pas tout dit à Lunaire. Elle avait protégé ses sentiments les plus violents, ses battements de cœur, ce qui n'appartenait qu'à elle.

Le garçon s'en doutait. En fait, il était soulagé qu'elle n'ait pas *tout* dit, peut-être n'aurait-il pas su faire face à ces confidences-là. Il en savait assez pour comprendre qui avaient été ces hommes, avant que la mort ne les prenne une nuit d'avril 1912. Assez pour deviner ce qui s'était joué cette nuit-là entre le capitaine, son second, et l'homme qui avait pris le risque de se confronter encore une fois au Grand Banc, et n'était peut-être pas mort pour cette raison-là.

— Tu ne me diras pas ce que tu sais, n'est-ce pas ? interrogea Ardélia. Ce que tu as vu dans ton rêve. Ce qui te rend malade.

— Les rêves ne disent pas la vérité, vous l'avez dit..., répondit-il, trouvant l'esquive.

Elle hocha la tête avec lenteur. Il la confrontait à ses certitudes, les vraies, les fausses. Elle ne pouvait défendre le contraire de ce qu'elle avait répété tant de fois pour le rassurer. Le garçon était habile.

D'ailleurs, peut-être qu'elle avait dit la vérité. Peut-être les rêves ressemblaient-ils à ces pelotes de réjection que les oiseaux de proie abandonnent dans leur nid en s'envolant, quelque chose que la nuit recrachait pour qu'on soit plus léger au lever du jour.

Et peut-être que cette nuit, elle ne verrait pas les chiens se jeter sur Abel pour le dépecer vivant.

DEUXIÈME PARTIE
Entre les mondes

« Les morts nous apparaissent en rêve, disait Julian, parce que c'est leur seule manière de se faire voir ; ce que nous voyons n'est qu'une projection, dirigée de très loin, la lumière nous provenant d'une étoile éteinte… »

Donna TARTT, *Le Maître des illusions*.

8

Ronan

Deux heures venaient de frapper à l'horloge ronde de Ploubalay. Un chat miaula sur un toit voisin. Les nuits d'Ebenezer Gautreau ressemblaient à des galets ricochant d'une insomnie à l'autre. Il espérait dormir d'une traite, s'endormait sans lutte, et puis l'idée venait. Une idée de rien du tout, presque gênée de son inconsistance. Elle s'installait dans le vestibule de son esprit, promettant de ne rien déranger. Il lui fallait à peine quelques minutes pour ruiner son sommeil.

Ces idées nocturnes étaient des ballerines sautillantes dont les entrechats finissaient par lui incendier le cerveau. Il finissait par rallumer sa lampe, dans cet état de fatigue effervescente. Il prenait un bon gros livre, où chaque pensée pesait son poids de papier, et se laissait balader sur le fil jusqu'à prendre l'idée en tenaille, la retourner, l'estourbir. À cet instant, peu importait alors que l'aube se levât dans une heure, il se rendormait.

Les fantômes s'emparaient plus rarement de son deuxième sommeil. Visages cernés des petits mousses, accusateurs et tristes. Ceux-là, il ne les chassait pas, il les laissait glacer et serrer son cœur jusqu'à ce que leurs figures s'estompent avec le jour, alourdissant ses épaules d'une mélancolie qu'il soignait au bar de Marcel. Marcel comprenait sans qu'on lui explique, il savait parler peu et remplir les verres. Eb n'était pas le seul dans ce cas. Dans cette région où les nuits froides et sifflantes réveillaient les mauvais souvenirs, il y avait assez de fantômes pour tout le monde et assez d'alcool pour les anesthésier partiellement.

Toutefois, Eb se méfiait de l'alcool. Si un excès de temps à autre dégelait le verglas de la mélancolie, l'habitude de ce réchauffement du sang engendrait un état confus, captif. L'esprit se trouvait assailli de visions, terrassé par les images qu'il s'acharnait à repousser. Le remède pouvait aggraver le mal, comme souvent.

Cette nuit, l'idée était venue sous la forme d'une devinette en italiques :

Serait-il possible qu'il existât un lien entre Lunaire Guérindel et l'un des membres de l'équipage de La Marie-Louise *?*

Lunaire ne connaissait même pas le prénom de ses grands-pères. Cette ignorance avait d'abord laissé Eb perplexe, avant qu'il se demande ce qu'elle cachait. Il sentait que pour le garçon, la famille était un domaine hérissé de verrous et de barbelés, dont l'accès avait été (volontairement ?) condamné.

Il descendit les six marches de l'escalier en colimaçon et se cogna la tête à une poutre en se baissant pour allumer sa lampe de bureau. Le juron qu'il poussa réveilla le chat qui le toisa d'un air de reproche. Eb ne s'excusa pas. C'était bien le moins que personne n'ait le front de dormir dans cette maison quand il ne pouvait en faire autant.

Par où commencer ?

Le mieux était de suivre son intuition. Il avait la nuit devant lui, ce temps différent qu'il avait appris à aimer car il n'est donné qu'à un petit nombre d'infortunés, ou de privilégiés, qui veillent à l'heure où dorment les autres et peuvent surprendre le monde à l'heure où il change imperceptiblement, à la façon d'un regard peint qu'il nous semble avoir vu bouger.

Ce samedi matin, un pâle soleil d'avril réchauffait la Bretagne après huit jours continus de bruine. Benoît fut le premier à se réveiller. Il cligna les yeux vers la forme floue recouverte d'un édredon vert pâle. Lunaire dormait encore. Il se leva pour ouvrir les volets, et le bruit plaintif éveilla son frère.

Ils s'étaient beaucoup tabassés dans leurs premières années mais l'adolescence avait intercalé une gêne entre eux et l'orgueil y avait poussé comme un lierre, entravant les confidences. Benoît avait fini par en souffrir. Tandis que Lunaire secouait son oreiller et retendait son édredon, il eut envie de converser. Ils n'avaient pas vraiment discuté depuis le cours primaire. Ils échangeaient parfois quelques blagues, des commentaires ironiques et désabusés sur les parents, les profs, les copains ou les filles. Ça s'arrêtait là. Idiot, songea-t-il, car Lunaire était un type intéressant. Peut-être aurait-il aimé discuter, lui aussi. Mais une fois de plus, les mots s'arrêtèrent sur ses lèvres, soudain incongrus.

Enogat avait mal dormi, dérangée par la branche de noyer qui venait cogner le volet de leur chambre. Un mois qu'elle demandait à Ewan de couper cette branche. Pourtant, elle n'était plus une petite fille persuadée que les monstres grattaient à la fenêtre.

Guinoux, encore embrumé de sommeil mais un grand sourire aux lèvres, vint l'embrasser. Sa peau tiède gardait quelque chose de son odeur de bébé. Enogat s'attarda un peu contre sa joue.

— On part pour la journée à Rennes avec Guinoux, rappela-t-elle à ses aînés. La voisine garde Samson. On ne sera pas là pour déjeuner, vous saurez vous débrouiller ?

— T'inquiète, on est grands, répondit Benoît. Prenez soin de Guinoux, ajouta-t-il, pour faire enrager l'intéressé.

Les deux aînés quittèrent la cuisine, laissant Samson prisonnier de sa chaise haute, dont les grognements de tigre contrarié trahissaient l'impatience d'être assez grand pour les suivre.

— Ne sois pas trop pressé de grandir, mon trésor, commenta sa mère en embrassant sa joue rebondie.

Guinoux avait accepté d'aller voir ce psy, mais à l'instant de partir, il était rempli d'appréhensions.

L'autre jour, lorsque son père l'avait emmené sur le toit, il se doutait qu'il aurait droit à une grande discussion entre hommes. Après l'incident en cours de dessin, il savait qu'il n'y couperait pas. Pourtant, il aimait ces moments sur le toit avec son père. Ils auraient été parfaits, si son père ne s'était pas cru obligé de lui tenir des discours profonds.

Ça n'avait pas loupé. Ewan avait commencé par parler des ifs du voisin, cette haie qu'il ne taillait guère et qui occultait la vue du côté ouest de leur jardin. Puis son père lui avait demandé tout de go comment il allait.

— Ça va, avait-il répondu sobrement.

Ils étaient restés un moment immobiles et silencieux.

— Ta mère a pris rendez-vous chez un psychologue, avait alors lâché son père.

Instantanément, Guinoux s'était mis à paniquer. Ils le prenaient vraiment pour un toqué ! S'ils imaginaient le coller dans une maison de fous, il s'enfuirait : quitte à mal finir, autant rester libre. Et disparaître avec noblesse, songea-t-il avec satisfaction.

— Si tu ne veux pas y aller, tu n'iras pas, avait continué son père. C'est toi qui choisis.

Ces mots l'avaient apaisé.

— Papa, t'as peur des chevaux, toi ? avait-il demandé après un silence.

— Non, pas que je sache. Mais je ne monte pas à cheval… je me contente de les regarder cavaler, dans les westerns.

— Les chevaux peuvent être horribles, pourtant.

— Tu trouves ? S'ils ont peur, ils peuvent s'emballer, balancer le cavalier par dessus bord, mais sinon ils sont plutôt inoffensifs…

Dans le cauchemar de Guinoux, il n'y avait pas de cavalier. Peut-être avait-il été balancé, comme disait son père. Ou peut-être que le cavalier *était le gars qui se protégeait avec ses bras ? Celui dont la tête contenait ces images atroces ?*

— Il n'est jamais arrivé qu'un cheval mange un homme, j'imagine, avait repris le garçon, avec un petit rire destiné à convaincre son père que tout cela n'était qu'une vaste blague.

— Pas à ma connaissance…

— Je crois que je veux bien y aller, chez le psy. Ils ne consultent pas que des fous ?

— La plupart des gens qui vont les voir ne sont pas fous. Ils ont juste des problèmes, à un moment donné.

— Mais… ils ne peuvent pas voir dans la tête des gens, par exemple ?

— Non, ils posent des questions, c'est tout. Parfois ils te font dessiner… mais t'es obligé à rien, tu te souviens ? Si quelque chose te gêne, on s'en va, c'est aussi simple que ça.

— On y va, mon chéri ? insista Enogat.

Guinoux regarda sa mère, rasséréné par le souvenir de la discussion sur le toit. Oui, il était prêt. Il n'avait pas peur. Il ne savait pas dessiner les chevaux, et de toute façon, il n'en avait pas l'intention.

Ebenezer avait ouvert plusieurs de ses classeurs qu'il compulsait à la lueur d'une lampe en forme de hibou. Tandis que l'aube montait lentement dans le ciel brumeux, il remontait la piste de cette ressemblance qui l'avait frappé, le jour de sa rencontre avec Lunaire. Le garçon était de trois-quarts, le front baissé, et son visage lui avait soudain évoqué un autre visage, croisé plus de quarante ans plus tôt. Un marin-pêcheur qui avait ramené de Terre-Neuve une affection pulmonaire qui avait fini par l'entraîner dans la tombe.

À l'époque où Eb avait fait sa connaissance, il avait arrêté le métier de terre-neuvas, mais venait flâner aux Œuvres de Mer par nostalgie de la pêche au long cours. Eb se rappelait un homme doux aux yeux délavés par la fréquentation de l'océan, qui avait mis ses pas dans ceux de son paternel et pêchait la sardine sur le littoral breton. Il souffrait de ne pouvoir revivre l'Aventure, la dureté du Grand Banc et la fierté d'en revenir le cœur battant et la cale pleine. Le large lui manquait, et la tendresse de son épouse, la joie d'être père, ces chaleurs profondes de l'être ne comblait pas cette passion essentielle, née avec l'enfance. Au bout d'un moment, il n'était plus venu. Un de ses enfants était atteint d'un mal incurable qui nécessitait qu'on l'emmenât à Paris consulter des spécialistes.

Des années plus tard, Ebenezer avait appris sa mort par hasard et en avait été peiné.

Eb mobilisa ses souvenirs. Voyons, comment s'appelait sa femme ? Il ne l'avait jamais rencontrée. Combien avait-il d'enfants ? Il croyait se souvenir que le petit malade était un garçon.

Le vieil homme enrageait. Sa mémoire se fichait de lui. Il devait retrouver l'année où ils s'étaient connus.

C'était au printemps. Les terre-neuvas avaient rejoint leur pays de glaces et de brumes, et pour la première fois, cette année-là, ils avaient laissé à quai un homme dont le cœur se serrait en voyant s'éloigner les voiliers. Cette étreinte brûlante dans sa cage thoracique, combien de fois l'avait-il éprouvée, là-bas, mais il haussait les épaules et durcissait l'échine, ignorant l'humidité maligne qui gagnait ses poumons, les faisait siffler comme un oiseau malade. Aujourd'hui sa poitrine se serrait encore, mais quoi ? Que lui fallait-il de plus ? N'avait-il pas payé assez cher de rester là quand les gars appareillaient, faisaient grincer cordes et poulies, dépliaient les voiles, larguant les amarres entre ce monde figé et l'ouverture à fleur de ciel et d'eau où les poussait le vent ?

Elle a ce qu'elle voulait.

Il avait formulé ces mots dans sa tête, sans savoir s'il parlait de cette poitrine capricieuse où tictaquait sa mort ou de son épouse. Elle ne voulait pas qu'il meure là-bas. Elle le lui avait répété chaque nuit depuis son retour. Et s'il préférait, lui, mourir à la tâche ? Il avait fait huit campagnes à Terre-Neuve. Autant dire rien. Et maintenant s'ouvrait un brillant avenir de sardinier… Il n'avait que mépris pour ces pêches côtières où son père avait pourtant trouvé assez de travail pour s'écrouler chaque soir près de sa mère, ayant à peine la force d'embrasser ses cheveux.

Eb n'avait aucun mal à se figurer l'homme aux yeux délavés arpentant le quai de Saint-Malo après le départ des voiliers. Plus tard il devrait rentrer chez lui, se composer un visage joyeux pour sa femme émerveillée de le trouver là dans ce début de printemps et qui faisait mille projets d'avenir, refusant de voir ce qui s'était abîmé dans les yeux de son homme.

Eb ferma les yeux. Le printemps était précoce, cette année-là. L'air chaud était arrivé dès la fin du mois de mars. Dans son bureau, il remontait ses manches et ouvrait les fenêtres. Les murs de la grande salle bruissaient de conversations, de disputes. Juste avant, une affaire avait secoué les Œuvres de Mer. Elle opposait le président du Comité central des armateurs de France au révérend père Yvon, l'aumônier qui se rendait sur les Bancs à bord du *Saint-Yves*, navire-hôpital des Œuvres de Mer. Taillé comme un taureau en soutane, le père Yvon tenait des conférences dans tout le pays pour dénoncer l'exploitation de ces terre-neuvas dont il avait épousé la cause. Naturellement, il s'était attiré les foudres du Comité central des armateurs. L'affaire faisait grand bruit dans les milieux de pêche, et jusque dans certains salons parisiens où les dames élégantes s'émouvaient du sort des petits mousses tandis que leurs maris parlaient d'un air entendu de l'aumônier « rouge » dont leurs femmes s'étaient entichées.

Eb exhuma un cahier de la pile. C'était bien ça. L'affaire avait éclaté en mars 1937. Et l'homme aux yeux délavés avait franchi les portes de son bureau quelques semaines plus tard, début avril. Se concentrant, il retrouva le nom de l'homme, à la date du 7 avril.

Abel Le Faou.

7 avril 1937. Tant d'années avaient passé depuis. Il en avait le vertige.

Lorsqu'Abel le Faou évoquait sa femme, il disait qu'elle avait du tempérament. Le genre à ne pas se laisser avoir par les propos mielleux des armateurs. Le genre Ardélia, en fait. Abel lui avait expliqué qu'ayant perdu son père et l'un de ses frères à Terre-Neuve, elle ne voulait plus endurer ce vide assourdissant, ce deuil impossible. Voyons, comment s'appelait-elle ? Rien à faire, il n'arrivait pas à s'en souvenir.

Ebenezer, excédé, jeta un œil à sa pendule. Il était un peu moins de six heures du matin. Un peu tôt pour passer un coup de téléphone, mais aujourd'hui, il allait prendre des libertés avec un très vieil ami.

Le père Santenne remontait l'escalier de la cure, après avoir ouvert les portes de l'église à l'aide d'une antique clef rouillée digne de figurer au trousseau de saint Pierre. Au début de son ministère, il avait eu du mal à se mettre dans la tête qu'il fallait fermer l'église le soir. Il tenait à l'idée romantique de l'église ouverte au fugueur qui pousserait la lourde porte une nuit, et passerait la nuit roulé en boule au pied de sainte Anne ou de la petite Jeanne d'Arc, pour laquelle le prêtre avait une tendresse particulière. Son évêque l'avait mis en garde : tous les voleurs n'étaient pas Jean Valjean, hélas, certains allaient jusqu'à gratter la feuille d'or sur les retables, vous vous rendez compte ? On ne pouvait pas se permettre d'être dépouillés par ces Wisigoths. Jeune curé, Joseph Santenne avait donc appris à fermer l'église le soir, toujours avec un pincement au cœur. Plus tard, quand il lui avait fallu avaler la nouvelle consigne de fermer l'église quand il ne se trouvait pas à proximité, il avait fait la sourde oreille, tant il allait contre ses principes de fermer la maison du Seigneur à ceux à qui il pousserait l'envie d'une prière à l'improviste. Quant aux vols, aux déprédations, eh bien c'était le risque à courir, et le Seigneur en avait vu d'autres, lui qui avait enduré la fureur des iconoclastes, les hordes guerrières décapitant les saintes patronnes et les archanges, fracassant vitraux et fonts baptismaux. Cinquante ans plus tard, il s'en félicitait. Il n'avait eu à déplorer que de menus larcins.

Sa hanche droite le faisait souffrir en remontant l'escalier de la cure, et la sonnerie du téléphone retentissant à mi-chemin aggrava son déplaisir. Qui pouvait l'appeler à cette heure matinale? Sans doute un paroissien à l'article de la mort. Certains demandaient les sacrements, oubliant qu'il leur avait déjà administré l'extrême-onction deux jours plus tôt. Parmi les gens les plus âgés, nombreux étaient ceux qui avaient la terreur de la mort et du Jugement, ne s'estimant jamais l'âme assez propre. Cette crainte irrationnelle avait empoisonné la fin de vie de beaucoup de croyants depuis la nuit des temps, mais Joseph Santenne s'étonnait que ce poison janséniste ait survécu aux siècles et à la nouvelle pédagogie de la foi invitant à rencontrer un Dieu compatissant, qui aimait l'homme d'un amour qui relève. Lui s'était détaché de cette religion implacable comme d'une gangue grossière, à mesure que sa foi et son humanisme grandissaient.

Hélas, beaucoup de ses fidèles venaient encore à lui avec l'espoir d'être châtiés. La soutane qu'il portait entretenait-elle ce malentendu ? Il aimait la passer le matin en retrouvant l'émotion qui l'avait empli le jour de son ordination, et tant pis si certains fidèles se laissaient prendre au jeu des apparences et voyaient en lui un curé à l'ancienne. Il était juste un curé ancien.

Le téléphone avait sonné une bonne dizaine de fois quand il atteignit enfin le maudit appareil.

— Allô ? dit-il d'une voix essoufflée.

Il mit quelques secondes à identifier l'homme qui s'excusait à l'autre bout du fil, persuadé de l'avoir tiré du lit.

— Allons, Eb, tu crois qu'à mon âge je peux me permettre le luxe de faire la grasse matinée ?

Ils passèrent un moment à prendre de leurs nouvelles, à rire de leurs rhumatismes, de ces petites misères par lesquelles l'âge escomptait les assagir.

— Tu as bien fait de m'appeler, mon vieux, déclara Jo Santenne. Ça me change agréablement de mes paroissiennes subclaquantes…

À l'autre bout du fil, Eb éclata de rire.

— Dis-moi, j'ai besoin de renseignements sur quelqu'un que j'ai connu en 1937, et je me suis dit que peut-être, toi…

— Tu sais, ma mémoire me joue quelques tours, ces derniers temps… Comment s'appelle-t-il, ton gars ?

— Le Faou. Abel Le Faou. Marié, avec deux ou trois enfants. Impossible de me rappeler le nom de sa femme.

— Abel Le Faou ?

— Tu le connais ?

— Le premier mariage que j'ai célébré, c'était le sien ! C'était, voyons… eh bien, en 33. En septembre. Je venais de débarquer du séminaire.

Il y eut un silence éloquent dans l'écouteur.

— Et tu veux savoir quoi, au juste ?

— Tout ce que tu pourras me dire ! répondit Eb.

— Ça risque d'être long ! J'ai aussi des documents que Rose, la femme d'Abel, m'a confiés au moment de leur mariage. Tu veux les consulter ?

— Bien sûr ! jubila Eb au bout du fil. Tu veux que j'passe à la cure ?

— Passe… disons à onze heures et quart, après la messe.

— Très bien. À tout à l'heure. Merci, Jo. Au fait, une dernière chose : elle s'appelait comment, Rose, avant de se marier ?

— Cardec. Rose Cardec. Rosie, on l'appelait. Une jolie blonde, avec un regard volontaire.

Après avoir raccroché, le père Santenne se demanda par quel mystère Eb Gautreau s'intéressait tant à Abel Le Faou, tout à coup, près de trente ans après sa mort.

Eb, lui, se dit qu'il était grand temps de rouvrir la chemise écarlate.

Cardec.

Quand Lunaire, un jour, avait prononcé ce nom devant lui, sur le moment, rien ne lui était venu. Ce n'est que plus tard qu'il s'était souvenu de la lettre. Celle qu'il gardait sur l'étagère de sa bibliothèque consacrée aux années 14-18, enfermée dans une chemise rouge. Rouge comme la guerre.

Mais à cette heure, il n'en avait pas le courage.

Lunaire avançait à travers une lande pelée recouverte de bruyère, tâchant de ne pas perdre la trace du chat roux tigré qui cheminait à une quarantaine de mètres devant lui. Alors qu'il était parti en balade en forêt, étrennant sa nouvelle boussole, il était tombé sur ce chat au croisement de deux sentiers. L'animal aurait dû déguerpir en l'entendant ; mais il était resté un long moment immobile, le fixant de son œil jaune, les babines retroussées sur une sorte de rictus, et Lunaire avait pensé au chat d'Alice qui pouvait apparaître et disparaître à volonté, ne laissant parfois flotter qu'un sourire. Puis le chat s'était élancé vers les bosquets, en direction de la mer. Et Lunaire avait bondi à sa poursuite, se demandant si cet animal était bizarre, ou si c'était lui qui le voyait ainsi, le regard déformé par ses allers retours entre le rêve et la vie. Il se surveillait, depuis sa dernière visite chez Ardélia. À force de mélanger la nuit et le jour, le ponton de *La Marie-Louise* et le préau du lycée, il avait peur de tourner dingue.

Ils n'étaient plus très loin de la mer, le chat et lui. Le vent en portait le grondement jusqu'à eux, chargé d'odeur marine. Le dos rond de rochers aux formes étranges apparaissait dans les zones de calvitie de la lande, veilleurs accroupis vers l'horizon. Bientôt, le malaise s'insinua sous sa peau. Un sentiment de déjà-vu.

Cet endroit ressemblait à son rêve. Dans les cauchemars, on est toujours conduit où on ne veut pas aller. Et plus on avance, plus le décor prend la couleur de craintes personnelles et viscérales.

Quelques goélands jouaient à se faire immobiliser par le vent dans un ciel dont le bleu avait viré au gris. La lumière avait changé, assombrie par le variateur d'intensité d'un invisible metteur en scène. Le jour semblait vouloir glisser dans la nuit. Incapable de rebrousser chemin, Lunaire continua d'avancer. Ce lieu lui était familier, bien qu'il n'y eût jamais mis les pieds.

Eb avait roulé trop vite jusqu'aux remparts du vieux Dinan, s'était garé près de la porte Saint-Louis, faisant à pied le reste du chemin jusqu'à l'église Saint-Malo, pour profiter de la fin de matinée ensoleillée et de l'air plein de l'agitation de la vieille ville.

Il trouva Jo à la sacristie, la deuxième messe du jour venait de s'achever et Jo rangeait son étole brodée. Il l'entraîna boire un verre dans un bistrot discret non loin de la tour de Lesquen. Ils s'attablèrent en bout de salle devant un vieux rhum ambré qui chatoyait dans les verres. Ils se sentaient déjà un peu gris, rien qu'à le humer.

— Il ne faudrait pas que je croise une de mes bigotes préférées ! s'exclama Joseph Santenne.

— Elles sont si puritaines ?

— Oh là, pires que ça ! On a dans une chapelle de l'église une statue de saint Jean-Baptiste. Eh bien l'an dernier, y en a une qui est venue se plaindre qu'elle la trouvait *trop dévêtue*. Elle a présenté une requête, au nom de plusieurs de ses amies, pour que la statue – qui date tout de même du XVe siècle ! – soit rangée dans la sacristie. Tu sais, parfois ça me démange de leur dire d'apprendre à pécher, histoire de moins me barber à confesse…

Ils sirotèrent quelques gorgées de rhum, savourant leurs retrouvailles.

— Alors, qu'est-ce qui te prend de me téléphoner à l'aube au sujet d'un gars mort depuis trente ans ? demanda le père Jo.

— Tu te souviens du garçon que tu m'as envoyé, il y a quelque temps ? dit Eb. Un gamin, qui cherchait un nommé Morvan.

— Mais oui, très bien ! répondit le curé. Tu as pu l'aider ?

— J'essaie, en tout c as. Ce garçon a des ennuis, et même si ça a l'air tiré par les cheveux, je cherche s'il n'y aurait pas une explication généalogique.

— Mais quel rapport avec Abel Le Faou ?

— C'est ce que j'essaie de comprendre… Je trouve que le gosse lui ressemble.

— Ça alors ! s'écria Jo, cherchant à se souvenir du visage de l'adolescent. Tu penses qu'ils pourraient être parents ? Mais Abel ne peut pas avoir été son père, et il était fils unique !

— Son père, non… mais son grand-père, peut-être ?

— Voyons voir, reprit Jo… Rose et Abel avaient deux garçons. L'aîné souffrait de troubles nerveux, accompagnés d'un genre d'acouphènes très violents. Le pauvre gosse en avait les tympans déchirés. C'était un enfant très attachant… Un matin, sa mère a retrouvé son corps sans vie devant leur maison. Il était tombé de la fenêtre de sa chambre. Crise de somnambulisme, ont dit les médecins. Il avait sept ans. Rose en a perdu la santé. Heureusement qu'ils avaient un deuxième petit garçon, âgé de cinq ans à l'époque… Et puis le neurologue a conseillé à Rose d'avoir un autre enfant. C'était des idées de l'époque… Elle a donné naissance à une fille, quelques années plus tard. Mais le petit gars avait emporté avec lui tout le bonheur de cette maison, et la naissance de cette petite fille n'y a rien changé.

— Attends, moins vite, s'il te plaît.

Patiemment, Jo Santenne répéta son histoire, épelant quelques noms, précisant les dates dont il était sûr.

— Abel Le Faou avait deux fils, résuma Eb. L'aîné est mort dans l'enfance. Je me souviens qu'Abel me disait qu'il devait aller à Paris, pour soigner son fils malade. Mais j'ignorais qu'il était mort, et surtout comme ça ! Pauvre gosse…

— Oui, acquiesça Jo, le visage voilé. Terrible histoire. J'aimais beaucoup cet enfant. Je me souviens du jour où Abel a débarqué chez moi, à la cure, pour m'annoncer sa mort… Je n'arrivais pas à trouver les mots…

— Et le deuxième garçon, qu'est-il devenu ? demanda Eb après avoir allumé sa pipe.

— Gildas ? Aussi solide gaillard que son frère était fragile. Turbulent, plein de vie. À huit ans, il a annoncé à sa mère qu'il serait marin. Rose est venue me trouver en larmes, persuadée qu'elle allait le perdre aussi, que c'était la fatalité de sa famille… Une famille de marins décimée par Terre-Neuve… Mais il a tenu bon, et à dix-huit ans, il s'est engagé dans la marine marchande. Il a travaillé dur, il a même décroché le brevet de capitaine au long cours. Je n'ai pas eu de nouvelles de lui depuis la carte postale qu'il m'avait envoyée de Goa, il y a dix ans. Mais ça m'étonnerait qu'il se soit marié. Ce n'était pas dans son tempérament. Quant aux enfants… il en a peut-être semé un ou deux à l'autre bout du monde, mais il devait être reparti avant que le ventre des dames s'arrondisse !

— Mais tu as bien dit qu'ils avaient eu une fille ? reprit Eb, concentré.

— *L'enfant-remède,* comme l'appelait le neurologue, mais comment aurait-elle pu l'être, la pauvre gosse ? Demander à une enfant de consoler ses parents de la mort d'un autre enfant, c'est trop lourd, c'est impossible. Rose n'arrivait pas à s'attacher à ce bébé. Oui, soupira-t-il, cette petite Enogat a dû beaucoup souffrir…

Ebenezer le dévisagea avec stupéfaction :

— Ça y est, j'ai mon lien ! Enogat s'est mariée, n'est-ce pas ?

— Je ne sais pas. Abel est mort en 1953 des suites d'une complication pulmonaire, et quelque temps plus tard, Rose a coupé les ponts avec moi.

— C'est forcément ça. Enogat a épousé Ewan Guérindel, et elle a eu quatre garçons ! Lunaire est le deuxième. Enogat n'est pas un prénom courant ?

— Surtout pour une fille, concéda Jo. C'est un prénom masculin. Saint Enogat. Ça m'avait surpris, à l'époque, que Rose donne à sa fille un prénom de garçon. Comme si elle ne supportait pas d'avoir une fille…

— Oh, Jo… Tu ne peux pas savoir le service que tu me rends.

— Ou plutôt à Lunaire ?

— Je l'espère. Je te le présenterai, un de ces jours.

— Je crois que, eh bien… ça me ferait plaisir, dit Jo, ému à l'idée de retrouver la trace de cette gamine pour laquelle il s'était fait tant de souci. Je ne vais pas tarder, j'ai rendez-vous à l'évêché, ajouta-t-il. Tu n'viendrais pas saucissonner avec moi à la cure, vers neuf heures ?

— Volontiers. Avant de te sauver, dis-moi, de quel genre de famille venait Rose ?

— Vieille famille de Dinan, famille de marins. Son père était capitaine terre-neuvas, il avait épousé une femme plus jeune que lui. Rose était un beau brin de fille et un solide tempérament de bretonne, mais avec dans le cœur un désespoir, une angoisse… Yvon, son père, était mort en mer en laissant trois orphelins. Quand Rose s'est mariée, elle n'avait plus que sa mère, et sa mère n'est pas venue au mariage, elles ne se parlaient plus…

— … Le père de Rose s'appelait Yvon ?

— Oui, Yvon Cardec.

— Il était marin, t'es sûr ?

— Pas marin, capitaine terre-neuvas ! Il se serait senti insulté, s'il t'avait entendu… Eh oui, Yvon, je suis catégorique.

— Excuse-moi, mais… Ça signifie que si Lunaire est le petit-fils de Rose, il est l'arrière-petit-fils…

— D'Yvon Cardec. Du sang de loup de mer terre-neuvas coule dans les veines de ce garçon…

Ebenezer Gautreau vida d'un coup le reste de son verre de rhum. Il ne savait quoi faire de cette révélation. Et surtout, dans ce puzzle, où fallait-il ranger *l'autre Cardec* ?

Le chat avait failli lui fausser compagnie. Mais malgré la distraction d'un paysage changeant avec les ombres des nuages et les déchirures d'un soleil doux, malgré le bruit du vent querellé par la houle, l'apparition de moutons égarés sur la lande, Lunaire aperçut la queue rousse du chat au moment où l'animal s'engouffrait dans la falaise.

Il lui emboîta le pas, fasciné, découvrant l'entrée d'une caverne creusée à flanc de roche. Il avança à quatre pattes le long de la galerie étroite, se demandant ce qu'il faisait là à ramper alors qu'il ferait bientôt nuit et que dans la longère familiale, la table serait bientôt dressée pour le dîner.

N'ayant jamais joué au corsaire, Lunaire n'avait pas approché la mer d'assez près pour fréquenter ces grottes, cavités ou souterrains creusés au fil du temps par des mains humaines, corsaires ou naufrageurs, individus traqués, en fuite. Son excitation grandissait à mesure qu'il progressait à quatre pattes. Il faisait un noir d'encre dans ce tunnel qui sentait le sel, la pierre humide et l'océan. Après avoir avancé un moment à l'aveuglette, il déboucha dans une pièce ronde, imparfaite, dont le plafond suintait l'eau de mer. La caverne était ouverte sur l'horizon, la Manche s'étalait à perte de vue, voilée par la brume. Le ressac cognait la roche avec la ténacité d'un enfant capricieux.

C'était la première fois qu'il la voyait déployée devant lui, la dévoreuse, avec son ventre agité de soubresauts, jamais rassasié. Ce ventre gris de cendres tournant au noir quand la rage prenait tout, mais qui se parait de reflets d'émeraude et de miroitements tendres, glissant du turquoise au bleu roi pour attirer à elle les corps dont elle avait faim.

C'est donc toi qui as englouti mes ancêtres, songea-t-il. *Les hommes et les gamins, les chiens du bord, sans faire de tri, de sentiment.*

Ma mère a tellement peur de toi qu'elle ne nous a pas appris à nager. Tout le monde apprend à nager aujourd'hui, même les nourrissons. Mais nous, non.

Au temps de la Grande Pêche, les marins refusaient d'apprendre, pour ne pas prolonger leur agonie le jour où *leur tour viendrait*.. À quoi bon savoir nager, quand on est attrapé par une vague et qu'on glisse dans l'eau glacée, alourdi par plusieurs couches de vêtements ? L'œuvre de mort de la mer en était facilitée. La coque de bois des bateaux les plus robustes était un jeu à renverser, à briser contre un récif, sur les glaces du Groenland. Son haleine de brume égarait les embarcations et les hommes. Le fond des eaux était un cercueil mouvant où les corps égarés, flottant dans la chevelure des algues, se dissolvaient loin des sols consacrés, des bénédictions.

Les yeux de Lunaire embrassaient la Manche, s'écarquillant pour la suivre vers l'horizon. De la beauté dont on ne peut faire le tour. De la beauté amalgamant le sang, les lambeaux de chair et les brisures de coquillages, les lavant et les berçant dans sa houle.

À l'instant, il comprit comment la mer captait les hommes en leur ouvrant l'infini. Une liberté à conquérir dans un corps-à-corps inlassable avec la mâture, la voile, le vent, les sautes d'humeur du large. Et il sut, dans une fulgurance, comment cet appel finissait par l'emporter sur tout le reste, l'odeur de la terre, les bras des femmes, le souffle des enfants, la respiration du feu dans l'âtre.

La caverne aux parois polies par les eaux de pluie et l'humidité marine abritait une niche tapie dans l'ombre de la roche. Comme il s'en approchait, un éclair roux en jaillit et le griffa avant de s'élancer dans les vagues. Le chat. Le coup de griffe n'était pas passé loin de l'œil gauche de Lunaire, qui porta sa main à la blessure, ramenant du sang au goût de rouille. Étourdi, il observa les rochers sur lesquels se brisaient les vagues. Il lui paraissait inconcevable que l'animal se fût noyé, même par frayeur. Il ne vit rien de roux, vivant ou mort, sur les récifs ou entre les rouleaux.

Le creux dans la pierre, d'où il avait délogé le chat, paraissait assez large pour contenir un homme allongé. La cavité ressemblait à un vieux lit breton, ces lits-armoires entre le lit et le tombeau. Lunaire eût détesté y dormir. Il s'accroupit pour le regarder de plus près. Tâtonnant, il eut la surprise de mettre la main sur une lampe-tempête. Quelqu'un était venu ici. Quelqu'un s'y terrait peut-être, passant les nuits aux aguets, la lampe à portée de main. Poursuivant son exploration, ses doigts rencontrèrent la forme familière d'une pipe en terre. Celui qui l'avait laissée là comptait sûrement revenir dans un futur proche. Il frémit à cette idée, se figurant un homme à taille de géant, l'œil mauvais. Quelqu'un qui ressemblerait trait pour trait à… Non, mieux valait ne pas y penser. Le monde de la nuit et celui du jour ne gagnaient rien à se mélanger.

Près de la pipe, ses doigts effleurèrent un autre objet, plat et rectangulaire, aux contours ébréchés, qu'il saisit avec précaution, pour ne pas se blesser.

À peine l'eut-il mis au jour qu'il le reconnut. Il en avait déjà vus des semblables, accrochés au mur de la chapelle de Notre-Dame-du-Verger.

C'était un morceau de bois peint fendu, fracturé en son milieu. Sur la plaque, une partie de l'inscription était encore lisible. En reconstituant les parties manquantes, Lunaire entendit chaque mot résonner dans sa tête :

En la mémoire d'Yvon Cardec
Âgé de 42 ans
Époux de Marie-Amélie Guégan
Capitaine à bord de La Marie-Louise
Perdue en mer sur les Bancs de Terre-Neuve le 8 avril 1912
Avec trente-sept hommes composant son équipage.
Qu'ils reposent en paix !

La plaque funéraire était brisée au milieu, suggérant le geste de colère d'un homme aux mains larges et fortes.

Ne l'avait-il pas su au fond de lui, dès son entrée dans la caverne ? Ses yeux fixèrent la pipe en terre remplie de tabac brûlé, que quelqu'un avait dû déposer fumante et encore chaude sur la pierre. Peut-être que quelque chose l'avait poussé à fuir.

Et on est aujourd'hui le 8 avril, songea-t-il, glacé. Il revit le chat roux s'élancer dans les vagues.

Dans sa bibliothèque, Ebenezer saisit la chemise rouge qui portait le nom de Cardec. Un Cardec qui, à dix-huit ans, avait pris un aller simple pour l'enfer, en compagnie de tant d'autres blancs-becs arrachés à leurs campagnes, à leurs établis, à leurs grandes écoles, à leur brillant avenir. Au mieux étaient-ils rentrés vivants, avec un bras en moins, un éclat d'obus enfoncé dans la tête, une jambe claudicante, invités à reprendre leur place à table et à garder pour eux ce face-à-face avec l'horreur, ces images obscènes qu'il ne fallait pas vomir sur les nappes blanches, dont il ne fallait pas empoisonner l'air que respiraient les enfants. Alors ils caressaient leur crâne à l'endroit de la blessure, sentaient des fourmis dans leur bras manquant, s'appuyaient un peu trop fort sur leur canne et s'absentaient parfois de la vie, sans déranger personne.

Mais ce garçon-là n'avait pas su faire ça. Il avait avalé la mort par tous ses pores et elle l'avait soustrait à la guerre avec la force d'un venin qui paralyse sans tuer, elle l'avait mis au ban de ses semblables, rendu infréquentable, effrayant, dangereux. Se cognant à la toile qui le gardait captif, il avait tranché lui-même le fil qui le retenait à la vie.

Eb et Jo avaient échappé à cette guerre. Leurs mères avaient eu la délicatesse de les mettre au monde trop tard pour être mobilisés. Enfants, ils avaient joué aux soldats en toute impunité. Quant à la Seconde Guerre mondiale, Eb ne s'en était pas tiré si facilement, il avait passé cinq ans dans un camp de prisonniers, mais c'était encore de la chance, tout bien pesé. Il avait survécu aux tragédies du siècle. Il en tirait une culpabilité avec laquelle il s'arrangeait, et qui ne l'empêchait pas de savourer la vie.

Dérangeant le chat qui somnolait dans un fauteuil en cuir, Eb se servit une larme d'alcool de prune et ouvrit la chemise écarlate, ballotté par des émotions contraires.

Ce n'était pas une lettre à proprement parler qu'il tenait entre les mains, plutôt un témoignage à verser au dossier du « névropathe » Ronan Cardec, dont le temps avait modifié imperceptiblement le message. Le soldat Mélanchart avait écrit, de sa plume appliquée d'instituteur, une lettre destinée à se perdre jusqu'à ce qu'elle rencontre un destinataire qui en réaliserait l'importance. Celle d'un testament.

14 mars 1916

Je suis le deuxième classe Jean Mélanchart, de la sixième compagnie du 70ᵉ RI, et à la demande du major Jantenac, je vais tâcher de relater au mieux les événements du 10 mars, qui ont conduit le soldat Cardec a être victime d'un choc psychique. Je demande par avance l'indulgence du Major pour mes digressions ou les maladresses de mon récit, mais la bataille de ces jours derniers m'a laissé dans un état d'épuisement qui altère mon écriture, et plus encore ma mémoire.

J'ai trente-deux ans, soit presque le double de l'âge du soldat Cardec, mais nous sommes compatriotes, tous deux originaires des Côtes-du-Nord. Comme beaucoup de soldats venus de toutes les régions de France, et même de toutes les contrées de la Terre, cette guerre nous a exilés loin de chez nous. Depuis notre départ de la garnison de Vitré, il s'est passé tant d'épreuves terribles que les couleurs de nos souvenirs, les traits de nos proches semblent appartenir à un monde déjà ancien, englouti. Voilà presque deux ans que je me bats, je n'ai eu qu'une courte permission il y a un an, et parfois je me demande si l'école où je travaillais, si mon pays de Tréguier, le port et la maison de mon père existent encore, s'ils n'ont pas été balayés par les obus, comme les villages qu'on croise ici pour rejoindre la ligne de front. Des villages qu'on dirait mis en pièces par des géants décervelés s'adonnant à un jeu barbare. Au fil des semaines, des mois, on apprend à vivre avec cette absence, cette solitude profonde, le compagnonnage repoussant de la mort des autres qui nous rappelle en permanence que notre tour viendra, qu'il arrive. Avec la peur qui nous aspire le sang, nous assèche la gorge, fait claquer nos dents dans une saccade continue, presque imperceptible. On s'endurcit, le corps est tendu en permanence, les visages se creusent et se tannent. Parfois on se dit que ça n'aura pas de fin, parfois cette idée nous rend malades et parfois elle ne nous atteint pas, ce qui est peut-être pire.

Mais les petits bleus de la classe 16, comme le soldat Cardec, arrivent de leur campagne, le visage encore rose de l'enfance, et rien ne les a préparés à ce qu'on vit ici. On ne leur a rien appris de la guerre, ils savent à peine marcher au pas. Leurs yeux sont candides et il faut voir ces yeux rencontrer leur premier cadavre décomposé, avec incrédulité et horreur, pour réaliser ce que cette guerre a fait de nous qui sommes accoutumés à ce spectacle. Peut-être pour cela, nous les aimons, nos bleus. On les rudoie aussi, parce que leur vulnérabilité nous fait mal au ventre. Les voir perdus au milieu de la tuerie est insupportable, on est impuissants, on a sa propre peau à sauver, il faut les laisser se faire tuer, souvent, les abandonner agonisants sur le champ de bataille tandis qu'ils appellent leur mère. Ces moments-là nous empêchent de fermer l'œil, quand on peut enfin dormir.

Dans nos lignes du Mort-Homme, depuis que le pilonnage ennemi avait commencé, on ne dormait plus. Pas ce que le reste du monde appelle dormir. On attendait. Avant la grande attaque allemande, la nuit, les guetteurs épiaient le moindre bruit, un chuchotement, le crissement d'un pas sur le sol gelé, un tintement dans les barbelés. Le 21 février avait commencé le déchaînement apocalyptique des bombardements boches, et même s'ils étaient surtout concentrés en face, sur la rive droite de la Meuse, on avait eu notre compte : des morts par centaines dans nos compagnies, et la terre du Mort-Homme tellement labourée, retournée par les obus que nos téléphonistes, qui sortaient des abris cinq à six fois par jour et autant de fois la nuit pour tenter de réparer les fils coupés, ne reconnaissaient plus rien du champ de bataille. Ils mettaient des heures à retrouver leurs fils, sautant d'un trou à l'autre sous les bombes. Quant à nos tranchées, il fallait chaque nuit en recreuser les galeries écrasées, nivelées par les marmitages : éreintant travail de Sisyphe. Les territoriaux y passaient leurs nuits. Beaucoup s'écroulaient dans les trous qu'ils venaient de creuser. On en avait bavé, oui, mais surtout on avait plaint les gars de la rive droite... Là-bas, c'était le Jugement dernier, la fin du monde. On se demandait s'il resterait encore un seul homme en vie, après le concert.

Et voilà que depuis le 6 mars c'était notre tour. Ceux qui faisaient la guerre depuis 1914, les vieux briscards qui pensaient en connaître tous les tours, en découvraient effarés le nouveau visage. Les batteries ennemies ne nous laissaient plus aucun répit. Nuit et jour, jour et nuit. On se terrait dans nos bouts de tranchées comme dans des termitières, on vivait enfoncés dans la boue, sans bouger, dans l'odeur de la poudre, l'odeur épaisse et collante de la mort. On était tous de guet, dorénavant : si le feu redoublait encore, il faudrait craindre une attaque. Quand je m'assoupissais un instant, je rêvais d'un boche qui surgissait de la nuit un couteau à la main, et me réveillais en criant. Je rêvais d'une déferlante de terre qui nous enterrait vivants. J'aurais voulu ne plus dormir, tant que ce n'était pas fini. Mais est-ce que ça allait finir un jour ? Et pendant qu'on se demandait combien d'heures on arriverait à tenir ainsi, notre artillerie demeurait silencieuse... Des rumeurs couraient : nos canons ne faisaient pas le poids en face des batteries boches, ils avaient été réduits au silence... Mais comment était-ce possible ? Que faisait l'état-major ? En dix jours, les bombardements avaient tué près de la moitié de la compagnie et les renforts n'arrivaient pas. Nous devenions extrêmement nerveux. Un caporal, un des anciens, le visage resculpté au feu des combats, répétait sans cesse : « On va tous y rester, dans ce trou à rats. Y a pas une chance qu'on s'en sorte. »

Nous étions coupés du monde, les liaisons avec l'état-major et avec les autres régiments avaient été détruites par les bombardements. Mais le 9 mars au matin, une compagnie d'un bataillon d'Alger nous rejoignit en ligne. Hélas, ils ne venaient pas nous relever mais se battre à nos côtés. Le soir venu, un agent de liaison parvint miraculeusement jusqu'à nous, pour nous annoncer que les boches avaient pris les villages de Forges et Régniéville le 6 mars, et s'étaient emparés le lendemain du bois des Corbeaux et de la côte de l'Oie. Le surlendemain, le 920ᵉ RI avait repris le bois des Corbeaux par une charge mortelle, héroïque. Pour l'instant, il tenait la place au prix de terribles luttes. Le bois des Corbeaux, à vol d'oiseau, était tout près de notre position. Nous étions à présent dans le cœur de la cible.

Comme je l'ai dit, notre secteur était la colline du Mort-Homme. Un promontoire de près de trois cents mètres, deux sommets reliés par une pente molle qui surplombaient la plaine de la Meuse et les bois environnants ; des bois encore plongés dans l'hiver, déchiquetés par l'artillerie, où quelques troncs massacrés émergeaient çà et là de plaques de neige durcie, salies par la boue. Une compagnie tenait le sommet du Mort-Homme, une autre la cote 265, et nous occupions la cote 295. Nos tranchées creusées à flanc de colline étaient assez rudimentaires, elles avaient résisté à grand-peine aux précédents marmitages.

Le 10 mars, aux premières lueurs du jour, le bombardement prit une ampleur nouvelle. En une heure, des pans entiers de tranchées furent aplatis par les mines lourdes et les obus, des hommes enterrés vifs. Le chaos était tel que je dus faire appel à toute ma volonté pour ne pas me mettre à creuser la terre frénétiquement, fouissant le sol comme un animal pour échapper au fracas assourdissant des obus, au sifflement des shrapnells, à ces miaulements sinistres se prolongeant en éclatements sourds et fantastiques qui ébranlaient le ventre de la Terre, d'où jaillissaient des geysers de boue de plusieurs mètres, des murailles de flammes, des nuées d'éclats meurtriers où tournoyaient les balles de shrapnells. Une fumée épaisse et âcre envahissait tout. Combien de temps cela dura-t-il ? Je ne saurais le dire. Un choc brutal, à l'arrière de mon casque, me fit basculer. Le monde s'obscurcit et je pensai : voilà, c'est fini. Quand je repris conscience, le sergent Brivert était penché sur moi et me secouait sans ménagement : « Debout ! Allez, debout ! »

Le bombardement avait faibli d'un coup.

Ils attaquaient.

Il fallut quitter nos abris de fortune, remonter à la surface, tels des somnambules armés d'un fusil. Le sol boueux de la tranchée était encombré de cadavres. Autour de moi, des hommes en secouaient d'autres sans s'apercevoir qu'ils étaient passés de l'autre côté : « Debout ! Debout !... » Pleins de mauvaise volonté, les morts refusaient de bouger.

Il fallait armer les fusils, se hisser au bord des parapets, coller l'œil dans le viseur. Cette vision rétrécie était insupportable. Alors on levait la tête, on scrutait les barbelés, l'horizon. Là, devant, quelque chose bougeait. Quelque chose de multiple, de mouvant, crapahutait vers nous. Quelque chose de hideux, couvert de boue, à peine discernable, et mal intentionné.

L'ennemi escaladait la colline dans le jour blafard, dans les vapeurs mourantes, les flammes jaunes et noires montant des cratères béants. Notre artillerie entra enfin dans la danse, mais le tir était trop court ; des fusées rouges incendiaient le ciel au-dessus de nos lignes.

Sous nos yeux, notre capitaine fut décapité par un éclat d'obus de 75 tiré par l'un de nos canons.

Quand la première vague d'assaut allemande se retrouva dans notre ligne de mire, ce fut comme si un instinct sauvage et primitif se réveillait au tréfonds de nos corps terrorisés. Une lueur rouge habitait nos yeux, la rage du gibier traqué. Nous étions encore vivants, peut-être pas pour longtemps, mais nous allions leur montrer, à ces chiens. Nous allions leur faire payer ce qu'ils nous avaient fait, nous allions les réduire en bouillie, les massacrer au nom des morts qui gisaient sans dignité et sans linceul, leur peau noircie près de la nôtre.

En y repensant à froid, j'ai du mal à comprendre. Je ne me reconnais pas dans cet être absorbé dans le massacre, jubilant à chaque silhouette qui s'effondrait dans son viseur. Peut-être étions-nous possédés par les morts, nos camarades d'hier que nous n'osions plus regarder, tant ils étaient laids. Peut-être que la peur nous rendait fous. Nous n'appartenions plus au monde, nous avions glissé dans ce lieu béant où ne flottaient que l'odeur du sang, des viscères, l'odeur du meurtre, dent pour dent. Les hommes n'y montent pas au Ciel mais agonisent le ventre ouvert. L'homme ne redevient pas poussière mais retourne à la boue, lentement, horriblement. Le Mort-Homme était devenu la

Mort-Homme, de porter tant de corps hachés, pourrissants. Peut-être fallait-il que ce lieu fût rayé de la terre, et nous avec.

Combien en ai-je tués ?

Je ne le saurai jamais, cette question tournera en moi jusqu'à ma mort.

On ne savait plus s'il faisait jour ou nuit tant la fumée était épaisse, et denses les flammes qui grignotaient le ciel.

Devant nous, les ombres des feldgrau rampaient dans les entonnoirs, couraient sous les obus, virevoltaient sinistrement dans le feu de nos mitrailleuses avant de s'écrouler, étreignant la boue verglacée. Ceux qui ne mouraient pas dirigeaient sur nous la bouche de leurs lance-flammes, tels des anges exterminateurs nettoyant ce qui restait de nos tranchées ; leurs victimes dansaient dans l'air vicié, torches vivantes dont les cris se perdaient dans ce chaudron où l'on ne distinguait plus les appels des blessés des râles des moribonds. Les obus enterraient les vivants, déterraient les morts. La terre démontée prenait une revanche millénaire, elle ne voulait plus ni dieu ni maître, elle se refermait sur les légions de fourmis qui osaient se tailler en pièces sur son échine, souillant la neige de sang frais et de cervelle. Elle ingérait les restes suppliciés d'une colline boisée, les culasses, les éclats d'obus, les morceaux d'uniforme et les débris humains.

À un moment, je me souviens avoir jeté un regard derrière moi et avoir vu Cardec immobile, médusé par le monstre de terre. Il n'y avait plus de sol, rien que des creux, des abîmes et des déferlantes, des geysers de boue, des explosions d'argile et de roche, des brasiers et des cratères, et lui se tenait là au bord du vertige, fragile et vacillant.

Maintenant, il me revient que, depuis quelques jours, il me répétait sans cesse : « Tu sais Jeannot, ma mère, elle veut pas que je sois marin. » J'ignorais pourquoi il tenait à me le redire, je mettais cela sur le compte du bombardement qui nous vrillait les nerfs et perturbait la logique de nos pensées.

Je ne pouvais m'occuper de lui, et j'étais certain de ne pas le revoir vivant quand je me retournerais de nouveau.

Et puis j'ai entendu le sergent Brivert. Il hurlait que nous avions gagné. Ils reculaient. Il fallait leur courir au cul, saisir cette chance de gagner quelques centaines de mètres de terrain. Ces centaines de mètres carrés valaient tous les sacrifices, ils n'avaient pas de prix. S'y reflétait le bronze des médailles.

Nous avons couru. J'ai vu tomber Guénolé Tual, Ange Besnard, Louis-Marie Rosnohen. J'ignore ce qu'il est advenu d'eux car on abandonnait les blessés et les morts. Tant d'autres étaient déjà tombés, on ne faisait pas de sentiment. Tant que c'est un autre qui tombe ce n'est pas moi, je vis encore, voilà tout ce qui comptait.

C'est ainsi qu'on a atteint la lisière du bois des Corbeaux. Ce petit bois où prospéraient avant-guerre les feuillus et les champignons n'était plus qu'un ravage. La mort y régnait. On pouvait la flairer, entité sans visage avançant dans la fumée et la brume. Chez nous, en Bretagne, on l'appelle l'Ankou. On la représente battant la campagne par les nuits claires, sa faux scintillant au bout d'une main osseuse, son regard aux orbites vides scrutant le paysage à la recherche d'une proie égarée. En grandissant, les enfants cessent d'y croire. Mais ici, l'Ankou reprenait consistance. La mort n'était d'aucun camp, à en croire le nombre de cadavres allemands et français qu'elle avait cueillis et parfois même enlacés, tournant en dérision nos patriotismes. Quelques troncs d'arbres surnageaient dans ce carnage, moignons calcinés dressés comme des bûchers éteints. Le bois était plus que jamais le territoire des corbeaux, qui se régalaient de ces dépouilles laissées en pâture.

Derrière moi, le sergent Brivert houspillait les hommes, qui reculaient à l'instant de s'engager dans ce charnier. Il avait pris le commandement de la compagnie décimée. C'était un sanguin, un violent, qui excellait dans la fonction de sergent serre-file.

Il nous cria de descendre dans le boyau qui menait aux premières lignes allemandes. Je me laissai glisser à la suite de plusieurs camarades dans le conduit, pour découvrir qu'il était rempli jusqu'à la gueule de cadavres boches, au point qu'il fallait marcher sur les corps pour progresser vers les tranchées. Je dus surmonter mes haut-le-cœur, évitant de fixer ces masses recroquevillées sous mes pieds, ces visages aux yeux voilés qu'on eût dit pleins de reproches, mais derrière moi certains demeuraient hypnotisés, et j'entendais le sergent les menacer de les abattre sur place, comme des chiens, s'ils n'avançaient pas.

Et c'est là, me retournant, que je vis le soldat Cardec à quelques mètres, talonné par le sergent, et première cible de ses invectives. Il était donc arrivé jusqu'ici en vie ! Cette guerre était si singulière, qui fauchait par milliers les soldats aguerris et épargnait, parfois, les novices sans défense. Mais après tout, dans une bataille qui n'était que confusion, où toutes les balles étaient des balles perdues finissant dans une cible, où les obus tombaient au hasard et où la providence n'était que caprice, il n'y avait ni règle du jeu ni logique. Qui pouvait juger, dorénavant, de qui méritait la vie, ou la mort ?

Je me souviens de mon soulagement en voyant le soldat Cardec vivant. Un peu d'innocence avait donc survécu à cette hécatombe… mais dans quel état ? Il avait la blancheur de la cire, ses yeux étaient absents, et il ne semblait plus capable de se diriger par lui-même. On eût dit un fantôme. Et le sergent, braquant sur sa nuque le canon de son pistolet, hurlait : « Avance ! Regarde pas par terre, ou j'te descends ! Avance, abruti ! J'te garantis que quand on en aura fini, je t'enverrai les compter un par un, puisque t'aimes tant les macchabées ! »

Je dus avancer, pour ne pas ralentir le cortège. Je comprenais que le soldat Cardec ne puisse détacher ses yeux de ces cadavres. C'était une vision insoutenable, et je pense que je l'emporterai dans la tombe. Ces visages ressemblaient à ceux de nos morts, et nous savions tous, profondément, que nous n'avions pas le droit de les piétiner ainsi, que c'était une profanation.

Enfin, nous parvînmes à l'extrémité du boyau, mais l'entrée de la tranchée était obstruée par les gravats, et nous dûmes remonter à l'air libre avant d'avoir atteint la deuxième ligne boche.

Des canons de 75 gisaient éventrés, près des artilleurs massacrés à leur poste.

Arrivant à leur hauteur, je reculai d'instinct, découvrant un massacre de chevaux. Des dizaines de bêtes, dont certaines encore pantelantes, profondément mutilées par les éclats d'obus, agonisaient dans leur sang. Ce massacre paraissait plus injuste que tout le reste. La plupart d'entre nous étions de famille paysanne, nous chérissions les chevaux et ne pouvions supporter de les voir périr de cette manière atroce, pour prix de leur dévouement aux hommes sanguinaires. Certains camarades eurent des crises de nerfs, un autre devint la proie d'un fou rire qui glaçait le sang, et je sentis un courant de panique circuler entre nous, tellement fort qu'il était presque impossible d'y résister. Le sergent Brivert tira plusieurs fois en l'air pour ramener les hommes au calme. À cet instant, un cheval rescapé, dont une large blessure ensanglantait le flanc droit, surgit au grand galop, les naseaux écumants de rage. Sa blessure l'avait rendu fou, et si un camarade n'avait pas tiré sur lui à bout portant, il aurait éventré le soldat Cardec. Le cheval retomba mort sur son flanc blessé, tandis que le camarade qui avait eu ce réflexe miraculeux se portait au secours de Cardec, mais ce dernier ne bougeait plus et semblait ne pas nous reconnaître.

Quelques minutes plus tard, un obus explosa si près de moi qu'à partir de ce moment je n'entendis plus rien. Je fus donc rapatrié en compagnie des blessés transportables et du soldat Cardec, qu'on avait hissé sur une civière car il était incapable de bouger, et ne répondait même plus à son nom. Je pense que cet incident avait fini d'ébranler sa raison. Mais je me demande s'il n'eût pas mieux valu pour lui qu'il pérît dans la bataille, et mon cœur est lourd de chagrin quand je pense à lui. J'ai peur qu'il ne redevienne jamais le garçon qu'il était. J'ai peur que l'endroit où son esprit s'est égaré soit plus inhospitalier que la mort.

Voilà, j'ai raconté tout ce dont je puis me souvenir. J'espère avoir donné suffisamment de clarté à mon récit, et que celui-ci donnera assez d'éléments au major pour me faire sortir d'ici, car à la suite d'une terrible méprise, on m'a mis avec les fous alors que je souffre seulement de surdité. J'ai demandé par écrit à être transféré à l'infirmerie avec mes camarades blessés, mais pour l'instant je n'ai pas reçu de réponse. J'espère que cette erreur sera réparée au plus vite.

Au bas de la lettre, le soldat Jean Mélanchart avait signé de son nom, avec application.

Ebenezer resta longtemps immobile, serrant entre ses doigts ces pages qui recelaient des ténèbres si opaques que toute la beauté du monde y eût été soufflée.

Qu'était-il advenu de celui qui avait traversé ces abysses et accepté de consigner son voyage ?

Eb se resservit un verre, sachant pertinemment qu'il faudrait beaucoup plus que de l'alcool de prune pour endormir les fantômes du Mort-Homme.

Jean Mélanchart, où que tu sois, mort ou vivant, mort-vivant, repose en paix, songea-t-il en fermant les yeux.

9

Rose

La maison était vide, plongée dans un silence épais que troublaient de temps à autre les craquements de la charpente. Benoît appela Lunaire, jetant un œil à la pendule de la cuisine : neuf heures et quart. À cette heure, son frère aurait dû être rentré. Quelle que soit la durée de ses virées en solitaire, il était toujours assez malin pour être là pour le dîner. Sauf ce soir. Il ne pouvait pourtant pas se douter que leurs parents accepteraient l'invitation à dîner des voisins. Apparemment, cette journée chez le spécialiste du sommeil avait tranquillisé tout le monde. Non, Lunaire ignorait qu'à neuf heures et demie, neuf heures *trente-cinq*, maintenant, son absence resterait le secret de Benoît. Mais les minutes passant, une inquiétude d'aîné commençait à lui serrer la gorge.

« Occupe-toi de tes frères, tu dois veiller sur eux », combien de fois avait-il entendu cette injonction, combien de fois sa douceur tyrannique avait-elle résonné à son oreille, ne souffrant pas de remise en cause ! Ses frères étaient petits, il devait être gentil avec eux, il ne devait surtout ne pas être jaloux, mais, au contraire, se montrer noble et généreux, les laisser gagner au Monopoly, à la bataille, à la galette des Rois, ne pas s'emporter quand ils fouillaient dans ses affaires et repartaient avec des trophées, s'accrochant à ses basques quand il voulait avoir la paix, il devait être *gentil* quand eux ne l'étaient pas, donner l'exemple, être patient. Et ça n'aurait jamais de fin, car ils auraient beau grandir, lui resterait l'aîné.

Cet entêtement parental à les vouloir responsables les uns des autres, comme si les plus petits étaient des cadeaux offerts aux aînés, mécaniques ultrasensibles requérant une vigilance de chaque instant. Ce n'était pas suffisant de devoir se débrouiller de soi, ils devaient se penser en famille, être solidaires. La sacro-sainte solidarité familiale lui courait sur les nerfs.

Ce soir Benoît se sentait inquiet et un peu fautif. Mais il n'y était pour rien si Lunaire avait mieux à faire que de rentrer à la maison, et même si son frangin avait rencontré un loup au coin du bois et s'était fait bouffer, ce n'était sûrement pas de sa faute à *lui*, n'est-ce pas ?

Il entendit le ronronnement de la télévision. Guinoux. N'était-il pas censé dormir, à cette heure ?

Ce n'était pas le genre de détails dont il se préoccupait d'ordinaire. Quelle barbe, il fallait qu'il aille le déloger du canapé pour l'expédier au lit.

Tout à l'heure, il avait couché un Samson grognon qui se frottait les yeux. Il l'avait soulevé dans ses bras, il l'avait changé (il n'était pas sûr d'avoir bien fermé la couche, à tous les coups le p'tit gars allait tremper son lit dans la nuit), et lui avait enfilé tant bien que mal un pyjama en coton bouclé. Quand il l'avait déposé dans son lit-cage, il lui avait expliqué qu'il ne fallait pas s'inquiéter, que Papa et Maman étaient juste sortis pour dîner, et il avait fredonné le premier couplet d'une chanson exhumée du fond de sa mémoire. Il était sorti sur la pointe des pieds, après avoir vérifié que Samson serrait dans ses bras l'ours en bleu de travail qui protégeait son sommeil de son sourire las de travailleur fourbu.

Dans le salon, Benoît trouva Guinoux absorbé devant un film. Son frère leva la tête et lui sourit, et Benoît fut tenter de le laisser tranquille. Après tout il avait bien le droit à un peu de liberté, ce p'tit con qui avait tellement de choses dans la tête qu'il ne savait pas éteindre son cerveau.

Il aurait préféré que son petit frère fût le genre de garçon qu'il croisait par dizaines, pour qui l'existence se résumait à quelques sensations plaisantes ou déplaisantes et à deux ou trois principes philosophiques tirés de leur expérience. Mais Guinoux était une complication ambulante, il avait peur de tout : du noir, des vampires, des araignées, des courants d'air dans les conduits de cheminée. Il s'efforçait en permanence de donner le change *pour ne pas déranger*, alors qu'il suffisait de l'observer pour comprendre le moindre événement de sa vie était une montagne à gravir.

Lunaire et Benoît aimaient farouchement leur indépendance, mais les grands yeux marron de Guinoux, au milieu de son visage criblé de taches de son, criaient qu'il avait besoin des autres. Si Benoît l'avait toujours vu comme un bébé pleurnichard, désormais sa vulnérabilité lui faisait mal au cœur. Comme ces gens qui mendiaient sur la place du marché, et lui donnaient envie de presser le pas. Benoît sentait pourtant que Lunaire éprouvait plus de sympathie que lui pour Guinoux. La compassion faisait partie des qualités qu'il admirait chez son frangin.

— Tu sais quelle heure il est ? interrogea Benoît en tenant la porte, plus brutalement qu'il ne l'aurait souhaité.

— Non, il est quelle heure ? se hâta de demander Guinoux, se doutant que la réponse ne lui serait pas favorable.

— Presque dix heures. Tu ne devrais pas être au lit ?

— Si, soupira le garçon en le dévisageant. Et toi, tu fais quoi ?

— Je vais regarder un peu la télé, je pense.

— Je peux rester un peu avec toi, si tu veux ? proposa Guinoux avec espoir.

— Non, c'est pas une bonne idée. Tu as été plutôt…

Il chercha ses mots. Surtout ne pas lui laisser penser qu'il le trouvait dérangé.

— … plutôt fatigué, ces jours derniers, tu devrais en profiter pour faire une bonne nuit.

— Mais tu sais…

— Laisse tomber. Si les parents étaient là, ils t'enverraient au lit, non ?

Guinoux ne pouvait rien répondre à ça. Benoît n'avait pas une haute opinion de lui-même à cet instant, mais il n'avait pas la moindre envie de rester avec son frère et de devoir lui faire la conversation.

Pour être franc, il n'avait jamais eu un traître mot à lui dire et on n'allait pas commencer ce soir. Il avait besoin de réfléchir calmement à l'absence de Lunaire.

Guinoux se leva sans un mot et en le voyant se diriger vers l'escalier, ses cheveux roux en bataille, Benoît ressentit un pincement au cœur.

— Bonne nuit, quand même ! Lança-t-il d'une voix bourrue.

— Bonne nuit.

Ils ne se disaient jamais *fais de beaux rêves*. Bonne nuit, c'était déjà une espérance.

Benoît retourna dans la cuisine. La pendule indiquait dix heures moins dix. Où était Lunaire, bon sang ?

La cure du père Santenne faisait face à l'église Saint-Malo. C'était une petite maison à colombages qui s'arc-boutait à la façon d'une vieille dame volontaire. Le rez-de chaussée était loué à un étudiant du Conservatoire des arts et métiers que le père Jo croisait de temps à autre, mais qui passait le plus clair de son temps à l'extérieur. Néanmoins le père Jo appréciait cette présence discrète dans cette maison plus vieille que lui, traversée de courants d'air, et qui eût nécessité de lourds travaux de réfection pour s'adapter au confort moderne.

Un gros poêle antique mais vaillant, doublé de deux chauffages électriques, faisait de son salon la pièce la plus agréable. Ses fenêtres en verre soufflé offraient une très belle vue sur « son » église, qui déployait sa majesté gothique derrière un immense magnolia s'épanouissant en grappes blanches. Dressée au sommet de la ville, l'église Saint-Malo datait du XVe siècle et n'était toujours pas achevée. Jo se sentait dans le même état, attendant la dernière touche du sculpteur, cette caresse invisible qui ferait de lui un être accompli, réconcilié.

— Elle est un peu croulante, ta maison, mais y a une belle vue, quand même, observa Ebenezer en s'accoudant au rebord de la fenêtre.

— Oui, je l'aime bien. Même si je rêve souvent d'un appartement moderne avec le chauffage central et de la moquette. Je deviens frileux, maintenant. J'ai toujours eu horreur des vieux, pas toi ?

— Ne m'en parle pas. En devenir un était la pire crasse qu'on pouvait me faire... Ton locataire est pas là ?

— Oh, ce soir il doit écumer les bistrots de la rue de la Soif avec ses amis ! Il a une bonne descente, je dirais.

— À propos... qu'est-ce que tu nous sers ?

Le père Santenne alla tirer de sa réserve une bouteille de cidre, un cru de Pleudihen recouvert d'une fine pellicule de poussière. Eb préférait ces cidres de la vallée de la Rance, plus amers et alcoolisés, fabriqués à partir de ces pommes douces-amères qui portaient le joli nom de Jeanne Renard ou de Chevalier Jaune.

Les deux amis s'installèrent sur deux chauffeuses en velours vert amande, modeste héritage que Jo tenait de sa mère, pour profiter de la tombée de la nuit et du bel éclairage nocturne des hauts de Dinan, qui rendait à la ville un éclat mystérieux de Moyen Âge.

— J'aurais bien fait une bonne flambée, mais je suis à court de bois ! s'excusa Jo avec un sourire.

Eb le rassura, ça ne l'empêcherait pas de goûter cette soirée avec son vieux complice. Il savait que le père Jo survivait avec peine et que le bois de chauffage devenait un luxe.

Ils devisèrent un long moment en savourant le cidre. Eb avait remarqué la chemise en carton que Jo avait déposée sur la table basse. N'y tenant plus, il finit par lui demander ce qu'elle contenait.

— Les documents dont je te parlais, dit Jo en ouvrant la chemise. Des copies du registre de mariage, les extraits de baptême des trois enfants Le Faou et certains papiers que Rose m'a confiés il y a longtemps.

Eb les parcourut avec avidité, non sans noter que Joseph ne lui avait pas donné les derniers documents.

— Et ces papiers-*là*, ils parlent de quoi ?

— De son frère, Ronan Cardec.

— Ronan Cardec ?

— Le frère cadet de Rose. Je t'ai parlé ce matin des enfants de Rose : l'aîné, mort d'une crise de somnambulisme, Gildas, le second, devenu marin, et Enogat, la petite dernière. Mais je t'ai à peine parlé de sa famille à elle. Rose avait deux frères plus âgés qu'elle. Le plus grand est mort un an après son père, le capitaine Yvon Cardec… Il pêchait sur les Bancs, à bord du *Belle-Île*, un terre-neuvier flambant neuf. Gilles s'est noyé. Le second, Ronan, a fait la guerre de 14.

— Je le sais.

— Comment peux-tu le savoir ?

— Il se trouve que j'ai chez moi le témoignage d'un gars de sa compagnie du 70e RI.

— Nom de Dieu, où as-tu trouvé cette lettre ? explosa le curé.

— À Tréguier, chez un brocanteur, au milieu d'un tas de vieilles paperasses. Tu sais que je suis passionné par tout ce qui touche à la Grande Guerre… Le gars a écrit cette lettre à la demande d'un médecin, apparemment, pour déterminer l'origine des troubles nerveux de Ronan Cardec… Mais j'ignorais que c'était le frère de Rose !

— Oui, son frère préféré. Il faut dire que l'aîné est mort quand elle était toute petite, et puis c'était un dur, tout le portrait de leur capitaine de père… À sa première campagne à Terre-Neuve, Gilles s'est noyé en tentant de relever ses lignes à bord de son doris. Du coup, plus de papa ni de frère aîné, une mère pas commode… Ronan et sa petite sœur Rosie sont devenus comme les doigts de la main. Ronan était très protecteur avec sa sœur. Lui c'était un sentimental, qui rêvait de se marier, de bâtir une ferme dans la région. D'ailleurs, il avait promis à sa mère…

— De ne pas devenir marin ? compléta Eb.

— Oui ! Mais elle avait ses raisons, Amélie Cardec : elle avait déjà perdu son Yvon, puis son fils aîné…

— Bon, qu'est-ce que t'as dans ton mystérieux dossier ? demanda Eb d'un air taquin.

— Ce sont les papiers que la mère de Rose a reçus du médecin qui soignait son fils Ronan, après la mort de ce dernier.

— Et tu les as eus comment ? s'étonna Eb.

— À l'époque, j'étais très proche d'Abel et de Rose Le Faou. Presque intime. Rose était enceinte de son deuxième fils. Elle passait par des phases très tourmentées, comme chaque année, à l'époque où les terre-neuvas choisissaient leur prochain embarquement. C'était quelques semaines avant Noël, et Abel, qui avait pris la décision de ne pas repartir, moitié pour lui faire plaisir et moitié parce que sa santé ne le lui permettait plus, est venu me trouver avec une grande enveloppe. Il m'a dit qu'elle contenait des lettres que Rose ne voulait plus garder chez eux. Abel m'a demandé de les garder jusqu'à ce que sa femme les réclame. Ce qu'elle n'a jamais fait.

— Et… Tu comptes me les montrer, vieux brigand ?

— D'abord, il faut que je te parle d'une chose qui m'a beaucoup troublé, à l'époque.

— Je t'écoute, répondit Eb, dissimulant mal son impatience.

Jo se resservit un verre de cidre. La nuit était tombée, et la silhouette imposante du magnolia veillait dans l'ombre sur l'église. Des éclats de voix et des rires mouraient aussitôt nés, comme engloutis dans un épais brouillard. Pourtant, la nuit claire découpait avec précision un décor en ombres chinoises émaillé de flambeaux de lumière jaune.

— À peine majeur, Ronan Cardec est envoyé à Verdun… Pendant des mois, sa mère Amélie et sa sœur Rose n'ont eu aucune nouvelle, rien, jusqu'au jour où un monsieur très bien mis est venu leur annoncer que Ronan, atteint de démence, avait été transféré à l'asile-clinique Sainte-Anne, à Paris… À cette époque, un soldat qui tournait fou, c'était la honte sur la famille. On mettait sa folie sur le compte d'une faiblesse du tempérament, d'une débilité congénitale... Rose et sa mère n'avaient pas le droit de lui rendre visite. Imagine un peu, il fallait continuer sa vie comme s'il était mort.

— Mais il était vraiment fou ?

— Il était surtout traumatisé par les combats. Mais à l'époque, on savait peu de chose sur les névroses traumatiques, et quant à les soigner... On enfermait le gars, un aliéniste venait l'observer de temps en temps, comme une mouche dans un bocal... Un jour, Amélie Cardec a reçu un paquet par la poste, contenant les « effets » de son fils et deux lettres : une du médecin-chef Antoine Blanchet, aliéniste à l'asile clinique Sainte-Anne, et l'autre de Ronan lui-même, adressée à sa petite sœur Rosie qu'il aimait beaucoup.

Jo vida son verre de cidre, le regard fuyant au-delà des rostres gothiques de l'église, dentelle de pierre qu'on devinait dans le noir.

— Et qu'est-ce qu'il écrivait, l'aliéniste ? souffla Eb.

— L'aliéniste exprimait ses condoléances pour la mort de Ronan Cardec, qui s'était défenestré en pleine nuit, profitant de l'absence des infirmiers.

— Affreux...

— Tu comprends pourquoi sa petite sœur, vingt ans plus tard, était encore bouleversée par ces lettres... Je t'ai parlé du petit garçon de Rose, celui qui était tombé d'une fenêtre... Eh bien figure-toi qu'il s'appelait Ronan, en mémoire de son oncle !

— Non ?... Et ils sont tous les deux tombés d'une fenêtre ? Dis donc, tu crois qu'en donnant à son bébé le prénom de son frère décédé, elle a attiré sur lui le mauvais sort ?

— Je ne peux pas soutenir des théories de ce genre, Eb… sourit le père Jo. La foi n'est pas censée s'encombrer de superstition ! Mais c'est troublant, ça oui. Ce petit Ronan était un enfant délicieux. Il était éveillé, curieux de tout. Mais il y avait chez lui une part d'ombre. Il n'arrêtait pas de parler de la mort, de ce que les gens devenaient après la mort…

— Il croyait aux fantômes, tu veux dire ?

— C'était plus *profond* que ça. Ronan souffrait de terribles migraines. Il a commencé à être terrassé par des acouphènes très violents… Il se recroquevillait sous l'escalier, suppliait qu'on le laisse tranquille… Seule sa mère parvenait à l'apaiser. Un jour, je lui ai demandé ce qui lui faisait mal. Il m'a répondu que c'était *les chevaux*. Un autre jour, il m'a dit que lorsqu'il fermait les yeux, il *voyait* quelqu'un ; un homme qui avait des *choses* dans la tête, et ces choses lui faisaient très peur. Pas moyen de lui en faire dire plus. J'étais troublé, j'avoue, je lui parlais de Dieu pour le calmer, je lui disais que s'il priait dans ces moments-là, ça l'aiderait, mais il me regardait comme si je ne comprenais rien.

— Ce qui t'arrive parfois…, le taquina Eb.

— … et me rend humain, précisa le curé, impassible. Rose et Abel l'ont emmené consulter des spécialistes à Paris, sans résultat. Un matin, sa mère l'a retrouvé dehors, dans le jardin. Rose était terrifiée, elle lui a passé un savon monumental. Le gamin marchait dans son sommeil. Évidemment Rose et Abel ont tout fermé à clef… sauf la fenêtre de la chambre de Ronan. Et la nuit suivante, il est tombé de cette fenêtre… Je n'avais pas lu les lettres qu'Abel m'avait confiées, à ce moment-là. Je m'en suis beaucoup voulu, par la suite. Si je les avais lues, peut-être que j'aurais pu aider ce gamin avant qu'il soit trop tard.

— Je croyais que ça ne servait à rien de se reprocher ce qu'on n'avait pas su faire ? le coupa Eb, reprenant une des propos favoris du père Jo.

— Et j'en sais quelque chose… répondit le curé en tendant les deux lettres à Eb.

Elles portaient l'en-tête de l'asile Sainte-Anne. L'une était couverte d'une écriture régulière, l'autre semblait avoir été rédigée dans un train cahotant. Eb déplia la première avec l'émotion de ramener au jour un pan d'histoire enseveli.

Asile-clinique Sainte-Anne, 21 mai 1917

Chère Madame

En tant que médecin-chef de l'asile-clinique Sainte-Anne, je vous adresse toutes mes condoléances pour la mort de votre fils Ronan, survenue avant-hier, entre quatre et cinq heures du matin. Trompant la surveillance des infirmiers à la faveur de la nuit, votre fils a réussi à atteindre une fenêtre du couloir de l'étage, et, l'ayant ouverte, s'est défenestré. Les infirmiers ont retrouvé son corps inanimé dans la cour, plus de quinze mètres plus bas. C'est avec une grande tristesse que je vous fais part de son décès, survenu en dépit de toutes nos tentatives pour le sauver de lui-même.

Vous n'êtes pas sans savoir que votre fils avait été rapatrié à l'arrière après avoir montré des signes de grande confusion lors d'une attaque allemande héroïquement repoussée par nos troupes, à Verdun, dans le secteur du Mort-Homme, le 10 mars 1916. Au terme d'une bataille très dure, nos troupes avaient vaillamment enlevé une tranchée à l'ennemi, quand, au milieu du carnage, on retrouva le soldat Cardec prostré, l'air égaré, se couvrant les oreilles et refusant de bouger alors qu'un cheval rendu fou par une blessure d'obus menaçait de l'éventrer. Examiné par le médecin-major Jantenac dans un centre neuropsychiatrique de l'armée situé à quinze kilomètres de la ligne de front, le soldat Cardec fut soumis à une diète lactée et traité au moyen de l'hydrothérapie, sans succès.

Les symptômes persistants d'une profonde confusion psychique conduisirent les autorités militaires à le faire rapatrier à la fin mars dans un centre neurologique à Tours, dans le service du médecin-major Clovis Vincent, qui obtient des résultats probants chez les commotionnés au moyen d'un traitement intensif d'électrothérapie. L'état psychique du soldat Cardec ne présentant pas de signes d'amélioration au fil des semaines, Clovis Vincent le fit transférer à Paris le 19 avril et le confia à nos soins.

À son arrivée dans mon service, je me suis entretenu longuement avec votre fils. J'ai diagnostiqué chez lui une démence paranoïde accompagnée de symptômes dépressifs et hystériques requérant l'isolement et la plus stricte vigilance, car il apparaissait que le malade était dangereux pour lui-même, sinon pour les autres. Votre fils présentait les signes d'une grande instabilité mentale, passant d'un état de dépression profonde, d'abattement et de stupeur, à un état d'excitation violente et de confusion onirique caractérisé par des tremblements, des convulsions hystériques et des troubles sensoriels, visions délirantes et hallucinations de l'ouïe, se manifestant surtout la nuit. Au fil des mois, cette persévération morbide s'est accentuée malgré les soins, et le malade a régulièrement exprimé des idées de suicide, essayant à plusieurs reprises d'attenter à sa vie.

Il semble que les jours passés au front avaient réveillé chez votre fils des troubles mentaux plus anciens. Nous savons d'expérience que les natures les plus fragiles ne résistent pas à la dureté des combats. Et cette guerre longue et éprouvante nous amène un nombre grandissant de soldats que leur faiblesse psychique rend incapables des sacrifices que réclame la Patrie, en ces heures sombres de notre histoire.

Malgré tout ce qu'on pourra vous dire, Madame, votre fils a fait son devoir de soldat.

Recevez l'assurance de mes sentiments respectueux dans le deuil qui vous frappe.

Médecin-chef Antoine Blanchet

P.-S. : vous trouverez ci-joint les effets de votre fils et une lettre adressée à votre fille, que nous avons retrouvée sous son matelas.

Ebenezer enchaîna avec la deuxième lettre :

2 mai 1917

Ma petite Rosie,

Il y a bien longtemps que je ne t'ai vue, embrassé tes joues rondes, et tu dois avoir bien grandi. Si ça continue, quand je te reverrai, t'auras l'air d'une dame, et j'oserai plus te parler. Mais je pense à toi, tu sais, je pense à toi et à ces beaux jours où nous nous promenions tous les deux vers le port, mais comme ça me fait du chagrin j'essaie de pas trop y penser. Tu dois avoir bien grandi. Ici ils me gardent enfermé et je ne vois pas la lumière du jour, enfin il y a une fenêtre mais elle n'est pas grande et il fait presque toujours gris. Mais je pense bien à toi, et à Maman aussi. C'est la nuit qui est dure, parce que je fais des mauvais rêves. La nuit quand je dors ils en profitent pour revenir, ils veulent se venger mais c'est pas ma faute, ce qui est arrivé. J'ai fait ce qu'on m'a dit, tu sais, rien que ce qu'on m'a dit. Je vois bien qu'ils m'en veulent, et la nuit, ces yeux, ils me disent que j'aurais dû me coucher là-bas et ne plus bouger, mais j'ai pas pu, tu sais, il y avait trop de sang, et tous ces morts, ce ne sont pas des histoires qu'une petite fille comme toi peut comprendre, mais ça me déborde et ça me fait mal à la tête. Je suis fatigué de les voir, d'entendre les bruits, les bruits dans mes oreilles. Les bruits des chevaux sont les pires, tu sais, ils rentrent dans la tête et donnent envie de mourir. Je n'arrive pas à leur échapper, ils reviennent toujours, et les chevaux surtout, ils veulent se venger de moi mais je suis innocent, ma Rosie. Même si on te dit le contraire ce sont des mensonges inventés par des gens méchants. Tu connais ton frère et tu sais comment il est fait, c'est un bon gars qui n'a pas choisi d'aller là-bas, dans ces trous où les morts jaillissent de la terre. Ils restent là des jours et des jours et l'odeur est partout, et moi j'ai obéi aux ordres du sergent, c'est tout, si j'ai fait des choses affreuses, c'est qu'on me l'a ordonné. Et tu sais, là-bas, ce qu'ils ont fait aux chevaux, je ne peux même pas te l'écrire, tu ne pourrais plus dormir la nuit, toi qui les aimes tant. Et moi aussi je les aimais mais j'ai peur d'eux maintenant, j'ai peur des chevaux. Peut-être que si tu leur dis que je suis innocent, ils t'entendront, tous ceux qui mentent sur mon compte, parce que tu es si gentille que tout le monde t'écoute.

Tout ce que je voudrais c'est m'envoler par la fenêtre, comme ça je pourrais te retrouver, Rosie, et Maman aussi. Mais ils me laisseront pas m'en aller. Ils me reprendront, je le sais, mais j'ai mon idée là-dessus, ne t'inquiète pas ma Rosie, et surtout prends soin de toi et de Maman, ne grandis pas trop vite, et pense à moi souvent.

Ton frère qui t'aime
Ronan

— Je comprends que tu aies été troublé, mon vieux, dit Eb, la gorge serrée. Pauvre garçon.

— Il y a beaucoup de similitudes entre les hallucinations du soldat Cardec et celles du p'tit Ronan, tu ne trouves pas ?

— Certes… Mais tu n'crois pas que le gosse était hanté par l'oncle, quand même ?

— Les fantômes ne font pas partie de mon catéchisme, répondit Jo avec un sourire. Le gosse a dû entendre des bribes de l'histoire du soldat. Les enfants ont toujours une oreille qui traîne, on les croit absorbés dans leurs jeux et en fait…

— C'est une hypothèse plus rassurante…

— Je crois que Rose m'a donné ces lettres pour protéger le petit. Elle ne voulait plus garder ça, c'était trop lourd, trop dangereux. Elle devait avoir peur que la folie de son frère soit contagieuse… Mais s'en débarrasser n'a pas suffi à sauver son fils.

Eb et Jo se séparèrent avant minuit, pressés d'être seuls et de pouvoir rassembler les morceaux épars de cette histoire. Chaque membre de cette famille semblait avoir été touché par une tempête, arraché de terre, dépouillé de ses ancrages, violenté, mutilé. Ce que l'Océan avait épargné, la guerre l'avait fauché sans merci. Et tandis qu'il roulait vers Ploubalay, Ebenezer pensait à Lunaire qui faisait des cauchemars, comme le soldat Cardec dans sa cellule d'aliéné, comme le petit Ronan caché sous l'escalier… Qui d'autre encore ? Il eût aimé visiter le cerveau des morts, y débusquer les hantises, les mauvais rêves, établir une filiation de l'angoisse. Il sentait qu'il touchait au but. Lunaire lui avait avoué que ses frères cauchemardaient eux aussi.

Les blessures et les tragédies pouvaient-elles se transmettre d'une branche à l'autre de l'arbre généalogique, à travers les rêves ?

Il fallut un petit moment à Lunaire pour admettre qu'il devrait passer la nuit là. Son esprit se heurtait à cette absurdité avec le même entêtement que ses doigts cherchant une fissure dans la roche, un moyen de déplacer la pierre qu'une main mystérieuse avait roulée devant l'entrée du souterrain. Il était emmuré. Allongé dans le boyau humide et noir, il tentait de respirer profondément pour ne pas céder à la panique. Quelqu'un avait bouché l'entrée du tunnel. Ce quelqu'un savait-il qu'il l'avait enfermé ? Qui était-ce ? Une petite boule dure se forma dans sa gorge. Non, ça ne servait à rien de pleurer.

Faute d'avoir la place de faire demi-tour, Lunaire rampa à reculons. Surtout ne pas penser que quelque chose attendait derrière. Ne pas penser aux monstres du bout du couloir, aux monstres millésimés, descendus des cheminées, couverts de suie, hagards d'un si long trajet, ogres aux faces larges et pâles, aux mains grasses, créatures faméliques glissant leurs doigts râpeux le long des nuques enfantines, esprits frappeurs doués de voix déformées, voleurs d'enfants aux manteaux d'ombre, criminels spécialisés dans le meurtre de personnes chères, sicaires ouvrant la gorge des parents dans la chambre à coucher, démentes aux bras tendus, aux cheveux pleins de tourbe funéraire. Rentrez chez vous, je ne vous vois pas, je ne vous écoute pas.

Dans la salle ronde, la nuit était tombée. Des nuages escamotaient le croissant de lune. Le grondement de la mer était le seul bruit perceptible. Puis l'œil de Lunaire s'accoutuma au noir et il distingua les étoiles au-dessus de l'eau. Les étoiles étaient là, veillaient où que l'on dorme, dans son lit ou au fond d'un puits. Il n'avait jamais cru ce qu'on lui racontait, qu'elles étaient mortes depuis des milliers d'années, astres défunts scintillant longtemps après l'extinction. Ni qu'elles étaient les âmes des morts sans sépulture. Non, il ne les imaginait pas faites de matière éteinte. Elles se tenaient à leurs postes de guet sur la trame du ciel. Elles avaient donné naissance aux fées, aux muses, aux lucioles. Et peut-être aux anges gardiens, s'ils existaient. La présence des étoiles le rassura. Il avait faim, à présent.

Fouillant dans ses poches d'anorak, il exhuma un carambar humide et le mangea avec reconnaissance. Benoît avait toujours les poches pleines de carambars qu'il distribuait avec prodigalité. Ah, Benoît ! Qu'est-ce qu'il aurait donné pour l'avoir près de lui ! Ensemble, ils auraient pu rire de la situation. Lunaire lui aurait confié que sa plus grande frousse, à cette minute, était que celui qui l'avait enfermé ici revienne pendant la nuit. Il lui aurait parlé de Cardec, et Benoît lui aurait répondu en riant qu'il était mûr pour l'hôpital psychiatrique.

Assis en tailleur dans l'embrasure ouverte sur la Manche, Lunaire l'écoutait respirer sous le ciel de jais ajouré d'étoiles. Un vent salé lui balayait le visage. Il était seul dans ce paysage grandiose, seul et vivant. Se découvrant piégé, il avait pensé mourir de peur, et voilà qu'il se découvrait serein. Étrange *carpe diem*, suspendu aux intentions d'un Autre sans visage, qui reviendrait ou non, animé d'intentions mystérieuses.

Un plaisir inattendu l'envahissait d'être si près de l'eau grondante, guettant le fracas des vagues sur la roche, au spectacle de cette puissance comme on l'est de l'éclatement d'un orage.

J'aime la mer, lui avait confié Ardélia. *J'aime la regarder, parce qu'elle change tout le temps, elle n'est que recommencement, recréation, elle est la colère et la paix. Dès que j'ai pu, j'ai appris à nager. Il n'y a rien qui m'apporte autant de plénitude que de m'étendre dans l'eau, de glisser entre les vagues. J'ai le sentiment de redevenir la créature amphibie que l'homme était peut-être, au début du monde... Ces dernières années, j'ai pris le temps d'aller me baigner chaque matin, quand il fait doux. J'entre dans l'eau, je laisse mes années sur le sable, et j'ai la sensation de ne faire qu'un avec l'eau, les nuages, la lumière. J'aimerais qu'un jour tu surmontes ta peur, que tu apprennes à aimer la mer.*

Peut-être. Il sentait que son appréhension reculait pour laisser place à une fascination nouvelle. Mais à cette heure, Lunaire ne s'imaginait pas approcher l'onde énervée qui cherchait le sommeil en heurtant les cailloux.

Plus tard, vaincu par la fatigue, il se glissa dans le lit creusé dans la roche par des mains anonymes. Étrangement, allongé dans l'ombre comme un enfant dans un tiroir, il se sentit en sécurité. Quand il bougea un peu, au moment de s'enfoncer dans le sommeil, son pied gauche heurta la pipe en terre, l'envoyant rouler sur le sol. Elle s'immobilisa dans le rayon de lune.

Le père Jo se retournait dans son lit.

Des images remontaient de sa mémoire. Abel et Rose quittant l'ombre de l'église, un matin de mai. La beauté de Rose, qui lui serrait le cœur sans qu'il comprenne pourquoi, jusqu'à ce qu'il la voie sur le quai le jour du départ d'Abel, et lise sur son visage qu'elle ne supportait plus d'être abandonnée. Rose rayonnante dans sa maternité, les quelques années où l'amour maternel avait chassé les ombres. Le deuxième bébé, rouge et criard, arrivant au monde comme une tempête d'équinoxe... Le front buté de Rose tenant tête à Abel : « Je ne veux pas que tu repartes. » Rose entraînant Abel pour une photographie de groupe, Abel toujours un peu en retrait, le regard ailleurs. Sa femme sentait qu'il s'échappait vers la mer, mais peu lui importait tant qu'il était *là*, tant qu'il revenait l'enlacer après avoir bâti des cabanes, des tentes de Sioux, des châteaux de sable. *Tu es là, n'est-ce pas ?* semblait-elle lui demander. *Tu seras toujours là, avec eux, avec moi.* Il souriait, l'enlaçait de ses bras puissants, et le jeune Joseph Santenne enviait ce bonheur familial. Il s'était réchauffé à cette famille, s'y était laissé traiter en oncle adoptif, avait raconté aux garçons des histoires tirées de la Bible, Jacob et Esaü, Samson et Dalila, l'élection du petit berger qui deviendrait le roi David, le plus grand roi d'Israël avant le Christ.

Abel et Rose étaient la preuve que Dieu espèrait le bonheur des hommes. Le jour de l'enterrement du petit Ronan, le père Santenne avait refusé de prononcer ces mots : « Ce que Dieu a donné, Dieu l'a repris, car il est dit : tu es né poussière, et tu retourneras à la poussière. » *Non*, il n'en était pas ainsi. Dieu n'enfonçait pas un pieu dans le cœur de Rose et d'Abel en leur arrachant leur enfant. Il restait près de Rosie recroquevillée dans sa robe de deuil, accompagnait Abel dans ses promenades désolées le long de la grève, écoutait battre le cœur du petit Gildas qui ne savait plus où se mettre, n'osait plus faire de bruit.

Pourquoi Dieu avait-il permis cela ? Toute cette souffrance brisant le cœur de Rose, à qui on avait expliqué le jour de ses quatre ans qu'elle ne reverrait plus son père, et puis l'année d'après que son frère aîné avait « rejoint le Paradis ». Car il y avait une voie express de Terre-Neuve jusqu'au Paradis, c'était même une autoroute, à en croire le nombre de pères, de fils ou de frères qui l'avaient empruntée. Rose avait dû terminer sa vie terriblement seule, ayant fait le vide autour d'elle, pensa Jo avec tristesse.

Le vieil homme ferma les yeux, dissipant ces images pour leur substituer celle d'un grand gaillard roux, solide et bronzé, sur le pont d'un chalutier, quelque part à l'autre bout du monde. Celle d'une jeune femme brune entourée de quatre garçons rieurs et tapageurs.

Tout n'avait pas été brisé dans cette histoire, puisque l'enfant-remède avait eu quatre enfants, avait su fabriquer de la vie, de l'amour, elle qui en avait reçu si peu.

Gildas et Enogat s'étaient sauvés. Ils avaient couru si vite que le malheur n'avait pu les rattraper. Seule Rose était restée captive des ombres de la grande maison.

Il aurait dû veiller sur elle. Continuer à frapper à sa porte.

« Ça ne sert à rien de se reprocher ce qu'on n'a pas su faire, l'amour qu'on n'a pas su donner. Nous sommes infirmes et impuissants, nous aimons mal ou à contretemps, il faut l'accepter », répétait-il à des individus qui avaient perdu quelqu'un avant d'avoir pu, d'avoir dit, d'avoir fait…

Il parlait d'expérience.

10

Guinoux

Benoît dérivait dans la brume qui conduit au sommeil, mais il ne voulait pas dormir. Il finirait par se rendre, il le savait.

Sa tête était un manège, il glissait, glissait dans la torpeur trompeuse, attirante, bercé par le chaos du sang dans ses oreilles.

Concentre-toi. Ne dors pas. Pense à Lunaire. Où est-il passé ? Qu'est-ce qu'il fabrique ?

Ses parents seraient bientôt là, il aurait dû les prévenir que Lunaire n'était pas rentré, il aurait dû les appeler, au moins laisser un mot sur la table de la cuisine. Il n'avait pu s'y résoudre. Il voulait garder le secret de son frère quelques heures encore, lui laisser une chance de regagner sa chambre ni vu ni connu. C'était risqué, bien sûr, mais par superstition, il pensait qu'agir comme si tout était normal était le seul moyen qu'il ne soit rien arrivé de grave à son frère.

Tu peux encore écrire ce mot. Il est encore temps.

Non, il n'écrirait rien. Tout allait bien, Lunaire était en sécurité quelque part. Demain, il lui serait reconnaissant de lui avoir évité les foudres parentales. On était presque à demain, avec le jour tout s'éclaircirait.

Benoît s'était endormi quand la vision de Lunaire expirant dans un fossé le réveilla en sursaut.

Quelle heure est-il ?

Il chercha le réveil des yeux. Mais il était allongé sur le canapé, la télévision éteinte, la maison plongée dans l'obscurité. Il gagna le couloir, tâtonna pour trouver l'interrupteur. La pendule de la cuisine indiquait une heure moins le quart. Ses parents n'étaient toujours pas rentrés. Mais il pouvait encore les attendre ici, et tout leur dire.

Alors, tu crois vraiment que Lunaire sera là demain, en bon état ? murmurait dans sa tête la petite voix ironique qu'il ne pouvait tromper.

Se taisait-il pour protéger Lunaire ou par lâcheté, pour ne pas avoir à affronter les questions de ses parents, les reproches ? À leurs yeux, il était responsable de ses frères. Et ce soir, l'un d'eux manquait à l'appel.

Benoît faisait l'autruche. Il ne savait faire que ça, au fond. Dans la vie comme dans son rêve.

Oui, tout commençait et finissait avec le rêve. La faille originelle.

Soyons lucide, songea-t-il. Pour imposer à la folle de la plage son point de vue sur la noyade des enfants de moins de trois ans et sauver la petite fille blonde, il fallait du courage. Ce n'était pas par *politesse* qu'il attendait d'être *sûr* qu'elle était bien en train d'enfoncer la tête de la petite dans l'eau, appuyant assez fort pour qu'elle ne remonte pas. Ce n'était pas par respect pour la liberté de cette pauvre cinglée, pas pour préserver son droit d'occire. C'était par lâcheté. Il était tellement lâche que quand il se décidait à bouger, ses membres pesaient une tonne. *Dommage… À un cheveu près, tu aurais pu être un héros, et en sauver au moins une des deux. Trop bête, ce problème mécanique. Tiens, à ton avis, qu'est-ce qui pèse le plus lourd, un kilo de courage ou un kilo de frousse ? Je parierais pour le kilo de frousse.*

Demain le déluge fondrait sur lui, ou peut-être serait-il sauvé in extremis, mais au fond de lui, il savait ce qu'il méritait.

J'ai pas peur de dormir, ça va aller, c'est que des images, il ne peut rien m'arriver.

Je vais juste fermer les yeux et on sera demain, il fera jour et peut-être soleil. Il sera l'heure de prendre le petit déjeuner. On sera dimanche. Peut-être que Papa ramènera des croissants.

Je ferme les yeux, et il fait jour.

J'ai pas peur.

Guinoux avala le comprimé avec réticence. Le docteur Blanchard lui avait promis que cette molécule l'aiderait à dormir. Comment quelque chose qui l'aiderait à *dormir* avait-il la moindre chance d'améliorer sa vie ? Il n'avait jamais fait d'insomnie. Plusieurs années durant, il s'était même endormi avant les douze coups le soir du Nouvel An, se réveillant le lendemain, furieux et désappointé. Non, dormir n'était pas le problème.

C'était ensuite que les choses se corsaient.

Le médecin avait insisté : les cauchemars, c'était comme une séance de cinéma projetée sur l'écran de son cerveau. Aussi effrayant soit-il, le film ne pouvait pas lui faire de mal, pas plus que les flèches des Apaches ne pouvaient l'atteindre quand il regardait un western, ni les crocs du loup-garou. Guinoux avait trouvé ce dernier exemple assez horrible, et sa mère avait précisé que son fils ne regardait jamais de films d'horreur.

— « Jamais ? » avait demandé le docteur Blanchard à Guinoux en lui faisant un clin d'œil.

D'évidence, il pensait que le garçon visionnait des films d'horreur en douce, et que ses cauchemars étaient provoqués par une surdose d'images sanglantes. Mais Guinoux n'avait jamais eu envie de se faire peur le jour. La nuit lui suffisait, au risque de passer pour un couard aux yeux de ses copains de classe. Ce que ses camarades ignoraient, c'est que Poil de carotte – comme ils le surnommaient – vivait en rêve des aventures qui eussent fait pâlir le scénario de leurs films préférés.

Ce soir, ses parents dînaient dehors, et Guinoux se retrouvait seul avec Benoît. Il regrettait, non sans honte, que sa mère ne puisse venir lui dire bonsoir, et aurait préféré savoir ses parents à l'étage en dessous.

Guinoux se sentait condamné à décevoir Benoît, lui qui admirait sa nonchalance, son ironie, sa rébellion… Quant à Lunaire, il s'entourait de mystère. Guinoux rêvait de devenir son confident. Ses grands frères étaient d'inaccessibles héros.

Que lui restait-il, à lui ? Il réchauffait l'espoir de trouver un chemin singulier, de devenir quelqu'un.

Un personnage que sa mère n'appellerait plus mon chéri, mais qu'elle suivrait des yeux, désarçonnée, découvrant qu'il volait de ses propres ailes. Ce serait délicieux. Plus de psychologue à la manque, ni de moments horriblement gênants. Un nouveau Guinoux effacerait l'enfant trouillard.

Le sommeil l'attrapa par les pieds, l'attirant dans le fond. Il ne songea même pas à se débattre tant son corps glissait avec délice dans le gouffre qui l'aspirait. Il dodelinait légèrement de la tête, telle une proie endormie à l'éther, tandis que son esprit s'enfonçait de plus en plus loin, jusqu'au point où sa conscience ne serait plus de taille à le rassurer mais saurait encore le défendre.

La frontière périlleuse n'était pas celle du jour et de la nuit mais celle de la veille et du sommeil.

Le sommeil exerçait sur lui une attirance vampirique.

Maintenant il dormait profondément. Sur l'oreiller, dans la pâle clarté de la lune filtrant à travers la lucarne de sa chambre, son visage d'enfant semblait las, mais ses yeux roulaient à l'intérieur de leurs orbites.

Où suis-je ? Où est l'interrupteur ?

Une plainte gutturale répercutée par l'écho le fit sursauter.

L'appel d'une corne de brume.

Il cligna les yeux, effaré. Il ne voyait rien.

Tout autour de lui, une muraille de brouillard laiteux l'enserrait, l'asphyxiait.

Luttant contre la panique, il baissa les yeux.

Il se trouvait assis dans une barque.

Sur l'eau. Lui qui ne savait pas nager. Même pas le petit chien.

Un clapotement régulier faisait se balancer la barque.

La mer.

Un pressentiment lui souffla qu'il se trouvait loin de toute terre.

Ici, personne n'a pied, devina-t-il. Un frisson glacé le parcourut.

Je n'ai pas le droit d'être là, songea-t-il avec effroi.

Au-delà de vingt mètres, il ne distinguait rien. Y avait-il seulement quelque chose derrière le rideau de brume ?

En réponse à sa question, surgie de nulle part, une barque perça le brouillard et s'immobilisa à quelques mètres de lui.

Son cœur cognait douloureusement, l'haleine glaciale de la peur le traversait de part en part.

Un passager se trouvait à bord. Un petit garçon d'une dizaine d'années, pâle, le visage cireux et émacié, une couverture grise sur les épaules. Ses yeux étaient clos, comme s'il dormait.

Guinoux jeta un coup d'œil méfiant à son visage blême à la peau fine, presque translucide.

Il n'y avait pas d'aviron dans son canot. Comment était-il arrivé jusqu'ici ?

Surveille-le. Surveille-le bien.

Aussitôt il désobéit à sa propre injonction et le quitta des yeux, tentant de percer l'épaisseur de la brume par le pouvoir de son esprit. Il était encore à l'âge où ce genre de prouesse ne semble pas irréalisable. Il suffirait de le vouloir *vraiment* et le brouillard se dissoudrait, cédant à sa volonté, son regard le déchirerait de haut en bas et soudain il n'y aurait plus qu'une nuit lisse et claire comme une patinoire. Il suffirait alors qu'une poignée d'étoiles se détachent des autres pour lui flécher le chemin jusqu'au matin, jusqu'au rivage, jusqu'à la fenêtre de sa chambre, et il serait sauvé.

Alors qu'il s'imaginait claquant la fenêtre de sa chambre sur la haute mer, il sentit le regard de l'enfant sur lui. Mais quand il le considéra à son tour, il ne lut en lui aucune méchanceté.

— On gèle, ici, constata l'inconnu avec gravité.

Guinoux acquiesça.

— C'est un lieu défendu, tu sais ? demanda l'enfant. Il ne faut pas venir ici. C'est dangereux. Tu t'es perdu ?

— Oui, avoua Guinoux avec un certain soulagement.

Ce môme semblait plus aguerri que lui. Sans doute allait-il trouver le moyen de les ramener à la maison.

— J'me perds plus maintenant, reprit l'enfant. Je sais toujours me repérer.

— Comment tu t'appelles ? s'enhardit Guinoux.

— Ronan, lâcha l'enfant.

À ces mots, une lueur s'alluma et mourut dans ses prunelles noires.

— Je sais qui tu es, ajouta-t-il, devançant la réponse. Tu es le préféré de ta mère.

Cette phrase choqua Guinoux, une mère n'avait pas de préféré, elle aimait tous ses enfants *pareil.* Au même instant, il se sentit intimement compris, *il devina chez son interlocuteur un semblable*. C'était un sentiment inédit, très agréable.

— Moi aussi, souffla Ronan, je suis le préféré de ma mère. Mais si ta mère apprenait que tu viens ici, elle serait très fâchée contre toi…

À nouveau, Guinoux se sentit mal à l'aise. Le garçon attirait sa sympathie, mais un pressentiment éveillait sa méfiance.

— Près de chez moi, poursuivit l'enfant d'une voix cassée, y a un étang gelé. Y en a qui patinent, mais moi j'ai pas le droit d'y aller, à cause de ma maladie. La nuit, dans mes rêves, j'y vais. Je me promène, je regarde ceux qui patinent. Y a des ombres dans les arbres. Ça fait des formes, des formes d'animaux, des formes de personnes. Si je les regarde trop longtemps, ça fait mal à la tête et *ils arrivent*, alors je dois me cacher. L'autre nuit, j'ai marché en dormant, je suis sorti de ma chambre par la fenêtre. Papa m'a grondé, et Maman a pleuré. Ma mère, elle a tout le temps peur que je tombe…

Le garçon paraissait plus jeune que lui, mais c'était comme s'il en savait long, et cette maturité chargée de tristesse intimidait Guinoux.

— Je t'emmènerai là-bas. J'te montrerai les formes dans les arbres. Il faut s'dépêcher maintenant, *ils* arrivent.

— Qui ça ? demanda Guinoux, mais le garçon ne répondit pas.

Ses iris avaient viré au rouge. Ses dents claquaient, son corps maigre était en transe.

Levant les yeux, Guinoux se figea.

Autour d'eux, le brouillard changeait de forme. Tel un souffle puissant arrivant du large, une menace se rapprochait. Quelque chose de sinistre se dégageait de la matrice du brouillard, quelque chose qui arrivait sur eux *au grand galop,* et avant même que Guinoux ait réussi à pousser un cri, *ils étaient là*, cernant les garçons de toutes parts : de gigantesques chevaux de brume se cabrant bouche ouverte sur un hennissement démesuré, d'autant plus terrifiant qu'il était silencieux.

Pas un son ne tremblait dans l'air, pourtant Ronan se couvrait les tympans.

Le clapot d'une mer d'huile, sa pulsation régulière sous leurs pieds. La férocité des chevaux de brume avait aspiré toute violence alentour.

Guinoux sentit qu'ils étaient là pour l'enfant.

Qu'on jette de la viande à la mer et ils se calmeront.

Alors une voix de femme traversa le silence, chargée d'amour et d'inquiétude.

… *Ronan, Ronan, calme-toi, mon petit. Je suis là. Calme-toi, je t'en prie. Je sais que tu as mal* …

Ronan releva la tête. Les chevaux se cabraient au-dessus de lui, gigantesques. Il referma les yeux, rentrant en lui-même, fuyant la stridence qui fracturait son crâne.

En se repliant, son corps chétif se transforma, s'allongea aux dimensions d'un corps d'homme, un corps roulé dans une couverture, marqué de cicatrices, les bras dressés devant le visage tels un bouclier dérisoire.

Autour d'eux la brume figurait à présent les murs couleur cendre d'une prison, ou d'un hôpital. Les chevaux avaient disparu, ravalés par la brume.

Les visions qui habitaient le jeune homme se déployèrent sur la toile du brouillard, chaos d'images hurlantes : la terre explosant en geysers de boue et de sang. Une pente dévastée où quelques arbres tordus, fendus par le milieu, témoignaient de l'écroulement du monde. Un homme assis en tailleur sur un seau, dont la main desserrait doucement un couteau de cuisine, les traits impassibles, les orbites vides, le haut du crâne manquant. La carcasse d'un cheval encastrée dans un arbre. Des lambeaux d'uniforme pendant à des branches dénudées. Un corbeau picorant la joue noire d'un cadavre aux lèvres figées dans un rictus.

À ce point du cauchemar, d'habitude Guinoux se réveillait en sanglots, jusqu'à ce que sa mère vienne le consoler dans le noir de la chambre.

Mais cette nuit-là, le médicament le retint prisonnier du sommeil. Lorsque sa conscience tenta de lui porter secours, elle s'y cogna comme au couvercle d'une tombe avant d'être réaspirée dans la trame du rêve.

Dans la chambre, son corps menu lutta quelques instants, agité. Le docteur Blanchard avait raison : grâce au médicament, il continuait à dormir.

C'est ainsi qu'il pénétra la pièce cachée au fond de son cauchemar, poussant la porte défendue devant laquelle veillait le Cerbère qui l'expulsait chaque nuit in extremis.

Où suis-je ?

Où est l'interrupteur ?

Peu à peu, ses yeux s'habituèrent à l'obscurité et il put discerner les contours d'une petite pièce étroite, aux murs gris et nus, couverts de taches d'humidité. Tout en haut perchait une lucarne équipée de barreaux qui laissait filtrer un rayon de lune. Dans le rai de lumière, Guinoux distingua un lit spartiate, dépourvu de draps et d'oreillers, et un homme assis en tailleur, le front baissé.

Avait-il été jeté en prison ?

Qui était avec lui ?

— Demande-moi combien ils étaient.

Il sursauta en entendant cette voix masculine au timbre précipité :

— Demande-moi combien ils étaient, vas-y, reprit la voix un ton plus bas, presque en chuchotant. Tu n'oses pas, hein. Tu as commencé à les compter, mais tu t'es vite arrêté.

Lui parlait-il à lui ?

— Demande à Brivert. Lui, il sait, le salopard. Mais il va payer, tu verras. Le bon Dieu va lui balancer une marmite, un de ces jours. Boum ! comme ça. D'abord ça siffle… – il laissa échapper un long sifflement illustratif qui glaça le sang de Guinoux – et juste après t'as de la terre dans les yeux, dans la bouche, partout !

La silhouette se dressa dans la pénombre et la lune versa un lait de lumière pâle sur son visage. Il était jeune mais ses yeux paraissaient vieux et las. Le jeune homme le fixait sans hostilité. Lorsqu'il se remit à parler, il devint clair qu'il ne soliloquait pas mais s'adressait à lui.

— T'es trop blanc-bec pour les avoir vus, pas vrai ? Pourquoi ils t'ont mis là, toi ?

Guinoux demeurait muet, la gorge serrée.

— T'étais là-bas ? demanda l'homme, incrédule. Non, c'est pas possible... Tu…

Son visage s'éclaira, il sourit.

— … Tu connais Rosie, c'est ça ? Elle est futée, ma Rosie. C'est une maligne. Elle va venir bientôt, m'aider à filer. Elle a trouvé un moyen, mais chut… On peut se fier à personne, ici. Brivert les commande tous. Ils nous écoutent. Ils collent leurs oreilles au mur. Ils te prendront, s'ils l'apprennent, ils te mettront là-bas, dans la terre… Ils prendront Rosie… Non, se reprit-il, Rosie, elle est bien trop futée pour qu'on l'attrape… J'y ai tout dit, à elle. Tout c'que j'ai pas dit aux autres, même quand y m'attachaient comme un lapin sur la table, même quand y m'brûlaient l'âme… *Nooon !* cria le jeune homme, terrifié par une menace invisible.

Il se mit à trembler convulsivement et plongea sous le lit, se recroquevillant sous le sommier.

Guinoux n'avait pas bougé. Il tremblait. Il ne devait pas rester là.

Il avisa la porte, se précipita pour l'ouvrir, mais elle était fermée de l'extérieur et n'avait ni poignée ni loquet.

Sous le lit, le jeune homme décomposé par la peur s'était mis à hurler.

— Arrêtez, laissez-moi tranquille ! Puisque j'vous dit qu'c'est pas ma faute ! J'suis tellement fatigué… J'les ai tous comptés, tous… J'ai marché dessus, comme on m'a dit, sans m'arrêter ! Avec mes bottes ! « C'est pas des hommes ! » y disait ! Mais leurs yeux, y m'fixaient, y m'attrapaient… J'peux plus dormir, docteur… Quand j'ferme les yeux, y sont là, y m'attendent… Y veulent que j'y retourne, que j'me couche avec eux dans la terre ! Y parlent dans ma tête, sans arrêt… Attendez ! Laissez-moi sortir, j'vous en prie…, sanglota-t-il sans retenue. J'vous promets, j'me tiendrai tranquille. Tu verras, Maman, tu s'ras contente de moi… J'suis un bon gars, dis-leur, toi… Non, t'en va pas, me laisse pas ici… Pas ici…

Puis il se tut, prostré, sans prononcer un mot.

Soudain il se tendit de nouveau, aux aguets :

— T'entends ? murmura-t-il d'une voix blanche.

Guinoux s'accroupit à sa hauteur. Il en avait trop entendu, il aurait voulu tout effacer de sa mémoire, mais la douleur du prisonnier lui entrait dans le cœur comme une lame.

— T'entends ?

D'abord, Guinoux n'entendit rien, assourdi par le tumulte de sa respiration. Il se concentra.

Alors il entendit.

Quelque chose raclait le mur de la chambre.

Quelque chose s'agitait en nombre derrière le mur, piétinait, s'acharnait contre la paroi.

Un hennissement les fit sursauter.

— T'entends ? chuchota le jeune homme, le regard fou. *Ils sont là ! Ils sont revenus !* J'leur avais bien dit : vous pourrez pas les arrêter ! Les canons taillaient dans la viande… il y en avait partout… des morceaux de cervelle collés à nos frusques… les jarrets tranchés… J'ai pensé : les hommes, d'accord, ça compte pas, mais les bêtes, hein, les bêtes ?...

Guinoux percevait la fureur des bêtes sanguinaires. Elles redoublaient d'efforts, de l'autre côté du mur.

— Va-t'en, petit, souffla le jeune homme. Dépêche-toi ! Ils viennent pour nous… On va payer pour tous les autres…

Des dizaines de sabots martelaient le mur avec violence.

— Dis à Rosie qu'elle s'inquiète pas, j'ai un secret… écoute : je sais voler, comme les oiseaux… Si on m'attrape… pffffft ! Pour ça, j'suis bien tranquille… Et toi, tu sais voler, petit ?

Au même instant, le sabot d'un cheval traversa la paroi à quelques centimètres de sa tête.

Un instant plus tard, le mur vola en éclats et ils franchirent la paroi écroulée, les yeux vitreux, leurs naseaux rouges flairant l'air, de larges blessures ensanglantant leur robe soyeuse.

En reculant jusqu'à la porte, Guinoux tomba à la renverse. Elle venait de céder. À moins que… se pouvait-il qu'elle ait été ouverte depuis le début ?

Il s'engouffra dans le couloir désert. Au bout du couloir, le clair de lune, glissant d'une fenêtre comme un faisceau de lampe de poche, semblait lui faire signe.

11

Benoît

Benoît dormait, allongé en travers du canapé. Ses parents, entrebâillant la porte du salon, l'avaient contemplé un instant avec un plaisir coupable, comme s'ils lui volaient cette part intime que le sommeil mettait à nu.

Il y a longtemps, un matin où Enogat regardait Benoît assoupi dans son berceau, fronçant les traits d'aquarelle de ses sourcils de nourrisson et repliant deux doigts minuscules sur un rêve mystérieux, elle avait réalisé qu'un jour, elle ne serait plus la spectatrice privilégiée de chacun de ses gestes. Cette pensée cruelle avait été aussitôt balayée, elle était sa mère, son héroïne… il s'écoulerait tant d'années avant que cela change… D'ici là, il y aurait d'autres bébés, d'autres nuques à respirer comme des brioches tièdes, d'autres rires en grelots à son oreille, d'autres fossettes à mordiller sur des mains potelées. Le temps de sa maternité souveraine lui paraissait infini, mais quinze ans avaient passé aussi vite que les bougies soufflées sur les gâteaux, et aujourd'hui deux de ses fils étaient grands. Et même si Samson chancelait encore sur ses jambes, bientôt, celle qui s'enivrait de l'arôme des jeunes enfants, l'ogresse précautionneuse qui redessinait les plis de leurs cous et de leurs cuisses d'un doigt délicat, celle-là n'existerait plus. Déjà elle savait, feignant de l'ignorer, que son corps ne serait plus plein, gonflé, habité. Tous ses enfants étaient sortis d'elle, pourtant elle n'était pas vieille encore et ne voulait pas refermer la porte, pas tout de suite. Elle préférait imaginer que ce qui, en elle, savait fabriquer de la chair tendre, des éclats de rire et des fossettes, que tout cela s'était juste assoupi. Peut-être qu'un jour une maladresse, une déraison, une turbulence réveillerait la machine, sacrant le triomphe de la vie exubérante.

Elle aurait voulu demander à son fils ce qu'il devenait, comme on retrouve un ami cher qui a déménagé dans une ville lointaine, essayer de deviner en le regardant s'il était heureux, s'il rêvait toujours de devenir médecin ou si ses souhaits de petit garçon lui paraissaient ridicules, maintenant qu'il se familiarisait avec l'ironie.

Elle n'avait plus vraiment le droit d'être là, elle le savait. Elle referma la porte délicatement et rejoignit Ewan. La maison dormait. Elle se sentait enfin sereine. Ce neurologue l'avait rassurée. Elle aurait dû effectuer cette démarche depuis longtemps au lieu d'ériger une montagne de culpabilité du haut de laquelle son impuissance eût fini par la précipiter.

Le providentiel docteur Blanchard lui avait démontré scientifiquement que ses fils n'étaient pas *anormaux*, ni même malades. Ce soir elle se sentait légère, en paix. Et si l'un des garçons se réveillait, ce ne serait pas un drame. Elle ne voulait rien troubler de la félicité qui s'épanchait doucement dans son corps.

Dans le rêve de Benoît, c'était le matin. Le vent emportait les cris de cormorans et agitait les feuilles rousses d'un grand hêtre devant la petite maison basse et ventrue. Un homme s'était arrêté devant le seuil, hésitant à rompre l'équilibre de ce matin d'automne. Il était solide et fruste, la voix cassée par des années d'océan, d'alcool, de consignes hurlées sur le pont d'un bateau. Ce genre d'individu a des peurs autrement plus viscérales, plus enfouies que le reste du monde, il ne s'effarouche pas de grand-chose. Pourtant l'homme hésitait à frapper à la porte.

Benoît regardait la scène *de l'intérieur*, comme s'il se trouvait assez près de l'homme pour lui toucher l'épaule.

L'homme appuya sur la sonnette. Une voix chantonnait en breton. La chanson s'éteignit, il y eut quelques secondes suspendues, des pas dans le couloir, et la porte s'ouvrit sur une femme assez jeune qui tenait une enfant blonde et potelée dans ses bras. Elles avaient encore des éclats de rire au fond des yeux.

À la seconde où elle découvrit le visiteur, son visage se durcit et se referma si vite que Benoît songea à la promptitude avec laquelle les belles dames se changent en sorcières, dans les contes.

Un malaise le gagna.

Il entendit le marin prononcer le prénom de cette femme, Rozenn, d'une voix rude qui s'appliquait à la douceur. Il vit la petite fille tendre ses doigts roses vers la barbe de l'homme, la saisir, tirer dessus, et la mère arrêter ce geste. L'enfant s'appelait Katell, elle aurait deux ans au printemps.

Quand elle eut refermé la porte au nez du visiteur, Rozenn abandonna la petite en larmes pour gagner sa chambre, ouvrir le tiroir de la commode près de son lit, plonger son visage dans une chemise d'homme... Elle respirait maintenant la chemise de toutes ses forces, tenant la chemise appuyée contre son nez et sa bouche, comme un oreiller.

Benoît avait peur de l'oreiller-chemise, de sa puissance. Quand la femme détacha son visage du tissu, ses yeux avaient changé.

La petite, elle pleure. Vous ne l'entendez pas ?

Assise sur son lit, elle dépliait ses mains, observant attentivement ses phalanges.

Benoît ne pouvait détacher ses yeux de cette femme. Il aurait dû avoir pitié, mais quelque chose chez elle le mettait en rage. Peut-être à cause de cette gosse en pleurs que personne se songeait à consoler.

À cet instant, elle leva les yeux et le regarda fixement.

Elle le regarda quelques secondes, sans ciller, avec un sourire ironique, qui semblait dire : *Oui, toi. Tu croyais que tu pouvais venir ici en toute impunité, m'espionner dans ma maison ? Te voilà pris sur le fait, sale petit voyeur.*

Puis elle retomba dans l'étude appliquée de ses phalanges. Est-ce que son esprit lui jouait des tours ? Le voyait-elle vraiment ? À l'abri d'un écran invisible, bien qu'entortillé dans la toile du rêve, il pouvait rester extérieur. Il n'avait aucune envie de se mêler à ces gens, à leur vie. Non, cette femme ne pouvait pas l'avoir *vu*, ça n'avait aucun sens.

La petite fille hurlait dans le couloir. Un gros chagrin. Elle s'était mise debout sur ses quilles et avançait dans le couloir. Elle finit par atteindre la chambre et s'approcha du lit, étonnée.

— Te voilà, Katell..., dit la femme d'un ton léger. Viens, ma toute belle. Oh là là, dans quel état tu t'es mise...

Elle écarta les boucles blondes collées par les larmes et la morve.

— C'est fini, maintenant, le méchant bonhomme est parti très loin.

Prononçant ces mots, elle adressa un sourire complice à Benoît.

L'échine du garçon se hérissa.

Non, ce n'est pas toi qu'elle regarde ! Elle sourit dans le vague, à ses pensées, ou au visage de son mari. Elle sourit à Dieu sait quoi, on s'en fout, mais entre elle et toi, il y a une vitre sans tain. Pas de danger qu'elle voie au travers.

— Et tu sais, ajouta-t-elle à l'intention de sa fille, ces choses qu'il a dites sur Papa, c'est que des mensonges, hein. Rien n'est vrai.

La blondinette lui offrit un sourire plein de confiance, palpitant comme un cœur d'oiseau.

— Regarde, dit la femme, désignant la fenêtre, il fait beau on dirait... Maman va emmener sa petite fille en promenade, qu'en dis-tu ?

Katell hocha la tête, enthousiaste.

Sa mère coiffa les boucles de l'enfant jusqu'à ce qu'elles deviennent souples et soyeuses, filaments dorés auxquels se rallumait le soleil. Elle lui enfila un châle de couleur marron-prune, qui lui couvrait la tête et les épaules, laissant dépasser quelques bouclettes rétives. Elle noua ensuite une étole grossière sur ses épaules et elles quittèrent la maison, radieuses, clignant les yeux dans la lumière.

Un air tiède les escorta sur le sentier qui longeait la côte en serpentant. Des mûriers et des buissons de ronces leur cachaient la mer.

Benoît les suivait. Pourquoi ne pas rebrousser chemin ? Parce qu'il voulait connaître la fin de l'histoire.

Comme la petite avait mal aux pieds, la mère la porta sur la fin du trajet, et bientôt le sentier déboucha sur une petite plage : des dunes de sable fuyant sous les pas.

— Regarde, Katell, murmura la femme en approchant sa joue contre celle de l'enfant, regarde comme c'est beau.

Le sable farine s'étirait pour toucher l'eau, cherchant la caresse des vagues qui montaient le lécher l'une après l'autre. Jusqu'à la ligne de feu de l'horizon, entre les rochers et les îles, des milliers de vagues clignaient de l'œil dans la lumière. La marée haute étincelait, splendide, majestueuse.

— Beau ! applaudit la petite fille.

Elle voulut s'échapper pour bondir sur le sable, mais les mains refusaient de la lâcher. Benoît éprouva une contraction à l'abdomen.

Comme c'est étrange, Benoît sent le sable entre ses doigts de pied, le souffle de la mer sur son visage, comme s'il avait franchi le miroir sans tain. Il entend les cris des goélands qui ponctuent les phrases puissantes du ressac. Il se tient debout à quelques mètres d'elles. Le voient-elles ?

Il espère que non. Il redoute que cette femme lui adresse la parole. Devant ces longues mains blanches serrées autour des mollets de l'enfant, si contractées que le sang s'en est retiré, Benoît voit de la glace. Une plaque de glace où déjà se diffuse, se ramifie la fêlure, réseau de petites veines courant sous la surface, véloces et implacables.

La petite fille veut s'échapper. Elle rit, se débat, agneau turbulent retenu par les pattes arrière.

— Katell, ma fille, calme-toi. Sage, mon oiseau.

Elle avance vers la mer dans sa robe longue, le regard perdu dans un rêve, et ses pas laissent leurs empreintes dans le sable humide. L'enfant pendue à son cou se penche vers l'eau, cette bête insaisissable. Benoît ne les lâche pas du regard. La proximité de la mer le rend nerveux.

Elles sont tout près du bord, maintenant. Le visage de la mère a la pureté des statues. Ses yeux de pierre ne cillent pas, fixant l'écume blanche à l'endroit où se cassent les vagues. Ses bras s'arrondissent autour de l'enfant, rondeur contre rondeur.

Elle entre dans l'eau et le cœur de Benoît tambourine. Il va crier à cette femme de reculer, la contraindre à déposer lentement la petite fille sur le sable. Ensuite, il les escortera chez des voisins, des amis, de la famille.

Vous comprenez, je ne peux pas vous laisser seule avec cette môme, pas tant que vous aurez ces yeux de pierre et ces mains d'acier.

Il n'en fait rien. Il reste paralysé.

La femme entre dans l'eau jusqu'à la taille, l'enfant dans les bras. L'onde bouillonne autour d'elles, fébrile, goûte la peau de l'enfant.

Derrière une ligne invisible, le garçon attend, le souffle court. Son cœur est en colère :

Tu savais qu'elle allait faire ça, tu sais où elle veut en venir, et partout où tu iras mon œil te poursuivra, si tu laisses s'accomplir cette chose sans nom.

Mais si je me trompe ? proteste Benoît, épouvanté. *Il faut attendre encore un peu, un tout petit peu.*

Lâche..., lâche..., crachent les valves de son cœur qui ne veut pas en écouter davantage.

La petite est crainte et joie. La mère caresse ses cheveux, de ses doigts où s'accrochent un ruban d'algue pâle. Elle mouille les boucles blondes. Debout sur le sable froid, Benoît pense à un baptême. Drôle de baptême en vérité. Il voit une foule d'hommes et de femmes en transe, très loin d'ici – où a-t-il vu ces images ? – ils immergent leurs corps dans le tumulte du fleuve, cherchant le ciel au fond de l'onde, la naissance dans la mort.

L'eau salée irrite les yeux de l'enfant qui se met à hurler aussi fort que le jour où on l'a extirpée du ventre de sa mère. Son visage est secoué de peur et d'incrédulité, cette eau est méchante, pourquoi sa mère lui fait-elle cela ?

Alors la femme lève la tête et regarde Benoît. Elle le jauge comme une vieille connaissance, et il entend ce qu'elle lui dit sans que ses lèvres aient formé un seul mot :

Alors ? Me laisseras-tu aller jusqu'au bout ?

Benoît veut bouger. Ce regard l'a brûlé, il ne peut trouver la paix qu'en arrêtant cette femme, il doit obéir à son cœur sans quoi ce dernier se dissociera de lui, battra si follement qu'il explosera. Mais ses jambes ne lui obéissent pas, elles pèsent une tonne. Au prix d'un effort inouï, il fait un pas, puis un autre. La mer dérobe le sol sous ses pieds pour le faire trébucher.

Dans la gifle glacée des vagues, la tendresse de la mère irrigue ses mains d'acier, retient l'enfant, inonde son visage. L'eau étrangle les sanglots. La mère répète *ma douce, ma toute belle, ma précieuse*, son sourire irradie d'amour et de certitude.

C'est rien, c'est rien du tout, c'est presque fini.

Ses bras basculent la petite fille pour l'immersion.

— Non ! Arrêtez !!

Benoît hurle, mais ce qui sort de sa bouche est un couinement étouffé que couvrent les appels des oiseaux de mer.

Un éclair passe dans les yeux de la mère, un appel au secours étouffé par la résolution.

Tu vois ? Tu ne m'arrêtes pas. Tu t'inclines devant la force de mon amour.

Benoît supplie, de l'eau jusqu'au bas des genoux. Il n'est plus qu'à quelques mètres d'elle. Prisonnier de son corps de fonte, de son cœur emballé. Ses mouvements sont si laborieux.

La mère plonge son enfant dans les eaux agitées et la tient fermement sous la surface brouillée, ondoyante. Elle veut la protéger du monde, la sauver de la douleur, de la glace fendue.

Mais ce n'est pas une tête blonde qu'elle retient sous l'eau, ce sont des cheveux roux…

La pression de la main se relâche et le visage suffocant de la victime remonte un bref instant en surface. Benoît hurle si fort que l'effroi l'arrache violemment au rêve.

Guinoux.

Benoît reste prostré sur son lit défait, puis il allume sa lampe de chevet en espérant réveiller Lunaire. Mais son lit est vide. Benoît constate que le drap conserve l'empreinte du corps de son cadet, comme les cadavres dessinés à la craie. Il se lève comme si le diable lui avait soufflé à l'oreille et, pieds nus, se précipite vers la chambre de Guinoux, soulagé de constater que ses jambes lui obéissent à nouveau.

Ne l'a-t-il pas vu, sur le drap, ce ruban d'algue pâle ?

Il était bien là, mais s'il revient tout à l'heure, dessaoulé de l'eau de mer et de la peur, y sera-t-il encore, ce filament entortillé autour de ses phalanges tels les cheveux d'Ophélie dérivant dans le courant ?

Il court dans le couloir. Il le sait, le devine avant de pousser la porte : le lit de Guinoux est vide, comme celui de Lunaire.

Le plus urgent est de retrouver Guinoux avant qu'une folle en jupons ne l'attrape par le cou pour aller le noyer dans les vagues. Arrivera-t-il à temps ? La côte d'Émeraude déroule son serpent de falaises, de plages et de criques, sur des kilomètres et des kilomètres. Il ne le retrouvera jamais.

… Attends, tu crois vraiment que cette cinglée peut s'échapper du cauchemar pour assassiner ton frère ?

Benoît ne sait plus ce qu'il croit.

Consciencieusement, il fouille l'étage sans bruit pour ne pas réveiller ses parents qui dorment au rez-de-chaussée. Toutes les pièces de l'étage sont vides, sauf la chambre où Samson dort en ronflant légèrement, la bouche à quelques millimètres de son ours en peluche.

Avant de redescendre, Benoît attrape un pull et enfile ses baskets, au cas où il devrait partir à la recherche du p'tit con loin dans la campagne, en suivant le sentier des douaniers. Pas besoin de piquer la lampe de poche que Lunaire planque derrière son matelas, la lune est pleine.

Dans le long couloir, il y avait des barreaux à toutes les fenêtres. Guinoux entendit le hennissement derrière lui. Les chevaux le flairaient à travers le mur. À sa droite, un escalier descendait comme une bouche d'ombre. Il hésita. En s'y engageant, il risquait de tomber sur ces gardiens qui ligotent les récalcitrants sur leur lit. Il ne voulait pas qu'on le séquestre, qu'on le livre à ses hantises.

Fuir, mais comment ?

Et toi, tu sais voler, petit ?

Il s'arrêta, le cœur battant la chamade. Savait-il voler ? Peut-être qu'il avait appris, il ne s'en souvenait plus. Que fallait-il faire, déjà ? Incliner la tête, un peu, juste un peu, étendre les bras au maximum, comme un planeur. Et ensuite, prendre appui sur le vent. S'en servir pour équilibrer son corps, les battements nécessaires à l'envol.

Les oiseaux ne font pas autre chose.

Des hurlements désaccordés montaient de l'étage en dessous. Après l'angle du couloir, il perçut un bruit de sabots.

Dépêche-toi.

Pris de panique, il courut à en perdre haleine. Au bout du corridor glacé, une fenêtre était dépourvue de barreaux.

Vite, ouvre-la.

Il s'acharna sur la fenêtre qui résistait, comme si des années de poussière avaient scellé son châssis. Les battants finirent par céder en gémissant.

Jetant un rapide coup d'œil alentour, il enjamba le rebord.

Au-dessous de lui, un à-pic de plusieurs mètres plongeait dans l'obscurité. Il recula, en proie au vertige.

Benoît avait descendu l'escalier, fouillé le rez-de-chaussée et risqué un coup d'œil dans l'office, ce réduit attenant à la cuisine où sa mère stockait des bidons de lait en vue de l'Apocalypse, des paquets de céréales, des boîtes de conserve et des bouteilles de gaz. Aucune lame de plancher ne craqua sous ses pieds, il savait lesquelles éviter pour ne pas se trahir. Il avait eu beaucoup d'échecs, mais aujourd'hui il maîtrisait son sujet. Le p'tit con n'était nulle part. Et Lunaire toujours aux abonnés absents.

Benoît déverrouilla la porte d'entrée, calculant ses gestes au millimètre. Une fois cette délicate opération achevée, il ouvrit la porte d'un coup sec, pour qu'elle ne racle pas sur ses gonds, et pénétra dans le jardin.

Il s'immobilisa un instant pour contempler le ciel illuminé, cherchant le Chariot et l'étoile du Berger. Bientôt reviendrait la saison des étoiles filantes. L'herbe trempée de rosée lui mouilla les chevilles tandis qu'il faisait le tour du jardin, scrutant le départ de la route goudronnée, au-delà du portail. Guinoux n'était ni sur la balançoire, ni planqué quelque part dans la haie. Il ne se cachait pas non plus dans la réserve, derrière les vélos.

Désemparé, Benoît se retourna vers la maison. Il se voyait mal partir seul au hasard, à la recherche de Guinoux. Il jeta un œil à la fenêtre éteinte de ses parents.

Machinalement, son regard suivit les contours du vieux noyer. L'arbre était plus haut que jamais, les branches de sa cime finiraient par toucher le toit, si son père ne se décidait pas à le…

Sa pensée se brisa en route.

La fenêtre du grenier était grande ouverte. C'est là qu'il le vit. Le p'tit con venait d'enjamber la balustrade, et se préparait à sauter.

Merde !

Benoît courut vers le noyer.

— Guinoux ! chuchota Benoît.

Le p'tit con ne l'entendait pas. Il regardait en bas, comme s'il hésitait à sauter.

— Guinoux, bordel, arrête ça tout de suite…, menaça-t-il, un ton au-dessus.

Le gosse restait penché au-dessus du vide, les yeux grands ouverts comme ceux des aveugles qui regardent sans voir.

Il ne regarde pas vraiment. Il est somnambule, réalisa Benoît dans un éclair.

Déjà, son petit frère dégageait son autre jambe au-dessus du vide.

Non, non !

— Guinoux ! hurla Benoît. Arrête !

Son hurlement vrilla la nuit silencieuse, réveillant Guinoux avec la brutalité d'un coup de fusil.

L'enfant sursauta, tremblant comme une feuille au vent. Son regard perdu s'accrocha quelques secondes à son frère aîné, puis il vacilla sur son fragile équilibre et bascula dans le vide.

Quand Benoît se précipita sur son corps, ce corps de rien du tout, qui ne pesait rien mais qui était tombé si vite, si vite, le cœur du p'tit con avait déjà cessé de battre.

12

Cardec

Dans sa niche de pierre, Lunaire s'était assoupi. Le berceau de la roche le protégeait. Un autre eût attendu en tremblant que le propriétaire de la pipe revienne. Mais Lunaire avait presque réussi à matérialiser la présence de Benoît à ses côtés. Et la lueur tutélaire des étoiles au-dessus de lui l'avait bercé.

Il dormait.

Bientôt, comme par mégarde, il tomba dans le rêve.

L'air frais du large le tira de sa torpeur. Debout dans la barque, prenant garde à ne pas perdre l'équilibre, il leva les yeux au ciel, y cherchant vainement les étoiles. Dans la nuit impénétrable, la surface de l'eau luisait faiblement, comme si une lanterne était tombée tout au fond.

Comment suis-je arrivé là ?

À cet instant, le visage de sa mère lui apparut. À travers son reflet démesuré, il voyait le ciel. Elle semblait fâchée et inquiète. Sa bouche triste formait des mots qu'il déchiffrait sans les entendre :

« Quand cesseras-tu de n'en faire qu'à ta tête ? Tu sais que tu ne dois pas t'éloigner sans prévenir. C'est en désobéissant aux consignes que les enfants se perdent et rencontrent de mauvaises personnes. Alors ils regrettent, mais c'est trop tard ... »

Le reflet se fondit dans l'opacité silencieuse. Sa mère avait raison. À force de s'égarer, il s'était perdu. Le ciel était fait de cette encre où se noient les insectes, tandis que sous ses pieds il sentait la mer inspirer, expirer, comme un animal aux contours imprécis.

Aucun recours.

Te voilà bien puni.

Soudain le bateau fut là, immense à côté de la barque, ses trois mâts inégaux perçant le ciel comme des baïonnettes, ses lourdes voiles dépliées dans l'air que n'agitait aucun souffle.

La poitrine de Lunaire se desserra. Sauvé.

Ce bateau était là pour lui. Il était son allié même s'il semblait dépourvu d'équipage et traînait dans son sillage une odeur de mort.

Après quelques minutes, le trois-mâts accosta près de la barque, dans un mouvement d'une grâce hypnotisante, dévoilant sur sa proue les lettres rongées par l'eau de mer de *La Marie-Louise*.

Fuis, imbécile, pendant que tu le peux encore !

Seuls de longs frémissements émouvaient la surface des eaux.

Une longue échelle de corde descendit le long de la coque et les premiers barreaux tombèrent avec fracas dans la barque.

Ne fais pas ça.

Il hésita.

Prends tes jambes à ton cou.

Il grimpa, s'appliquant à ne pas regarder en bas car il se croyait plus malin qu'Orphée.

À bord, une lumière laiteuse baignait le pont comme un plancher de théâtre.

Échevelé, dressé sur ses longues jambes, ce diable roux de Cardec épiait Lunaire avec un mauvais sourire.

Le garçon n'y prêta pas attention, pas plus qu'il ne vit la masse des *Ralentis* regroupés au fond du bateau, car son cœur avait bondi en découvrant la petite silhouette en ciré noir qui, accoudée au bastingage, regardait l'horizon avec un visage triste.

Non.

Guinoux ne pouvait pas se trouver sur ce pont.

C'est impossible.

Le sourire de Cardec s'élargit, découvrant des gencives couleur de sang.

— Alors, gamin, que penses-tu de mon nouveau mousse ?

Lunaire se sentit aspiré dans un puits vertigineux.

— Avec ces marées d'équinoxe, les grains sont mauvais, et mes hommes peuvent pas êt'partout, expliqua le capitaine. Il nous fallait un mousse. Et v'là qu'le Moustique s'est présenté. Une sacrée bonne surprise !

Les morts marchent, ce soir, gamin, susurra la voix, au creux de sa tête.

Tu le sais, pas vrai ?

Tu sais le bruit qu'ils font, quand ils grattent le plancher.

— Dis, gamin, poursuivit Cardec avec un clin d'œil, la nuit est calme, pas vrai ? Si on trinquait à la santé de *Ceux d'en bas* ?

— *Non* ! hurla Lunaire, glacé par son propre cri, dont l'écho trembla quelques secondes dans l'air.

Un frémissement parcourut la meute des *Ralentis*, et la silhouette menue se détacha du bastingage et se tourna vers lui. Guinoux, horriblement pâle et cerné, le regarda enfin et Lunaire lut dans ses yeux qu'il le reconnaissait.

Cardec l'observait :

— Qu'est-ce qui te prend ?... Calme-toi, gamin, on est en famille...

C'est comme une pâte là au fond. Tout s'amalgame, et c'est pas beau.

Des cris aigus montèrent du plancher et Lunaire sentit son épiderme se hérisser. Il croisa le regard de pure terreur de son petit frère. L'espace de quelques secondes, leurs yeux s'accrochèrent comme deux mains qui se cherchent.

— Tiens, tu vois ? T'as réveillé Abel ! s'exclama le capitaine.

Il frappa plusieurs fois le plancher de ses bottes.

— Ta gueule ! On t'entend trop !

Il éclata de rire.

— Il a mal dormi, l'Abel. Ça tanguait trop. C'est qu'il est fragile, délicat comme une fille...

Lunaire arrondit la bouche pour crier.

Une image déferlait dans son cerveau.

Six chiens décharnés, les yeux injectés de sang, se jetaient sur un homme terriblement pâle et maigre, si faible qu'il avait de la peine à tenir assis. L'homme poussait des hurlements stridents, qu'on eût dits déconnectés du corps, tandis que les chiens s'acharnaient sur son corps épuisé.

— Morvan ! cria Cardec, sa voix éventrant l'air comme un scalpel.

Les morts marchent, ce soir, petit. Ils sont… en colère, vois-tu.

Durant un instant, rien ne bougea, ni souffle ni paupière.

Puis un homme émergea de la foule, avançant assez près pour que le garçon pût le toucher. Mais il ne devait pas faire ça.

T'as raison. C'est contagieux.

Lunaire s'écarta de Morvan et fit un pas vers son frère, le mettant sous sa protection.

— Non, lui tu ne peux pas le toucher non plus, l'avertit Cardec, dont la voix métallique l'arrêta.

Lunaire regarda Guinoux dans l'espoir d'être détrompé, mais le p'tit gars avait sur le visage une expression *absente*, et tout son amour de frère se heurtait à cette façade éteinte.

— Abel s'est réveillé de mauvais poil…, reprit le capitaine. Dis-moi, Morvan, tu vois pas ce qui aurait pu le mettre de travers ?

Une étincelle dangereuse s'éternisa dans l'œil droit de Morvan et se prolongea dans le gauche, celui qui tenait tant bien que mal.

— Morvan, c'était un prix d'beauté, avant, ricana Cardec. Elles le voulaient toutes ! Si elles te voyaient, maintenant, tes fiancées…

— Morvan, oh, Morvan…, gémit une voix familière dans la tête de Lunaire.

Il frémit, car cette voix n'avait *aucune raison de se trouver là*.

— Que t'est-il arrivé ? Que t'a-t-il fait ? poursuivit la voix.

Allez-vous-en, je vous en supplie, pensa Lunaire.

Déjà le géant avait flairé cette présence et fronçait les sourcils.

Allez-vous-en, *allez-vous-en*, répéta le garçon dans une prière muette, n'osant invoquer *son* prénom. La présence s'intensifia, lui transmettant des images qu'il repoussait de toutes ses forces avec les siennes, et ces images se superposèrent à toute allure comme les cartes d'un jeu de tarot : la jetée noire de monde du port de Saint-Malo, un bûcheron levant sa hache, un homme jeune qui ressemblait à Morvan valsant sous les lampions d'une fête foraine, un lapin blanc pendu par les oreilles, le capitaine portant une fillette blonde sur ses épaules, deux enfants aux joues roses cachés derrière le mur d'une maison de pain d'épice, le mot *danger*, le mot *attention*, le mot *loup*, un moine au visage dissimulé sous un capuchon, intimant le silence un doigt sur ses lèvres…

Les hurlements sous la trappe avaient monté d'un cran.

— Ces cris, qu'est-ce que c'est ?

Lunaire se couvrit les oreilles, protection illusoire.

— Mon Dieu, ces cris…

— Qui as-tu emmené sur mon bord ? rugit Cardec.

Morvan braqua son regard asymétrique sur le garçon qui tremblait comme un animal pris au piège.

Brusquement, Lunaire sentit que la *présence* quittait son esprit. Ce fut une douleur et un soulagement.

La voix d'Ardélia Loudun retentit distinctement sur le pont de *La Marie-Louise* :

— Yvon Cardec, laisse cet enfant en paix !

Le capitaine ne sembla pas surpris.

— Te voilà, vieille Punaise... Tu t'es servie du gamin pour me trouver, pas vrai ? Où es-tu ? Montre-toi !

Ils la découvrirent derrière le voile d'un reflet vacillant. De la trame fluctuante de ses rides émergeait en surimpression le visage de ses quinze ans, ce visage que Lunaire avait vu en photo. Les deux visages, l'actuel et l'ancien, coexistaient et s'entremêlaient, leur donnant l'illusion que leurs yeux leur jouaient des tours. Étrangement, elle semblait l'unique présence fantomatique sur ce bateau.

— Pourquoi t'en prendre à ce garçon ? demanda la voix d'Ardélia. Mon frère ne t'a pas suffi ? Et toi, poursuivit-elle, s'adressant à Morvan, vas-tu le laisser faire ? J'avais confiance en toi... Je t'avais donné ma foi...

Lunaire vit une lueur s'embraser dans les yeux de Morvan. Les mots d'Ardélia réveillaient celui qu'il avait été, son humanité perdue. Il baissa la tête, incapable d'en supporter le rayonnement. Mais Ardélia avait entamé sa coque de pierre. Quelque chose se fendillait en lui, se réchauffait, qu'il ne pouvait plus arrêter.

La voix de Cardec claqua dans l'air.

— Morvan sait ce qu'il en coûte de me désobéir. Pas vrai Morvan ?

Fasciné, Lunaire vit la partie rongée frémir sur le visage du second, comme si la chair suppliciée recouvrait la mémoire.

La silhouette spectrale d'Ardélia hypnotisait Morvan et ses mains tremblaient d'émotion, comme vacille la chair que l'on touche avec une tendresse dont elle a perdu le souvenir et l'usage.

— Quant à toi, ma belle, ajouta Cardec en s'adressant au reflet vacillant de celle qui avait été belle et désirable et s'était refusée à *lui*, et qui osait revenir le narguer sur *son* bord, j'ai une surprise pour toi…

De sa botte droite, il frappa fort le plancher.

La chose qui n'était qu'une plaie, *en dessous*, redoubla de hurlements.

Les deux visages d'Ardélia se troublèrent et sa voix redevint celle d'une vieille dame effrayée par les craquements du vent :

— Ces cris, ces cris, qu'est-ce que c'est ?

— *Qu'est-ce que c'eeeest ?* l'imita Cardec. Mais c'est ce que tu veux tant savoir, ma chère… Ce qui te hante, depuis que tu n'as plus ta chère mauviette pour te tenir chaud la nuit…

Ardélia était partagée entre deux pulsions dont chacune pouvait l'entraîner dans l'abîme. Lunaire souffrait d'assister à cette lutte reptilienne de la curiosité et de la peur.

Les hurlements les traversaient comme des lames bien aiguisées.

— Gauthier, Lambesc ! La trappe ! cria le capitaine.

Non, pas la trappe… pensa Lunaire. Elle ne doit pas voir ça.

— Mon Dieu… Lunaire, qu'y a-t-il là-dessous ? supplia Ardélia avec une voix ténue, chevrotante.

Lunaire la fixa, impuissant, tandis que les deux gaillards soulevaient la trappe dans un même souffle. Elle s'ouvrit dans un grincement sinistre.

Lunaire sentit l'étau d'une main puissante se refermer sur son épaule et l'immobiliser. Mais cette fois, ce n'était pas celle de Cardec.

Déjà Ardélia s'approchait, se penchait…

Ce qu'il restait d'un homme s'agitait en bas. Un puzzle de souffrance où s'obstinait la vie, sans savoir pourquoi.

Abel… Abel…, gémit Ardélia.

Le bras d'acier de Morvan retenait Lunaire, mais il *voyait* Ardélia penchée sur l'homme en morceaux, ses larmes, ses lèvres embrassant le corps à l'aveuglette, tandis que la chose qui avait porté le nom d'Abel tremblait entre ses mains tel un enfant malade, un enfant délirant prenant sa sœur pour la mort.

— Que lui as-tu fait, qu'as-tu osé lui faire ? siffla la voix d'Ardélia, dressée devant Cardec. Réponds ! enfla la voix, concurrençant le vent.

Sans répondre, Cardec recula légèrement.

— RÉPONDS ! Qu'as-tu fait ?

La houle se hérissa en une myriade de vagues courroucées. La rage d'Ardélia nourrissait celle de l'océan.

— Il était malade, il allait crever comme un rat, comme un rat ! hurla Cardec.

Sur le visage du capitaine, Lunaire lut une peur viscérale. Un tourment très ancien lâchait prise, libérant assez d'images pour les hanter à jamais :

… La tempête, l'humidité glaciale, le vent cinglant les visages épuisés des hommes de quart, le choc sourd de la coque éventrée par le fantôme d'acier englouti par la nuit, les cris des hommes, la mise à l'eau des doris dans le bouillonnement glacé, les lames hautes comme

des falaises, les doris renversés, les coups de rame heurtant des noyés…

… Et puis l'accalmie, la mort lente… sept hommes dans un doris, changés en vieillards l'espace d'une nuit, et Lui, qu'ils avaient repris à la mer par charité, à la barbe de leur capitaine, Lui qui agonisait sur le banc de nage, blanc comme un suaire… Cardec ne pouvait plus endurer cette mauviette, il fallait en finir. Alors il avait parlé en chef, il leur avait expliqué la marche à suivre… il avait vu la crainte sur le visage de cette bande de sans couilles, voilà qu'ils craignaient Dieu, à deux pas de glisser dans l'abîme… mais le capitaine avait barre sur eux, il était leur gardien, leur Berger, ils avaient trop peur qu'on les bascule tout vifs à la baille, ils obéiraient, question d'heures, de minutes, guidés par leur estomac béant, leur gosier sec, la folie qui déjà s'emparait de leurs esprits…

Alors son second avait osé le contrer, lui qu'il avait formé, favorisé, créé à son image … À bord, déjà, il protégeait la mauviette derrière son dos, rattrapant ses bévues et ses imprudences, et maintenant il se dressait contre lui, tentant de lever une mutinerie de fin du monde !

Il l'avait châtié publiquement, afin que tous comprennent où était leur intérêt. Il y allait de leur survie, et la survie est animale et sans scrupules, elle ne redoute pas d'être damnée.

Prenez et mangez-en tous… il n'inventait rien, quelqu'un d'autre l'avait dit avant lui, quelqu'un qui connaissait son affaire…

Prenez et mangez-en tous… Que personne ne refuse, que personne ne vomisse… et lui, le premier, s'était hâté de planter ses dents, ingérant la vie de la mauviette, plus fort à chaque bouchée, et il pensait à Elle, là-bas, dont il mastiquait le trésor, se demandant si l'écho de son triomphe lui parviendrait un jour ou si elle resterait captive du doute et de l'espérance.

Alors qu'importait si la mauviette leur avait porté la poisse, s'ils étaient morts l'un après l'autre, ce goût âcre empoisonnant leurs papilles ? Qu'importait s'il avait dû crever lentement, avec pour seul spectacle cette pauvre larve de Lambesc qui claquait des dents en répétant « Mon Dieu ayez pitié, je suis maudit, maudit... » ?

Il avait gagné. Les mutins s'étaient rendus, le sacrifice avait été consommé.

Lunaire grelottait sous la main ferme de Morvan. Il savait qu'Ardélia n'était pas assez forte pour affronter ces images, même si elle avait livré Cardec à sa propre démence.

En effet, le reflet de la vieille dame commença à pâlir, à s'estomper, et les traits de son visage juvénile se fondirent dans les rides comme un greffon qui prend.

Au même moment, les morceaux d'Abel se réparaient, reprenaient forme de corps, un corps enroulé sur lui-même, à présent silencieux.

Lunaire regarda Morvan à temps pour surprendre une larme qui roulait sur sa joue intacte, trace d'une promesse non tenue, concentré de sentiments enfin libérés, confiés à leur destinataire à l'instant de la quitter à jamais.

Déjà le spectre d'Ardélia s'effilochait dans les bourrasques du vent. Furtivement, sa voix déposa quelques mots dans la tête de Lunaire avant de le quitter :

Ne le laisse pas entrer en toi… Il ne peut rien te faire si tu ne l'y autorises pas.

Soudain, ce fut comme si Ardélia ne s'était jamais trouvée là. Comme si la mer s'était dressée de son propre mouvement, pressée d'avaler ce bateau brûlant de colère. Il suffisait d'humer le vent pour sentir ce qui approchait, d'observer la vapeur qui montait de la crête noire des vagues. Bientôt l'orage éclaterait, entraînant la mer vers son apothéose, et leurs puissances emmêlées plus étroitement que les doigts des amants emporteraient les mâts, les voiles et les hommes, briseraient le bois du pont, fendraient le ventre du bateau, balayant leurs silhouettes lilliputiennes avec la jubilation d'un enfant réduisant en miettes son jouet préféré.

Morvan flairait le vent tel un chasseur au guet. Les roulements de tambour avançaient sur eux. Au claquement des drisses contre les mâts répondaient les grincements des haubans et des dents dans les mâchoires.

La tempête rendit Cardec à lui-même. Il hurla des ordres à ses hommes, réveillant leurs corps de pierre. Chacun prit son poste, manœuvrant cordages et filins, carguant les voiles, réduisant la toile pour mettre le trois-mâts en cape sèche, avec une précision et une efficacité que le chaos alentour rendait irréelles.

La Marie-Louise en dérive tanguait violemment sur la mer démontée, résistant au coup de chien avec la vaillance de ces vieux gréements qui n'ont plus rien à perdre. Lunaire cherchait Guinoux, aveuglé par le grésil. Où étaient-ils tous, et où était Cardec ? Brutalement, il se sentit soulevé de terre, et Morvan l'arrima sur son dos avant de s'élancer vers la mâture. Il se cramponna instinctivement à son cou, surmontant le malaise que créait le contact d'une chair éteinte, et ils grimpèrent, grimpèrent à l'assaut du grand mât dont la pointe s'enfonçait à perte de vue, là-haut, dans le ciel sans étoiles.

Ne regarde pas en bas, mon amour, supplia la voix de sa mère, échappée du souvenir.

Et soudain, ces mots haletants d'une respiration toute proche :

— Par où espères-tu t'échapper, salopard ?

Cardec était sur leurs traces. Le géant roux se hissait derrière eux, il n'était plus qu'à quelques mètres. Si Morvan avait l'avance et l'agilité du gabier entraîné, ses mouvements étaient ralentis par l'ankylose.

Ils étaient si haut maintenant, et Cardec ne tarderait pas à les rattraper. Lunaire pouvait presque sentir son souffle sur ses mollets.

Non, non, ne regarde pas en bas, répétait la voix de sa mère.

— Je te tiens ! rugit Cardec en attrapant la jambe de Morvan.

Au même instant, un sinistre craquement dans la carène les força à baisser les yeux.

La mer éventrait *La Marie-Louise*, rouvrant sa cicatrice brune à hauteur du grand mât. Et tandis que le mât s'inclinait dangereusement sur son axe, Lunaire *regarda en bas*, il vit l'autre moitié de la coque s'enfoncer dans l'eau bouillonnante, emportant dans l'abîme une petite silhouette maigre dans un ciré trop grand…

Il ne cria pas mais ce cri, irradiant sa poitrine comme la foudre, le projeta hors du rêve.

Il crut qu'il rêvait encore, ou délirait sous l'effet d'une forte fièvre. Une puissante odeur d'humidité frappait ses narines, il tremblait de tout son long et sa tête venait régulièrement heurter la roche. Dans l'obscurité, il lui sembla voir deux silhouettes lutter sans merci. Il y eut un cri rauque à côté de lui, un choc sourd. Il perçut une plainte étouffée tandis que deux bras puissants l'extirpaient de sa cachette et qu'un homme le jetait sur ses épaules comme un lièvre blessé. Il gémissait faiblement, appelant sa mère. Bientôt il sentit le vent glacé sur sa peau, un grondement de houle. Celui qui le portait faisait de larges enjambées, courait peut-être. À nouveau il perdit conscience.

Peut-être était-il entré par erreur dans ce lieu sans nom, ce corridor qu'empruntent les esprits à certaines heures, certaines nuits. Il s'était montré effronté en violant l'une de ces lois implicites qui jettent les imprudents au fond du Tartare. Certaines choses doivent demeurer cachées. Celui qui les surprend aura la bouche cousue.

Quand les bras de l'homme le déposèrent dans l'herbe mouillée de la lande, il délirait toujours, répétant deux prénoms que nulle logique ne pouvait réunir, dans ce monde ou dans un autre : *Guinoux… Morvan, Morvan…*

13

L'autre Abel

Le téléphone réveilla Eb en sursaut, peu avant cinq heures du matin. Il se levait souvent avant le jour, se préparant dans la pénombre de sa cuisine un café qu'il dégusterait en assistant à l'embrasement du ciel. Mais cette nuit, Eb avait longuement devisé en compagnie de la bouteille d'eau-de-vie de prune avant de s'assoupir dans son fauteuil. Grimaçant de douleur et pestant jusqu'au bas de l'escalier, il décrocha le combiné. Sa mauvaise humeur s'évanouit en entendant Ardélia.

— Eb, je te réveille ?

— Pas du tout.

— Je crois que si. Excuse-moi, mais je… j'ai fait un terrible cauchemar… Il faut que je te parle de quelque chose, c'est important. Quelque chose que je n'ai révélé à personne…

— Attends, calme-toi, dit Eb, alarmé par le ton de sa voix. Je viens chez toi, ce sera plus simple.

— Non, c'est inutile, le coupa-t-elle. Je voulais juste te le dire, parce que Lunaire voudra peut-être savoir, un jour…

— Tu le lui diras toi-même…

— Je ne pense pas que j'en aurai le temps. Je t'en prie, Eb, c'est important. Je suis si fatiguée.

— Je t'écoute, capitula Eb, le cœur serré.

— Merci. Tu sais qu'au moment de son départ mon frère, fréquentait une jeune femme… je t'en ai parlé, je crois. Héloïse Le Noac'h.

— Oui, je m'en souviens.

— Ils devaient se marier à l'automne suivant, au retour d'Abel. Puis on a appris le naufrage. À ma grande surprise, Héloïse m'a fermé sa porte. Elle ne voulait plus me voir. Je lui en ai tellement voulu ! Elle m'abandonnait au moment où j'avais besoin de l'affection de ceux qui avaient aimé mon frère…

— Je comprends.

— Quelques mois plus tard, j'ai appris qu'elle se remariait. Avec un pêcheur du coin. Comment pouvait-elle faire ça à Abel ? Il était mort depuis trois mois ! Je le revoyais à l'embarcadère, me confiant ma future belle-sœur… Elle s'est installée dans le village de son nouveau mari, à Saint-Laurent-de-la-Mer, là-bas, près de Saint-Brieuc. Elle n'avait invité à ses noces aucun témoin de son passé. À cette époque, je n'arrivais plus à supporter que la vie continue malgré leur mort à tous, comme s'ils n'avaient laissé aucune empreinte et qu'il suffisait de continuer sans eux... J'ai dit adieu à Nolwenn, j'ai rejoint la famille de ma mère en Normandie. Dix-neuf ans plus tard, je suis rentrée et j'ai acheté cette maison, loin des rumeurs et des ragots de Dinan. J'avais trente-cinq ans, j'étais encore jolie, tu te souviens ?

— Oui, répondit Eb avec une émotion douloureuse. C'est à ce moment-là que je t'ai connue. Tu afirmais que tu ne te marierais jamais.

— C'est vrai ! Je ne voulais plus dépendre de personne, j'avais fermé mon cœur à double tour. Et puis j'ai commencé à retourner à Dinan ; j'avais besoin de retrouver des gens qui avaient connu mon frère, mon père… Nolwenn était morte depuis longtemps mais j'ai renoué avec quelques amis et fait ta connaissance. Un jour de janvier où je remontais la rue du Jerzual comme au bon vieux temps, j'ai manqué m'évanouir en croisant un jeune homme… Eb, cet inconnu était le portrait de mon frère ! Je ne suis pas superstitieuse, mais j'ai cru que le fantôme d'Abel venait à ma rencontre… Le temps de me ressaisir, je l'ai suivi jusque dans une taverne du port. Je me suis assise au bar, non loin de lui. Imagine mon émotion quand un marin coiffé d'une casquette est entré et lui a tapé sur l'épaule en l'appelant Abel ! Je l'ai regardé boire et parler avec ses amis et quand il est parti, j'ai interrogé la femme du patron, qui m'a appris son nom. Ce n'était pas un spectre …

— C'était le fils d'Héloïse ?

— Bien sûr… Il portait le nom de son second mari et le prénom de son père. Les mêmes yeux bleus invraisemblables… En le regardant, je voyais mon frère. J'ai pris le train jusqu'à Saint-Brieuc, arpenté Saint-Laurent-de-la-Mer à la recherche d'Héloïse. J'ai fini par la retrouver. Elle s'était épaissie mais elle restait belle. Elle m'a fait jurer de ne jamais révéler à son fils l'identité de son père. « Ça leur ferait trop de chagrin à tous les deux », m'a-t-elle dit, « Jean-Baptiste m'a prise avec l'enfant, j'étais déjà grosse. Il l'a aimé comme son fils. Il y a eu assez de malheur comme ça. » Elle m'a interdit de chercher à revoir Abel, et j'ai dit oui à tout, même si ça me crucifiait ! Me priver de connaître le fils de mon frère… Je ne sais pas pourquoi j'ai accepté, je ne lui devais rien. J'aurais tout donné pour une place minuscule dans la vie d'Abel, le fréquenter de loin, apprendre à le connaître. Enfin, c'est du passé, tout ça. Maintenant cet homme est mort, Héloïse aussi, je suis la seule encore en vie. Je te confie cette histoire pour que tu puisses la raconter à Lunaire.

— C'est toi qui lui raconteras, corrigea Eb.

— J'ai rêvé de lui, dit-elle. J'étais avec lui, sur *La Marie-Louise*… Eb, peux-tu me promettre de veiller sur cet enfant ?

— Ardélia…

— Non, ne dis rien. Promets-moi juste de veiller sur lui.

— Bien sûr, mais pourquoi es-tu si angoissée, tout à coup ?

— Je suis juste fatiguée. Maintenant, je vais pouvoir me reposer. Je t'aime beaucoup, Eb. Tu le sais, n'est-ce pas ?

— Oui, souffla le vieil homme, la gorge nouée. Moi aussi je t'aime beaucoup, ajouta-t-il, maudissant cet adverbe qui atténuait sa déclaration, déguisait la vérité.

— Bonne nuit, Eb, murmura-t-elle avec une douceur infinie.

Elle avait raccroché, sans lui laisser le temps de protester, de la retenir, de forcer le passage. Tant d'années… et il s'était contenté de se tenir là, près d'elle quand elle le voulait bien, sourd à son propre cœur.

Elle le quittait. Il le pressentait, et la tristesse le ravageait telle une marée d'équinoxe. Elle le quittait et il ne pouvait la retenir.

Eb regarda monter les roses et les rouges de l'aurore dans le gris fumé du ciel, torturé par son impuissance, pensant au secret qu'elle lui avait confié. Il se fichait bien qu'Abel Le Faou eût été le rejeton d'Abel Loudun.

Cette fois, tout est accompli. Le petit est entre de bonnes mains.

Pauvre cher Eb… Il avait compris, bien sûr.

C'eût été trop douloureux de le laisser venir. Ardélia ne voulait pas qu'on l'empêche de partir. Lui moins que tout autre.

Elle avait espéré qu'il tomberait amoureux d'une autre femme. S'il avait été différent, s'il n'avait pas poliment attendu qu'elle lui permette de l'aimer, s'il l'avait forcée à le regarder, s'il avait possédé la séduction désarmante de Morvan, alors, peut-être…

Pourtant elle regrettait de s'être montrée si entêtée, si dure avec elle-même, avec les autres.

Quelque chose avait changé cette nuit, un barrage avait cédé en elle, libérant assez d'émotions pour la tuer. Sa haine l'avait quittée aussi brutalement qu'elle l'avait possédée, consumée, brûlant en pure perte. Elle n'avait plus besoin de veiller sur Abel. Elle s'était toujours sentie responsable de lui, depuis l'enfance. Cette mission ne s'était pas arrêtée avec la nouvelle du naufrage, comme si elle devait le protéger par-delà la mort. Ce cauchemar éprouvant lui avait permis de comprendre que son frère n'avait jamais eu besoin de sa protection, qu'il avait eu la force d'aller au bout de sa résolution, de ses rêves brisés.

Elle s'allongea sur son lit, avec des gestes précautionneux. L'aube pâle se levait sur la forêt. Elle avait toujours adoré le lever du jour. L'aube était le seul instant où elle aurait pu croire en l'existence d'un dieu. Elle aimait sa forêt, ses odeurs puissantes de terre mouillée, de sève et d'écorce, le battement d'ailes effrayé des petites chouettes surprises par les premières lueurs. Peut-être se dissoudrait-elle en paillettes emportées au vent, nourrissant les racines des grands pins, des chênes tordus, des hêtres au feuillage bruissant de murmures.

Les émotions circulaient en elle, libres comme des fillettes courant les joues en feu.

Des visages. Son père, avec sa moustache mince ponctuant son visage pointu, jetait avec désinvolture sa veste de costume sur la plage arrière de sa nouvelle voiture, les invitant à monter près de lui, moquant leur hésitation : « Allez, montez ! On va l'essayer ! »

Les yeux de sa mère, doux et si bleus qu'Abel avait dû attraper le goût de l'océan en les regardant. Ses mains blanches virevoltant sur les touches du piano, devant la fenêtre dont la brise gonflait le rideau blanc.

C'était une famille heureuse. Peut-être le malheur n'avait-il été qu'un accident du bonheur, un battement de cils qui les avait durablement aveuglés, une illusion dont ils étaient restés captifs, mais plus maintenant, plus maintenant. Désormais elle voyait clair, la vie ne les avait pas quittés, elle avait continué à leur prodiguer son rayonnement. Ceux qui étaient partis s'étaient juste éloignés un peu, mais voilà qu'ils venaient la chercher, l'escorter. Comme ils lui avaient manqué ! Un bonheur insoutenable dilatait son être. Elle n'était plus seule, sa peau se détendait, retrouvait ses couleurs de pêche et de cerise, ses cheveux voletaient librement sur ses épaules, sa poitrine palpitait, son corps était léger, vigoureux, ivre de mouvement, ses pieds dansaient, des notes de musique s'égrenaient dans sa tête… était-ce sa mère qui jouait pour elle ?

Alors elle le vit. Il l'attendait, nonchalamment appuyé contre le tronc d'un chêne, comme cette nuit-là, la veille de leur départ. Il lui avait dit en souriant qu'il était temps qu'il la raccompagne chez elle. « Il n'en est pas question », avait-elle répondu, son petit pied trépignant sous sa jupe. Elle voulait, exigeait qu'il reste avec elle. Elle avait vu l'eau de son regard changer, elle l'avait vu partagé entre la raison et le désir. Et la peur aussi. Elle était si jeune.

Non, pas *si* jeune, avait-elle protesté, ensorcelante. Elle n'avait plus ni père ni mère pour lui interdire d'aimer avant d'être mariée. Elle voulait goûter le plaisir d'un baiser qu'elle aurait choisi, espéré. Elle voulait s'allonger dans l'herbe, où il voudrait, et naître à elle-même en devenant sienne.

Il l'avait embrassée, soudain timide. Elle avait entraîné ce baiser plus loin, forçant le barrage à mesure qu'il l'érigeait. Pourquoi était-il intimidé, cet homme qui séduisait plus de femmes qu'il n'en pouvait tenir dans ses bras ?

Il lui avait murmuré qu'avec elle, c'était différent. Elle avait clos ses lèvres d'un baiser, heureuse. Elle le désirait, elle en était sûre, s'amourachant de lui à toute vitesse. Elle lui avait ordonné de la déshabiller. Il osait à peine toucher son corps. Et puis son désir l'avait débridé, il s'était autorisé à la posséder, à l'aimer aussi fort qu'elle l'exigeait, son corps élancé comblant le sien. Elle s'était donnée comme une affamée, si pressée d'atteindre le plaisir qu'elle en brûlait les étapes. Ça l'avait fait sourire.

Ils passeraient la nuit ensemble, il ne voulait plus la quitter. Elle libérait pour cet homme tout l'amour dont elle était capable, sans se demander s'il était sage de le faire.

« J'ai confiance en toi », lui avait-elle dit. Il s'était tu, ému. « J'ai peur de te blesser », avait-il murmuré. Il n'avait jamais connu semblable crainte. Il avait cru bon de la prévenir que sa réputation était fondée.

« Je sais. Je suis en train de tomber amoureuse d'un don juan, mais je n'arrive pas à trouver ça grave. Qu'est-ce que je pourrais redouter ? Que tu me quittes ? Tu pars demain ! »

Il lui avait dit qu'elle était belle comme les dames qu'on n'ose pas approcher, qu'on regarde passer, dont on rêve la nuit sur sa couchette, en écoutant la mer.

« Alors je serai ta dame. Celle qui s'est arrêtée, qui t'a regardé, qui t'a désiré. »

Il l'avait serrée dans ses bras et ils avaient refait l'amour lentement, comme pour sceller un pacte.

Elle était consciente de son pouvoir amoureux sur cet homme, ivre de l'attraction sensuelle qui se dégageait d'elle, de l'émotion inédite qu'elle lisait dans ses yeux, ce bouleversement partagé qui se mêlait au désir.

Ils s'étaient endormis comme on se rend, au bout d'un long voyage.

Depuis, elle avait revécu cette nuit chaque soir de sa longue vie, avant de s'endormir, et la force du souvenir ne s'était pas usée. Peut-être parce qu'ils n'avaient eu qu'une seule nuit, et avaient dû y condenser cette histoire, leur histoire, dont toutes les promesses étaient restées suspendues.

Il l'avait attendue, il était là, devant elle, un sourire aux lèvres. Il serrait dans sa main toutes les lettres qu'elle lui avait écrites, et qu'il n'avait jamais reçues. Leur parfum de fleur d'oranger était resté intact.

Elle quitta la vie en allant à sa rencontre, sans douleur. La souffrance de son corps n'avait plus le pouvoir de l'arrêter, elle passait au travers, pressée, impatiente. Quand Ebenezer la découvrit, quelques heures plus tard, il fut saisi par la douceur et la *joie* qui s'étaient déposées sur son visage. Comme un message qu'elle aurait laissé à son intention, pour l'aider à vivre sans elle.

Elle était morte en ignorant que dans les veines de Lunaire, auquel elle s'était attachée si instinctivement, coulait le sang de son frère. Peu importait, à présent.

Ebenezer Gautreau avait sonné à la porte de la maison d'Ardélia en respectant leur code. Comme elle ne répondait pas, il avait fouillé dans la terre du troisième pot d'hortensias, sur le perron, y dénichant la clef qu'elle y laissait toujours.

Un peu plus tard, il avait redescendu l'escalier en se sentant vieux, appelé le médecin, pris des dispositions pour faire enlever le corps. Ardélia avait souvent émis le souhait d'être inhumée près de ses parents, au cimetière de Dinan, sans cérémonie religieuse.

Pressé de s'échapper, de respirer loin des arbres de Coetquen dont la densité l'oppressait, Eb rejoignit le père Jo. Ensemble, les deux amis descendirent jusqu'au bord de la Rance, à l'endroit où Ardélia venait chaque jour attendre *La Marie-Louise*, le cœur battant.

— Le médecin dit qu'elle a dû subir un choc émotionnel quelques heures avant sa mort, qui a épuisé son cœur. Si j'avais insisté pour la rejoindre, peut-être…

— Les regrets ne servent à rien, coupa le curé. Elle désirait mourir seule. Elle est morte paisiblement, c'est une consolation…

— Quand elle m'a appelé, cette nuit, elle savait, dit Eb. J'aurais voulu être là, l'accompagner. Quand je pense qu'il y a quelques heures, on a eu cette conversation, et qu'à présent…

— Il y a toujours quelque chose d'irréel dans la mort. Ceux qui partent nous laissent seuls, encombrés de tout ce qu'on n'a pas su leur dire.

— Je vais devoir l'annoncer à Lunaire… Là, je ne m'en sens pas le courage.

— Le matin de l'enterrement du petit Ronan Le Faou, j'avais une fièvre de cheval !... Je ne supportais pas de voir descendre ce minuscule cercueil en terre. D'assister au naufrage d'Abel et de Rose. Et pourtant, j'ai fait ce que j'avais à faire...

Ebenezer contemplait la Rance qui miroitait paisiblement vers la Manche, sans se préoccuper du destin des hommes, de leur temps compté, de leurs luttes titanesques et pathétiques. Étrangement, cette indifférence de la mer l'apaisait. Oui, Jo et lui se ressemblaient. La vie les avait préservés, frappant tant d'autres sans merci. Longtemps, il avait cru qu'Ardélia tenait aussi la souffrance à distance. Il se trompait, elle était animée d'une telle force que sa vie s'était consumée de sa propre flamme. En le réalisant, il comprit pourquoi son amour n'avait pas pris corps, pourquoi les mots, ces fichus mots, étaient restés suspendus.

— Toutes ces années, j'ai attendu le bon moment... Mais en vérité, je n'étais pas assez courageux pour l'aimer, constata-t-il avec amertume.

— Je me suis souvent dit ça, répondit Jo. À propos de Rose... Au fond, la prêtrise, le célibat, est-ce que je n'ai pas fait ces choix pour me protéger ? Je ne sais pas, j'étais si jeune... J'ai aimé Rose, j'ai aimé ses gosses. Comme toi : tu t'es attaché à Lunaire et tu veux l'aider, au risque de bouleverser sa vie.

— C'est vrai. Je me sens responsable de ce gamin. Et puis Ardélia me l'a confié. Cette nuit, pendant mon insomnie, je pensais à Ronan Cardec enfermé dans sa cellule d'aliéné... Je me demandais pourquoi il répétait sans cesse, dans sa tranchée du

Mort-Homme, que sa mère ne voulait pas qu'il soit marin. Est-ce que ça lui apparaissait soudain terriblement ironique ?

— Sans doute… Marie-Amélie, la mère de Ronan, était un personnage… Une femme rigide, d'un autre temps. Quelque temps après avoir reçu la lettre du toubib de l'asile, Rose m'a confié avoir entendu sa mère dire à un ami : « Je préfère qu'il soit mort que fou. » C'était ce genre de femme… Elle avait ses raisons. Au moment où elle était enceinte de Rose, sa sœur cadette, Rozenn, est allée se noyer avec sa petite fille, âgée de quelques années à peine… Elle venait d'apprendre que son mari était mort en mer. C'est curieux comme le malheur s'acharne sur certaines familles… Marie-Amélie était très proche de sa sœur. Quand on lui a annoncé cette catastrophe, elle a accouché de Rose plus de deux mois avant terme… Quelques années plus tard, la mer lui prend son mari et son fils…. On comprend qu'elle ait défendu à son dernier fils d'être marin ! Là-dessus, Ronan revient cinglé de Verdun, elle reste seule avec Rose… Leurs rapports étaient tendus. D'ailleurs, Rose n'a pas invité sa mère à son mariage.

— Bon sang, j'allais oublier ! s'écria Eb. Comment s'appelait la mère d'Abel Le Faou ?

— Élise, ou Héloïse… Elle n'est pas venue non plus au mariage. Apparemment, elle désapprouvait le choix de son fils. Je ne sais pourquoi, mais il y a des rancœurs tenaces dans les villages, dont on a oublié la source mais qui se perpétuent de génération en génération…

— Ça y est, ça me revient : Héloïse Le Noac'h, reprit Eb.

— Oui, Le Noac'h, c'est ça.

— Cette nuit, Ardélia m'a raconté que son frère Abel s'était fiancé avec Héloïse. S'il n'était pas mort deux mois plus tard, ils auraient dû… hâter les noces. Enceinte et abandonnée à son sort, la pauvre fille a épousé un brave type qui a reconnu l'enfant. Abel Le Faou n'a jamais su qui était son vrai père.

— Son père biologique était le frère d'Ardélia, si je comprends bien ? Il s'appelait aussi Abel ? Comment est-il mort ?

— À Terre-Neuve, à bord de *La Marie-Louise*, précisa Eb.

— Le bateau de Cardec ?

— Quel bateau de qui ?

— Le bateau du capitaine Cardec, *La Marie-Louise*, bon Dieu ! insista Jo.

— Si *La Marie-Louise* était le bateau de Cardec…, se mit à raisonner tout haut Eb.

— … Héloïse avait des raisons d'en vouloir au capitaine dont le bateau avait sombré avec son fiancé, compléta Jo. Imagine sa tête quand son fils lui a annoncé qu'entre toutes les filles du pays, il avait choisi Rose Cardec !

Eb se tut, abasourdi. Ardélia, Abel Loudun et Héloïse Le Noac'h, Yvon et Marie-Amélie Cardec, Rose et Abel Le Faou étaient les nœuds tumultueux d'un arbre dont les branches s'étiraient jusqu'à Lunaire. Il était sidéré par l'ampleur de cette découverte.

— Les voies de Dieu sont impénétrables, pas vrai ? sourit le prêtre.

Des courants contraires avaient réuni la famille d'Ardélia et celle du capitaine Cardec.

— Mais alors, dit Jo, Lunaire et Ardélia ont un lien de parenté…

— Oui, et Ardélia est morte sans savoir qu'il était son arrière-petit-neveu ! Le descendant direct de son frère…

— Il faut le dire à Lunaire… Quand revois-tu ce garçon ?

— Je vais attendre qu'il me recontacte. Je préfère ne pas lui en parler au téléphone, répondit Ebenezer, le regard sombre, fixant la jetée du port où Ardélia ne viendrait plus attendre personne.

14

Guinoux

Guinoux tomba comme une pierre dans un puits, emportant dans sa chute la plus vieille branche du noyer.

Il heurta violemment le sol, et le paysage s'éteignit.

Un vrombissement lancinant lui vrilla les tympans pendant un temps interminable.

Puis il se retrouva à flotter au-dessus de son corps, libre de toute entrave, de toute douleur. Il se voyait d'en haut, voyait Benoît courir vers son corps immobile, le jardin, la branche cassée du noyer, le ballon coincé sur la plus haute branche, avec une acuité stupéfiante.

Que faisait-il là, étendu dans cette position étrange ? Et pourquoi Benoît était-il si bouleversé ?

Il eut du mal à se reconnaître dans ce corps chétif allongé sur l'herbe, à réaliser que c'était lui, et souffrit de se voir dans cet état. Qu'est-ce qu'il était pâle ! Il vit ses parents surgir, se précipiter sur cette poupée de chiffon inerte, et son père appuyer violemment sur sa poitrine, plusieurs fois de suite, avec un air tendu et concentré qu'il ne lui connaissait pas.

Non ! Laissez-moi tranquille ! leur cria-t-il, mais personne ne fit attention à lui.

Il était devenu *invisible*.

Il tenta de saisir la main de son père, pour l'empêcher de peser sur sa cage thoracique. Pourquoi se donnait-il tant de mal pour le réanimer ? « Arrête, Papa, je vais bien », voulut-il lui dire.

Je suis mort, se dit-il, en proie à une euphorie étrange.

Il percevait tous les sons avec précision, du chat roux qui se faufilait à travers les herbes à la sirène de l'ambulance du Samu qui approchait.

Mais ce plaisir dissocié de spectateur s'effaça comme il était venu, balayé par une violente tristesse.

Il était seul, si seul. Tous ces gens ne s'apercevaient pas qu'il était là, perdu, impuissant à se faire entendre.

Au même moment, Guinoux glissa dans l'obscurité.

Il se sentit aspiré dans un conduit qui n'avait pas de consistance, fait de nuit vaporeuse, insaisissable. Alors que l'angoisse se frayait un chemin en lui, il perçut que *quelqu'un* était là, tout près, qui l'escortait sans le toucher, l'enveloppant d'une chaleur bienveillante.

Il continua à glisser à une allure vertigineuse, jusqu'à atteindre l'extrémité de cette sorte de tunnel.

Au cœur de l'obscurité, il commença à discerner des formes, des contours. Puis ces contours se précisèrent. Il distingua des troncs, des feuillages, la masse haute et dense d'une forêt. Une lueur douce filtrait à travers les arbres.

Guinoux sentit que cette lueur venait à sa rencontre, et un sentiment de bien-être l'envahit. Il n'avait jamais éprouvé bonheur si profond, si intense et si paisible. Cette présence immatérielle le connaissait, elle le connaissait depuis l'origine, lorsqu'il n'était qu'un assemblage balbutiant de cellules en nidation. Aimanté vers elle, il brûlait de la rejoindre, de traverser cette forêt que la lumière incendiait sans la brûler. Baigné par son rayonnement, Guinoux se voyait comme il était *vraiment*, cessant de se penser en enfant, en frère. Sa conscience embrassait les ressources infinies de son être, les promesses suspendues.

C'est alors qu'il les vit.

Ils se tenaient à l'orée du bois. Ils lui souriaient. Il aperçut une petite fille bouclée, un garçon fluet qui semblait avoir son âge. Près d'eux, longiligne et émacié, il reconnut le soldat roux qui croyait avoir appris le secret des oiseaux. Apaisé, son visage semblait rajeuni. Enfin il vit une belle dame blonde au visage doux. Il la reconnut sans l'avoir jamais vue, c'était *elle, sa grand-mère*, tel qu'il l'avait espérée dans son imaginaire d'enfant chagrin et incompris.

Les quatre silhouettes demeuraient à distance, elles l'attendaient.

Il se dirigea vers elles.

Leurs visages s'éclairèrent à son approche, et la petite fille aux boucles blondes lui adressa un signe joyeux, levant vers lui sa main potelée.

Il n'était plus qu'à quelques mètres d'eux, à quelques mètres des arbres. Il sentit la lumière se rapprocher, serein, heureux, délivré.

À l'instant où il allait les toucher, Guinoux fut brutalement rejeté en arrière, retenu par une poigne invisible.

Sa grand-mère lui parla sans mots, l'avertissant qu'il ne pouvait aller plus loin, que son temps n'était pas venu, qu'il devait repartir. Il protesta, s'obstina. Alors elle lui ordonna de faire demi-tour, ajoutant que sa mère avait besoin de lui. Guinoux se mit en colère, il ne voulait pas retourner là-bas. *Laissez-moi rester*, s'indigna-t-il. Mais la main invisible ne lui demandait pas son avis.

Et tandis qu'il était arraché, emporté loin de la belle dame, contre son gré, son désir, il contemplait son visage rayonnant d'amour et elle lui dit *sa joie* de l'avoir rencontré. Ils se retrouveraient, quand viendrait le moment.

Guinoux réintégra brutalement cette carcasse dont il ne voulait plus, qui n'était que souffrance. Ce fut comme si un millier d'aiguilles l'irradiaient de douleur, et la digue de son esprit se rompit pour échapper au mal. Tandis qu'il dérivait sans résistance, il commença à percevoir des voix. Celle de son père, étrangement basse et monocorde, celle de sa mère qui se brisait en sanglots. Étonné, il écouta ces voix déformées où affleurait une peine sans fond, mêlées à celle des médecins, des infirmiers du Samu.

— J'ai un pouls ! cria une voix inconnue.

Guinoux ouvrit les yeux, suppliant qu'on mette fin à cette souffrance qui montait de ses bras, de ses jambes, de ses côtes brisées. Il ouvrit les yeux, et découvrit Benoît penché sur lui. Benoît qui ne l'avait pas quitté un instant depuis qu'il avait basculé dans le vide. Des larmes silencieuses noyèrent son visage, exprimant l'émotion de les retrouver, et la tristesse d'avoir dû s'arracher au si attirant pays des morts.

— Qu'est-il arrivé à mon fils ? demanda Ewan au professeur Le Baz.

Marianne Le Baz dirigeait le service de réanimation de l'hôpital de Dinan où Guinoux avait été transféré. C'était une grande femme énergique d'une cinquantaine d'années, dont les yeux vifs scrutaient Ewan derrière de fines lunettes grises.

— Il a passé quelques instants dans un état proche de la mort, répondit-elle. Nous l'appelons « état de mort imminente ». Il a eu beaucoup de chance.

— De mort imminente ? Son pouls ne battait plus mais il n'était pas mort ?

— Le concept de « mort » est difficile à définir d'un point de vue scientifique, vous savez. Ces dernières années, on a eu tendance à allonger le laps de temps qui sépare l'arrêt de l'activité cardiaque de la constatation du décès. On doit distinguer la mort clinique de la mort cérébrale... La médecine considère que l'homme est plus vivant dans son cerveau que dans son cœur. On peut le déclarer mort lorsqu'il n'y a plus d'activité cérébrale, même si le corps continue à fonctionner. Au voisinage de la mort clinique et de la mort cérébrale, il y a des états latents et mystérieux, comme le coma... Ce qu'il s'y passe, le degré de conscience du patient durant ces épisodes, demeurent énigmatiques. Pour résumer, le cœur de votre fils s'est arrêté un certain temps avant de recommencer à battre. Durant cet intervalle, il était quelque part entre la vie et la mort. Ce quelque part n'était pas un coma, mais un état de mort imminente.

— Et maintenant il est tiré d'affaire ? Gardera-t-il des séquelles ?

— De notre point de vue, il va bien, hormis ses fractures, qui seront bientôt un mauvais souvenir, répondit le docteur Le Baz. Mais il peut garder des séquelles psychologiques, émotionnelles. Il a subi un choc important. Il est possible qu'il soit confus, fragile, dans les prochaines semaines. Qu'il fonde en larmes pour un rien, qu'il ait peur d'être seul, qu'il se montre triste ou colérique. Peut-être faudra-t-il le faire suivre par un psychologue pendant quelque temps. Mais en général, avec un peu de patience, tout rentre dans l'ordre, conclut-elle avec un sourire. Vous pouvez considérer votre fils comme sauvé.

Pendant plusieurs jours, Guinoux ne parla à personne de ce qu'il venait de vivre, tant il redoutait de ne pouvoir trouver les mots adéquats. Qui pouvait comprendre ce qu'il venait de vivre, à moins de l'avoir éprouvé lui-même ?

Très entouré, il se sentait pourtant terriblement seul. Les infirmières le traitaient comme de la porcelaine, ses parents et ses frères se relayaient à son chevet, lui apportaient des bandes dessinées, du chocolat. Mais il sentait que son expérience l'avait rendu étranger à ses proches. Les ondes de la lumière n'en finissaient pas de le bouleverser, comme les galets ricochant sur l'eau y dessinent des cercles imperceptibles.

Il avait refusé de voir le psychologue de l'hôpital. Rétrospectivement, il ne pensait pas grand bien du docteur Blanchard et mettait tous les médecins dans le même sac. Il n'avait aucune envie de se plier à leur vision du monde, à leurs catégories bien rangées, si rassurantes et si pratiques.

Guinoux espérait encore redevenir le petit garçon que sa mère aimait. Il se coulait dans ses vieilles habitudes, mendiait des câlins, des baisers. Mais au fond, il n'était pas dupe. Son voyage l'avait changé. Désormais, il n'avait plus peur de mourir. Comme cette peur-là en engendrait beaucoup d'autres, il ne voyait plus la vie comme une course de haies. Il lui faudrait aider sa mère à se familiariser avec cet autre lui-même, comme s'il était né une deuxième fois. La force qu'il sentait en lui remettait toutes choses à leur place dans le grand équilibre du monde. Guinoux aurait aimé rassurer sa mère, lui jurer qu'il était encore son petit garçon peureux, mais ce mensonge était impossible, même avec ce corps affaibli et plâtré. Enogat le regardait parfois d'un drôle d'air, comme si elle devinait. Puis elle chassait ce pressentiment dérangeant. Quand, assise près de lui, elle lui lisait des histoires, Guinoux éprouvait la nostalgie d'un passé au bord de s'effacer.

Éprouvant sa liberté pour la première fois, il n'était plus taraudé par l'envie de rivaliser avec ses frères, de faire sa place. Il existait indépendamment d'eux, n'appartenait qu'à lui seul. Il ne lui restait qu'à trouver l'entrée de son chemin buissonnier.

Enogat pressentait qu'après cette nuit où elle avait perdu, puis retrouvé son petit garçon, elle ne serait plus jamais la même. Quand Benoît avait crié son nom, la tirant d'un sommeil paisible, quand elle était descendue à tâtons, encore ensommeillée, pour trouver le corps sans vie de son enfant, inerte et minuscule dans l'herbe haute, en elle, la petite fille avait hurlé jusqu'à ébranler les racines sous la terre.

La Chose-sans-nom avait pris Guinoux, lui arrachant ce qu'elle avait de plus précieux, le miracle né de son envie de vivre, de son infatigable désir d'aimer. Cette vie assez têtue pour résister à son enfance allait s'éteindre avec l'enfant. Ce qu'elle redoutait le plus au monde s'était produit tandis qu'elle dormait, ayant baissé la garde après des années de veille sans défaut. L'amour insensé qu'elle portait à ses autres enfants n'était pas de taille à lutter contre ce tourbillon. Déjà, elle y coulait tout entière.

Même Ewan ne pouvait la retenir sur la berge, anéanti par sa propre peine. Il la serrait comme un naufragé, il espérait sa force alors que tout en elle était calciné par la foudre.

Le médecin du Samu lui parlait prudemment, comme on s'adresse à quelqu'un qui menace de se jeter d'un toit. Peut-être lisait-il dans ses yeux la résolution sauvage de ces femelles ourses dont on a tué un petit.

Toutes ses phrases se brisaient sur un sanglot. La petite fille pleurait toutes les larmes de son corps.

Benoît était dévasté mais elle se sentait incapable de lui venir en aide. Samson hurlait à l'étage, mais son corps refusait de bouger. Elle était déjà morte à l'intérieur. Et personne ne s'en rendait compte.

Puis le médecin sursauta. Ses appareils venaient d'enregistrer une activité cardiaque.

Distante, elle observa l'équipe médicale s'agiter sans comprendre, jusqu'à ce cri : « J'ai un pouls ! »

Ce n'était pas possible. Ils se trompaient. Ils étaient cruels. Tout à l'heure, elle avait posé ses lèvres sur le front de Guinoux, comme lorsqu'elle soupçonnait une poussée de fièvre. Elle s'était écartée, frissonnante, au contact de cette peau encore souple et tiède d'où la vie s'était échappée, ne supportant pas de toucher ce corps qui ne répondait plus.

Enogat leur cria d'arrêter.

Ne me donnez aucun espoir. Je ne pourrais pas vous le pardonner.

Le médecin lui répéta doucement : « Son cœur est reparti, madame. »

Il lui parlait comme à une femme qui fait une crise de nerfs, alors qu'elle était si calme.

Enogat saisit le poignet de son fils. Une onde régulière battait sous la surface fine de l'épiderme, grêlée de taches de rousseur.

Mon Dieu, dites-moi que c'est impossible, ou prouvez-moi que c'est possible avant que j'en crève.

Guinoux ouvrit les yeux. Il pleurait. Il vivait.

— Il vit ? Il va vivre ?

Le médecin lui expliqua qu'il fallait l'emmener à l'hôpital, car il souffrait de nombreuses fractures. Maintenant ils pouvaient jouer leur rôle, qui n'était pas de pleurer les morts mais de soigner les vivants. On enveloppa Guinoux dans une couverture de survie, avec délicatesse. Elle grimpa dans l'ambulance avec son mari, laissant Benoît veiller sur le reste de la famille.

Quand Lunaire regagna la maison, plus tard dans la matinée, Benoît était seul avec Samson. Enogat ne découvrit jamais que son deuxième fils manquait à l'appel, cette nuit-là, et qu'elle avait échappé à un malheur encore plus grand.

Son cœur de mère débordait de reconnaissance. Elle réalisait qu'elle avait toujours prié Dieu comme on caresse une puissance destructrice pour qu'elle vous épargne. Elle avait baptisé ses fils pour les prémunir contre sa colère. Mais au fond, elle l'avait toujours redouté, n'avait jamais imaginé qu'il pût veiller sur elle ou sur ses fils. Et voilà que cette nuit lui avait rendu son enfant. La main de Dieu s'était posée sur son petit garçon, l'avait arraché à la mort. Elle en était certaine. Guinoux était mort et revenu à la vie sans qu'elle pût y changer quoi que ce soit. Son amour tout-puissant avait été condamné à attendre derrière la porte. La vie de son fils était désormais dans d'autres mains.

Mais peut-être que cette vie n'avait jamais été entre les siennes, même quand il était un nourrisson vulnérable. Sa vieille angoisse desserrait son emprise, libérant un maelström de vieilles peurs et de hantises. Elle acceptait son impuissance à protéger ses fils des dangers de la vie.

Si Ewan s'en remettait à la sagesse et à l'instinct de leurs fils, Enogat ne leur ferait jamais confiance pour se couvrir assez le matin, tomber amoureux de la bonne fille, choisir un travail épanouissant… Mais elle ferait semblant. Et tous les soirs, elle demanderait au Gardien de continuer son œuvre, même si elle ne méritait pas ce traitement de faveur. Elle était cette fille ingrate qui avait abandonné une mère cruelle et blessée, dont elle avait appris la mort dans le journal, un matin où elle sentait les premiers coups de pied de Benoît dans son ventre. Le corps de Rose avait été découvert par des voisins, trois jours après sa chute dans l'escalier. Avait-elle souffert ? Avait-elle appelé sa fille ou le seul fils qui lui restait ?

Ces questions la hantaient depuis le miracle. Elle n'éprouvait pas de remords, mais une infinie tristesse devant l'irrattrapable.

Un matin de la semaine de Pâques, alors que le reste de la famille avait repris une vie normale, Enogat était assise près de Guinoux, un tricot sur les genoux. Son fils semblait perdu dans une rêverie profonde, quand il se tourna vers elle.

— Maman, il m'est arrivé quelque chose, quand j'étais mort, lâcha-t-il.

Enogat sentit sa peau se rider sous le tissu de sa robe printanière, telle l'eau d'un lac quand la brise se lève. Elle attendit, le cœur battant à tout rompre :

— Je suis sorti de mon corps, j'étais dans un tunnel… il y avait une grande forêt, comme celle où on allait chercher des châtaignes, quand j'étais petit… et là j'ai vu une lumière derrière les arbres, une lumière très belle qui m'attirait. J'avais envie d'y aller… Il y avait des gens là-bas, ils étaient morts… mais j'avais pas peur. Une dame qui m'aimait beaucoup m'a dit que je devais faire demi-tour. J'avais… excuse-moi Maman, mais j'avais envie de rester avec eux, j'étais trop bien… Mais la dame m'a grondé. Elle me parlait dans ma tête. Elle m'a dit que je devais rentrer pour toi. Et cette dame, c'était ma grand-mère. Ta mère à toi.

Enogat se détourna, les yeux brûlés de larmes où se mêlaient tout ce qu'elle avait ravalé, enterré. La porte condamnée de la chambre du petit garçon, les silences verrouillés à double tour, la sécheresse de sa mère, le corps de son père, raide dans son costume noir au fond de la chambre mortuaire, la colère de Rose quand elle avait touché son visage, pour savoir ce que c'était la mort… Les punitions injustes, la rébellion, ce matin d'automne où elle avait fui la grande maison avec une valise, sans un regard pour la fenêtre aux volets clos.

— Tu me crois, Maman ?

Enogat hocha la tête et l'attira contre elle, tremblante.

— Tu me mouilles…, protesta-t-il en se dégageant, tandis qu'elle lui souriait à travers ses larmes.

15

Benoît

Lorsque le cœur de Guinoux s'était remis à battre, Benoît avait d'abord refusé d'y croire. Sa mère s'était efforcée de leur transmettre sa foi, mais à quinze ans, Benoît avait des doutes sur cette histoire de Messie né dans la paille de la crèche, et la Résurrection lui inspirait un profond scepticisme. Il opposait aux miracles la force de son doute cartésien et de son ironie.

Il avait tenu le pouls éteint de son frère et en avait éprouvé un choc si violent qu'il n'était pas sûr de pouvoir y survivre. Et puis l'impensable s'était produit. Un médecin du Samu lui avait expliqué que son frère était vivant, que la médecine connaissait ces phénomènes, qu'il n'était pas besoin d'en appeler au Vatican pour leur donner un sens. Son frère n'était pas mort. Il n'était même pas à moitié vivant, il était vivant, assez pour avoir mal là où son corps était cassé et pleurer de douleur.

Tandis que dans son rêve, le corps de la petite noyée demeurait introuvable sous la surface des eaux, celui de Guinoux avait approché la mort et en était revenu. Quand il avait rouvert les yeux, ils étaient remplis de larmes et le regardaient.

Quand il eut accepté que ce malheur irréparable les ait recrachés d'un éternuement, comme la baleine de Pinocchio, Benoît commença à être taraudé par la culpabilité.

En hurlant, il avait réveillé son frère et provoqué sa chute. Pourtant il savait qu'il ne faut pas réveiller les somnambules, et que si on les laissait aller leur chemin, ils finissaient par regagner leur lit sans incident. En voyant son frère enjamber la fenêtre, il avait crié par réflexe. Cette histoire aurait dû se terminer au cimetière. Que son frère eût été mystérieusement rendu à la vie ne changeait rien à sa responsabilité. Benoît se sentait si fautif qu'il trouva maints prétextes pour éviter la chambre de Guinoux, se proposant pour garder Samson pendant que les autres allaient à l'hôpital, s'inventant des devoirs urgents à rendre le lendemain.

Un soir, son père l'informa que son frère voulait le voir. Il ne se passait pas un jour sans qu'il le réclame. Benoît lui opposa qu'il devait garder Samson.

— Demain c'est samedi, on emmène tout le monde à l'hôpital. Samson se demande où est Guinoux, il s'inquiète, il est temps qu'il voie son frère.

À l'hôpital, ils discutèrent avec le médecin qui veillait sur la convalescence de Guinoux. Grande et plutôt belle, le docteur Le Baz la mère de Solène, une fille que Benoît croisait au lycée et dont il était amoureux. Cela l'intimidait d'avoir affaire à elle dans ce contexte si particulier. Quand ses parents lui présentèrent Benoît, elle lui tendit la main avec un sourire :

— Alors c'est toi qui as sauvé la vie de ton frère ? Il a eu beaucoup de chance que tu sois là.

Benoît pensa rentrer sous terre, poignardé par l'ironie de la situation. Son père lui entoura les épaules comme s'il était fier de lui. Se pouvait-il que Mme Le Baz eût parlé sérieusement ?

Dans la chambre de Guinoux, l'impression d'un gigantesque malentendu se confirma : l'infirmière de service, dont le badge portait le prénom de Mathilde, l'accueillit en héros. À en juger par le visage rayonnant de Guinoux, son frère le tenait pour son sauveur. Dans les yeux du p'tit con, Benoît lisait l'émotion d'avoir découvert à la faveur de cette tragédie que son frère tenait à lui.

Soulagé de ne pas passer devant le tribunal familial, Benoît se dit qu'il l'avait échappé belle. Il allait finir par croire aux miracles. Mais sa conscience ne se laissait pas endormir si facilement.

Quelques semaines plus tard, Guinoux rentra à la maison. Dispensé d'école, il attendait avec impatience le retour de ses frères, installé sur une chaise longue dans le jardin. Après le dîner, les deux aînés passaient un long moment à jouer à des jeux de société avec celui qu'ils s'appliquaient à mépriser avant l'accident, le traitant de p'tit con et de gamin geignard.

Guinoux ne geignait plus, en vérité. *Il avait changé*, d'une façon indéfinissable mais qui s'imposait à tous. Il avait l'air moins anxieux, plus confiant. Peut-être était-ce l'effet de ces vacances inespérées. Mais le Guinoux d'avant eût trouvé de quoi s'inquiéter dans cette existence de convalescent plâtré, souffert de cette dépendance forcée. S'il s'impatientait parfois, il passait le plus clair de son temps à taquiner ses frères, déployant en ce domaine un talent insoupçonné. En retour, on se moquait de ses bandages d'homme invisible. Il n'avait pas refait de crise de somnambulisme, et ne manifestait pas de crainte particulière à ce sujet.

Un après-midi, Benoît se décida à parler à son père. Ewan était au grenier, où il rafistolait un sommier pour installer un lit de grand à Samson. Benoît lui déclara sans ambage qu'il avait failli tuer Guinoux. Il restitua d'une traite le déroulement précis des faits, comme on court sans s'arrêter vers le précipice. Silencieux, Ewan l'observait.

— À ton avis, qu'est-ce qui serait arrivé, si tu n'étais pas descendu dans le jardin ? interrogea-t-il calmement.

— Je ne sais pas, répondit Benoît.

Il serait redescendu se coucher, en bon somnambule qui se respecte, lui souffla sa conscience.

Il avait enjambé la fenêtre.

Il aurait ramené sa jambe du bon côté et serait reparti comme il était venu.

Son corps était prêt à basculer.

Il n'arrive rien de fâcheux aux somnambules, si on ne les réveille pas. Certains marchent sur les toits. D'autres parcourent des kilomètres sans se perdre.

Il allait se jeter dans le vide.

C'est ce que tu as cru, mais tu n'as fait que projeter tes peurs sur lui.

— Et toi, qu'en penses-tu ? demanda Benoît à son père, lassé d'argumenter avec lui-même.

— Il serait tombé, Benoît. Et il serait resté là, entre la vie et la mort, sans que personne ne s'en doute. Sans toi, il avait peu de chances de s'en sortir.

— Il est tombé parce que je l'ai réveillé.

— Les somnambules tombent des fenêtres, Benoît. Certains en meurent. Ça arrive régulièrement. Je connais l'histoire d'un homme qui est tombé deux fois d'une fenêtre et s'en est sorti in extremis, cassé de partout. Il crevait de trouille. Il a passé sa vie au rez-de-chaussée de sa maison, s'enfermant chaque soir à double tour, verrouillant les fenêtres. La nuit, il rêvait qu'il était un oiseau.

— Mais Guinoux croit que je lui ai sauvé la vie ! s'indigna Benoît.

— Il a sûrement raison, répondit Ewan.

— Tu crois qu'il peut recommencer ?

— Je ne sais pas, dit son père. Ta mère pense que ça n'arrivera plus. Elle pense que la mort n'a pas voulu de lui. Pour une fois qu'elle est optimiste, si on lui faisait confiance ?

Peu à peu, Benoît se mit à douter de sa version des choses. Peut-être sa lecture n'était-elle pas la bonne, après tout. Peut-être avait-il vraiment sauvé Guinoux, d'une façon qui lui échappait. Peut-être n'était-il pas condamné à demeurer un spectateur impuissant sur une plage à marée basse.

Il dépoussiéra son grand rêve de devenir médecin et le rangea parmi d'autres projets, tels que l'apprentissage de la plongée sous-marine, la conquête de Solène Le Baz, la création d'une bande dessinée de science-fiction. Et une vraie conversation avec Lunaire, entre hommes.

Il affermit sa décision de quitter la Bretagne dès qu'il serait libéré du lycée, d'aller voir ailleurs si le vent était plus doux, la mer moins piégeuse. Il habiterait une ville assez grande pour qu'on n'en puisse faire le tour à pied en un seul jour, louerait un appartement spacieux et moderne, et commencerait chaque journée en dégustant un café sur une grande place bruyante et populeuse. Quand il reviendrait pour les vacances, sa mère ne le reconnaîtrait pas, et peut-être, la distance aidant, ses frères deviendraient-ils comme des amis. Le soir, Benoît imaginait cette vie à venir et s'endormait plus léger.

16

Lunaire

Depuis plusieurs semaines, Lunaire s'échappait régulièrement pour venir s'asseoir à l'endroit où le chat roux l'avait conduit la première fois. Il avait appris que ce lieu avait un nom : Pen Marc'h. D'énormes rochers de granit en étaient les chiens de garde. Pour l'instant, Lunaire ne voulait partager ce repaire avec personne. Le plus souvent, il grimpait sur les rochers, et s'installait sur le plus haut. De là, il contemplait l'immensité de la mer, la dentelle déchirée de la côte. Il ne pouvait plus se passer de ce paysage.

Il resta un long moment immobile, embrassant du regard la grève inégale, la ligne des falaises où se tordaient quelques pins parasols, les flaques d'eau tiède abandonnées par la marée basse. Ses yeux allèrent chercher la mer là où elle se confondait avec le soleil, lui renvoyant son éblouissement avec la force des mirages qui aveuglent les naufragés. Il faisait beau, un vent frais chassait vers le large des nuages effilés. Mettant sa main en visière, le garçon chercha la trace d'une voile en suspens sur la ligne d'horizon.

Des bateaux qui s'éloignaient, ne restait d'abord qu'une voile perdue entre l'eau et le ciel, si petite et si blanche qu'à l'instant où on la repérait, on se mettait à douter de son existence. Les passagers s'évanouissaient avec le bateau dans la perspective tremblée. Ceux qui restaient à terre avaient beau plisser les yeux, ajuster leurs jumelles, ils ne pouvaient rien saisir de ceux qui partaient, comme si l'horizon les avait dérobés à leur affection.

— Ce paysage ne te quittera plus, lui avait dit Ebenezer, même si tu voyages très loin. Tes ancêtres n'ont jamais pu s'en défaire. Cette mer qui n'est jamais la même, ce ciel qui change de nuances à chaque seconde se collent à la rétine pour la vie.

Ces mots l'avaient touché. Il n'avait parlé à personne du désir grandissant qui ébouillantait son sang dans ses veines, redoutant les conséquences d'une confession : l'incrédulité blessée de sa mère, l'étonnement de son père, la stupéfaction de ses frères, peut-être mêlée d'envie.

Il y avait tant de choses qu'il gardait pour lui, ces derniers temps. Il s'étonnait d'en être capable. Il se sentait assez solide pour porter seul des secrets encombrants. Ardélia aurait salué cette métamorphose, songea-t-il, et son cœur se serra. Il n'arrivait pas à s'habituer à son absence. Il s'étonnait que quelqu'un qu'il avait si peu connu puisse lui manquer autant. *Elle était très vieille*, se morigéna-t-il. Comment avait-il pu la croire éternelle ?

Lunaire pensa à l'étrange pèlerinage qu'il avait fait avec Ebenezer, quelques jours plus tôt.

Ils étaient retournés à Coetquen. Ils étaient rentrés sans faire tinter la cloche. Dans la maison, le feu était éteint. Nulle odeur de gâteau n'embaumait le salon, et la tristesse l'avait pris à la gorge. Il avait hâte qu'ils en finissent, regrettant d'avoir accepté d'aider Eb à trier les affaires d'Ardélia.

En haut de l'escalier, il avait ressenti un choc en découvrant la chambre, le vieux lit en bois, le couvre-lit blanc semé de violettes brodées, le bouquet d'hortensias séchés sur la table de nuit et le petit crucifix en bronze terni au-dessus du lit, qui retenait un rameau de buis.

— Elle n'était pas croyante, si ? s'était-il interrogé à voix haute.

— Sa mère l'était, avait répondu Eb, pensif.

Le vieil homme avait inventorié le contenu des tiroirs du secrétaire et déniché la boîte à chaussures dont elle avait exhumé la photo de ses quinze ans. Ebenezer l'avait tendue au garçon. Elle est à toi, avait-il insisté.

De quel droit cette boîte lui revenait-elle ? Ardélia n'avait-elle aucune famille en vie ?

— Sa famille vit en Normandie, elle héritera de la maison et des meubles, avait répondu Eb. C'est bien assez pour des gens qui lui envoyaient une carte à Noël… Mais cette boîte, les lettres et les photos qu'elle contient, je suis sûr qu'elle aurait aimé que tu les aies. Si elle n'est pas d'accord, je m'expliquerai avec son fantôme…, avait-il conclu en riant.

Eb avait ensuite avoué à Lunaire qu'il lui réservait une surprise.

Ils avaient repris la voiture et s'étaient garés en bas des remparts pour faire à pied le reste du chemin. C'était une journée splendide. Les rayons du soleil illuminaient les fleurs blanches du magnolia de l'église Saint-Malo, forçant les promeneurs à baisser les yeux.

Lunaire et Eb étaient entrés dans une drôle de maison bossue et de guingois. Ils avaient gravi un escalier aux marches centenaires et frappé à une porte. L'homme qui avait ouvert paraissait aussi vieux que sa maison, l'âge l'avait fait rétrécir, mais Lunaire reconnut le curé qui l'avait aiguillé vers Eb. Ce qu'il s'expliquait mal, en revanche, c'était que le vieux fût si ému en le voyant. Il lui saisit l'épaule de sa main osseuse, comme s'il retrouvait quelqu'un de cher après une longue absence.

Ils s'étaient assis tous les trois dans des fauteuils verts, près d'une table sur laquelle se trouvait un grand cahier cartonné. Ebenezer avait raconté une histoire qui commençait sur le quai de Saint-Malo, le jour du départ de *La Marie-Louise*, au moment où un garçon nommé Abel Loudun embrassait sa promise ignorant qu'ils échangeaient leur dernier baiser et qu'à l'instant où son bateau appareillerait, un enfant de son sang serait aussi en route, quelque part dans les profondeurs du ventre d'Héloïse.

Un peu plus loin dans le récit d'Ebenezer, la veuve d'un capitaine apprenait que le seul fils qui lui restait était mobilisé, et quelques mois plus tard, qu'on l'avait enfermé dans un asile et retranché de la société des hommes. Dans cette histoire, on croisait encore une petite fille déterminée à ne pas répéter le destin maternel, et un garçon qui se cachait sous l'escalier pour échapper aux êtres terrifiants qui le pourchassaient en rêve, lui murmurant qu'il savait voler, qu'il pouvait s'élancer sans crainte de la fenêtre de sa chambre.

Oui, comme Guinoux.

— Ce petit garçon était le frère aîné de ta mère.

Les questions se bousculaient dans l'esprit de Lunaire. Comment deux garçons de la même famille avaient-ils pu tomber d'une fenêtre ? Pourquoi le naufrage de *La Marie-Louise* se rejouait-il dans son cauchemar ? Et comment Guinoux avait-il pu revenir de la mort ?

Toute la science du curé et celle du philosophe n'y pouvaient apporter de réponses. Mais peut-être que les réponses n'étaient pas si intéressantes que ça. Peut-être qu'il s'agissait de composer avec ces énigmes. D'apprivoiser les fantômes d'un temps révolu, afin qu'ils ne puissent plus vous faire de mal.

— J'ai un cadeau pour toi, avait ajouté le curé en ouvrant le grand cahier posé sur la table. Un arbre généalogique.

Médusé, Lunaire avait ouvert le cahier. Il avait parcouru les noms, fasciné de voir que la branche où il figurait avec ses frères était la dernière d'un arbre gigantesque dont les branches les plus hautes portaient les noms d'Abel Loudun et d'Yvon Cardec. Le garçon avait déchiffré les noms un à un, frustré et fasciné.

— Vous me raconterez l'histoire de ceux-là ? avait-il imploré.

Ainsi toutes ces vies se rejoignaient-elles pour se jeter dans le fleuve qui coulait jusqu'à eux, prenant source au croisement du bourreau Yvon Cardec et de sa victime Abel Loudun, dont ses frères et lui étaient les héritiers directs. Le sang des marins terre-neuvas, celui d'un traumatisé de guerre, de toutes ces femmes qui avaient disputé leur bonheur à la mer, de ces enfants qui avaient grandi en interprétant les silences des adultes, tous ces sangs turbulents se bousculaient dans ses artères. Il avait l'embarras du choix. Devant l'arbre généalogique déployé devant lui, Lunaire réalisait qu'il avait souffert d'être privé d'oncles et de tantes, de cousins, de grands-parents, de ce terreau d'anecdotes transmises et déformées où poussent les enfants remuants. À l'instant, il se sentit fier de ses ancêtres, comme on peut l'être de descendre de Bonaparte ou de César Borgia.

Observant l'arbre avec attention, il découvrait que sa mère avait eu des frères, qu'elle avait occupé la troisième position dans sa fratrie, celle de Guinoux. Il avait du mal à l'imaginer se disputant avec des grands frères. Le frère aîné de sa mère était mort à l'âge de six ans, bien avant sa naissance. Quant au second… il devait y avoir une erreur.

— Non, aucune erreur, avait confirmé Ebenezer. Il est encore en vie.

Il avait un oncle ! Il souligna de l'index le nom de Gildas Le Faou, capitaine au long cours, comme le lui apprit Eb.

— Il navigue au bout du monde, c'est un aventurier. De temps en temps, le père Jo reçoit une carte postale…, avait-il ajouté, impassible.

Aussitôt, Lunaire avait senti poindre le désir de retrouver cet oncle migrateur, comme un départ de feu. Il savait qu'il ne s'éteindrait pas de sitôt. Il se demandait si Eb l'avait fait exprès, pour qu'il domine sa peur de l'eau.

— Gildas est un excellent marin, avait précisé le père Jo. Il a dû hériter du vieux Cardec, plutôt que de son autre grand-père…

Son autre grand-père… Abel Loudun, le piètre marin, avait engendré un fils qui connaissait et comprenait la mer, et ce fils avait mis au monde un capitaine au long cours, réalisant son rêve malheureux, corrigeant et perfectionnant ce qu'il avait ébauché au prix de sa vie. En fin de compte, le frère d'Ardélia avait fait naître une lignée de marins dont les héritiers appartenaient de droit au monde qui l'avait rejeté.

— Mais alors, Ardélia fait partie de ma famille ! s'était écrié Lunaire, heureux.

Il se souviendrait longtemps de cette soirée. De toutes ces révélations surprenantes, celle qui le liait à Ardélia était sa préférée. Il ignorait tout de sa grand-mère Rose Cardec, mais Ardélia avait été la fée mystérieuse qui vous enseigne les points faibles du loup, les ruses tactiques pour traverser la forêt et en ressortir plus fort. C'est en pensant à elle qu'il marchait chaque jour jusqu'à la mer, avançant chaque fois un peu plus près de cette puissance inapprivoisée, au risque d'y attraper le goût de la liberté, et du départ.

Abel avait disparu de son rêve. La trappe était vide. Dépité, le capitaine enrageait de frapper le plancher en vain.

Épilogue
Les frères

— Alors c'est ici que tu as passé la nuit ?

Benoît écarquillait les yeux.

— Tout seul ? La vache, siffla-t-il. À ta place, j'aurais fait une attaque…

— J'étais enfermé, rappela Lunaire. J'avais pas trop le choix !

Il eut un petit rire nerveux. Leurs regards convergèrent instinctivement vers l'entrée du souterrain.

— Au cas où, t'as des carambars ? plaisanta Lunaire.

Ils éclatèrent d'un rire qui avait la chair de poule.

— C'est quand même classe, comme endroit, reconnut Benoît.

Benoît inspecta soigneusement le lit taillé dans la roche. L'inscription funéraire et la pipe n'étaient plus là. Assis l'un près de l'autre, les frères cherchèrent la mer du regard. Elle avait fui par-delà la ligne d'horizon, emportée par la grande marée. Des puces de mer sautillaient dans les flaques, entre les rochers.

— Elle est dingue, ton histoire, lâcha Benoît. Comment t'as fait pour dégotter des papis et des mamies captivants ? Moi, ceux que je croise, ils jouent à la belote, ils ressassent des trucs soporifiques dans la queue chez le boucher…

— Tu sais pas les choisir, sourit Lunaire. J't'emmènerai dans mes coins.

Ils s'esclaffèrent à l'idée de ce nouveau loisir, la pêche aux vieux.

— Ardélia, c'est joli comme prénom. Alors tous ceux-là c'est notre famille, on en est sûrs ? interrogea Benoît, observant l'arbre généalogique que Lunaire avait étalé devant lui, sur le sol de la grotte.

— Oui. Lui, tu vois, dit Lunaire en effleurant le nom de Cardec, c'est un salaud absolu.

— Ça fait plaisir de descendre d'un salaud ! commenta Benoît. Je comprends mieux pourquoi Maman n'en parle jamais…

Lunaire étudia encore les ramifications de l'arbre. Sa fascination demeurait intacte. C'était une carte au trésor qu'il avait longtemps gardée pour lui, avant de se décider à la partager avec son frère.

— Tu vois, en haut de l'arbre, là, Rozenn, Henri, Katell… ceux-là, je ne les connais pas encore, déplora Lunaire… Mais je vais enquêter.

Benoît s'était figé en découvrant le nom de Katell. Née le 2 juin 1905. Morte le 7 septembre 1909.

— Pour ces deux-là, je crois que je pourrai te renseigner, murmura-t-il, la gorge serrée.

Katell. Si petite qu'on aurait pu la glisser dans une botte de marin. La perdre au fond des eaux. Il pouvait donc arrêter de la chercher en vain. C'était trop tard. Trop tard de près de quatre-vingts ans. Benoît fut secoué par un rire nerveux qui charriait des sanglots, du soulagement. Finalement, rien n'était sa faute.

— Qu'est-ce qui te prend ?

— Katell, sa mère l'a noyée. Elle l'appelait mon oiseau, t'imagines ? Mon oiseau, ma toute belle… Et elle l'a noyée.

— Mais comment tu sais… ?

Lunaire se tut, revoyant Benoît échevelé dans le noir de la chambre, cherchant comme un fou une gamine perdue, la suppliant de ne pas avoir peur de lui.

Un silence gêné les enveloppa avec la soudaineté du brouillard.

— Je vais te raconter, dit Lunaire en se raclant la gorge, ce qui est arrivé à celui-ci. Abel Loudun, le frère d'Ardélia…

Lunaire raconta l'horrible histoire, qui devint peu à peu un de ces récits d'épouvante dont on s'effraie les nuits d'orage, riant de sa propre terreur.

Alors la brume, entre eux, se leva.

Ils étaient saufs sur la berge. Et ils se parlaient, un peu plus légers d'en être capables.

Table

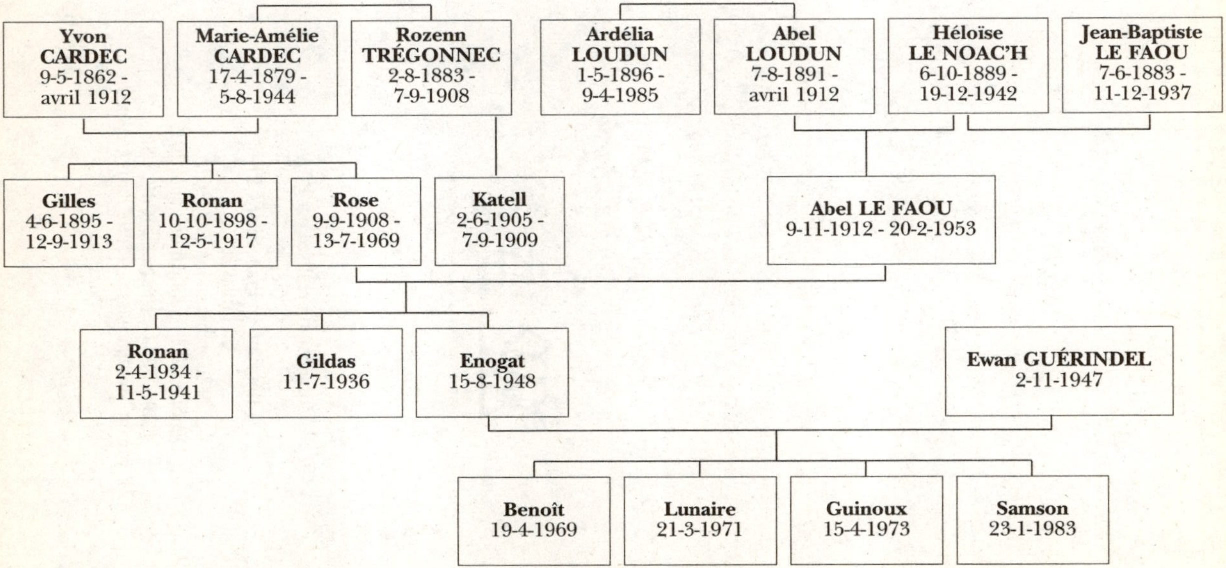
Yvon CARDEC 9-5-1862 - avril 1912
Marie-Amélie CARDEC 17-4-1879 - 5-8-1944
Rozenn TRÉGONNEC 2-8-1883 - 7-9-1908
Ardélia LOUDUN 1-5-1896 - 9-4-1985
Abel LOUDUN 7-8-1891 - avril 1912
Héloïse LE NOAC'H 6-10-1889 - 19-12-1942
Jean-Baptiste LE FAOU 7-6-1883 - 11-12-1937
Gilles 4-6-1895 - 12-9-1913
Ronan 10-10-1898 - 12-5-1917
Rose 9-9-1908 - 13-7-1969
Katell 2-6-1905 - 7-9-1909
Abel LE FAOU 9-11-1912 - 20-2-1953
Ronan 2-4-1934 - 11-5-1941
Gildas 11-7-1936
Enogat 15-8-1948
Ewan GUÉRINDEL 2-11-1947
Benoît 19-4-1969
Lunaire 21-3-1971
Guinoux 15-4-1973
Samson 23-1-1983

PAPIER À BASE DE
FIBRES CERTIFIÉES

Le Livre de Poche s'engage pour
l'environnement en réduisant
l'empreinte carbone de ses livres.
Celle de cet exemplaire est de :
300 g éq. CO_2
Rendez-vous sur
www.livredepoche-durable.fr

Composition réalisée par PCA

Imprimé en France par CPI
en juillet 2017
N° d'impression : 3024267
Dépôt légal 1re publication : août 2017
LIBRAIRIE GÉNÉRALE FRANÇAISE
21, rue du Montparnasse - 75298 Paris Cedex 06

31/5056/5